悪役令嬢の兄に転生しました

Reincarnated as a Villainess's Brother

著
内河弘児
Hiroko Uchikawa

イラスト
キャナリーヌ
Canarinu

TOブックス

CONTENTS

目次

第三部 学園編 II

エルグランダーク家の逸事Ⅴ

イラスト ✤ キャナリーヌ
デザイン ✤ 諸橋藍

CHARACTERS

登場人物紹介

ディアーナ

エルグランダーク公爵家令嬢。カインの妹。
乙女ゲームでは、悪役令嬢として
数多の悲惨な破滅を迎える運命。
カインが大好き。

カイン

エルグランダーク公爵家長男。
本作の主人公。前世でプレイした
乙女ゲームの悪役令嬢の兄に転生した。
愛する妹のため破滅回避に激闘中。

イルヴァレーノ

カインの侍従。
『暗殺者ルート』の攻略対象。

アルンディラーノ

リムートブレイク国の第一王子。
『王太子ルート』の攻略対象。

アウロラ

平民の少女。
乙女ゲームのヒロイン。

クリス

近衛騎士団の副団長の息子。
『聖騎士ルート』の攻略対象。

ケイティアーノ

サラティ侯爵家令嬢。
ディアーナの友人。

ジャンルーカ

サイリユウム王国の第二王子。
『隣国の第二王子ルート』の攻略対象。

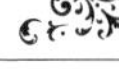

第三部

学園編 II

Reincarnated as
a Villainess's
Brother

アルンディラーノの護衛騎士

王宮にあるアルンディラーノの私室。学園から帰ってきたアルンディラーノは、机の上に積まれた革製の書類とじを見て盛大に顔をしかめた。

「これはなんだ」

後ろを付いてきていた侍従に聞けば、アルンディラーノが脱いだ制服を片付けようとしていた手を止めてにこりと笑った。

「アルンディラーノ殿下の、婚約者候補様達の釣書でございますよ」

侍従の言葉に、アルンディラーノの眉間のしわが深まる。

「返しておいてくれ。今は学業に専念したいんだよ」

「そうおっしゃらずに、ご覧になるだけでもお願いいたします。相手方のご令嬢に失礼ではありませんか」

ネクタイをはずし、侍従の手のひらに落としつつアルンディラーノが嫌味な笑顔を作る。

「相手方の親に、だろ。その釣書のご令嬢達の中には、僕に釣書を送られてることすら知らない人もいるんじゃないのか？」

ふんっと鼻を鳴らしたアルンディラーノが両手を広げると、どこからともなく現れた侍女二名が服を脱がせ、そして夕刻用の私服を着せていく。

「大体、まだ早いだろう。父上だって母上とのご婚約を決めたのは学園卒業後だったじゃないか」

「陛下の時は、先に王弟殿下がご結婚をお決めになられたからですよ。国の慶事と言えども予算というものがございますからね」

今度は侍女が、アルンディラーノの室内着のボタンを留めながらなだめるような口調で説明してくれた。アルンディラーノもその辺の時系列はわかっている。

アルンディラーノの祖父母と叔父、つまり先代の国王夫妻と王弟殿下は当時から仲が悪かった。世間的には存在を隠されている病弱な長兄の処遇に対して、そして王太子であった兄とただの王子である自分との待遇の差について不満と不信感があったらしく、王国法的に結婚が可能な年齢になると同時に、勝手に結婚してしまったのだ。

親の権力に利用されたくなかった王弟殿下は、嫌いな親への意趣返しも兼ねて結婚式を大々的に執り行った。国民に向けて、国事として盛大に執り行うことで結婚を覆せなくしたのだ。

そして、その年の王子・王太子に関する予算をほぼ使い切ってしまったために『王太子殿下の婚約者捜しのための夜会』の開催や『婚約した場合の婚約式』が行なえなくなってしまい、当時の王太子の婚約者探しが表立って出来なくなったという経緯がある。

「しかも、母上と父上は一応恋愛結婚じゃないか」

「あら、アルンディラーノ殿下は誰か心に決めた方がいらっしゃるんですの？」

アルンディラーノの言葉に、ホホホと笑いながら侍女が返す。

「いないけど……」

口をとがらせながらぼそりと返事をするアルンディラーノを、侍女二人は微笑ましそうに見つめた。

「出会いがご両親同士の紹介だったとしても、そこから始まる恋愛もありますわぁ」

「決め打ちの政略結婚ではないだけ良いではありませんか。釣書をお返しになるにしても、ご覧になるだけご覧になってはいかがですか？」

アルンディラーノに服を着せ終えた侍女二人は、シャツや靴下などの洗濯する物を抱えると、

「私は親の決めた方との結婚でしたけど、今は幸せですわぁ」

とか
「学生時代に大恋愛をしたのに、卒業と同時に喧嘩（けんか）別れした友人だっていますのよ」

だとか、色々な恋愛話を楽しそうに話しながら部屋から出て行った。

ジト目で二人を見たアルンディラーノはカバンから一冊の本を取り出すと、ドサリと体を投げるようにソファーに座った。

「お行儀が悪いですよ、アルンディラーノ殿下」

侍従が真顔で注意してくるが、アルンディラーノは無視をして本を開く。学園から貸し出された古い魔術書で、『現代の魔術論と違う部分を抜き出せ』という学校から出された宿題である。

アルンディラーノに無視された侍従は特に気にすることなく、部屋の一角に用意されている魔法道具の湯沸かしポットでお茶の準備をし始めた。

魔法学園から帰宅後、アルンディラーノは私服に着替えると宿題を片付け、夕飯まで時間があれば国内の経済状況の報告書や盗賊被害報告書、魔獣被害報告書などに目を通していくのが日課になっている。

アルンディラーノに与えられている報告書類は原本ではなく写しで、国王陛下と王妃殿下がそれぞれすでに処理済みのものなので情報としては若干古い。とはいえ、まだまだ勉強中のアルンディラーノにとっては、王族として押さえておくべき国内の情勢とその大きな流れを身につけていく為のよい教科書となっていた。

たまに、宿題に手こずりすぎて報告書類の確認まで手が回らない日もあるが、現在は学業優先と通達が出ているので侍従も特に強要をしたりはしない。

根を詰めすぎないように、適度なタイミングでお茶と茶菓子を用意してアルンディラーノに休憩を取らせるのが、今の侍従の仕事である。

「……。せっかく後は茶葉を蒸らすだけでしたのに。もう一杯お茶を用意せねばいけませんかね」

「ん?」

古い魔術書と学園の魔術論の教科書を見比べながら、ページをめくったり戻したりしていたアルンディラーノは渋るような侍従の言葉に顔を上げた。

侍従は優雅な足取りでティーポットを運び、ローテーブルの上に置くと丁寧な動作でコゼーをかぶせた。

「休憩になさいませ」

とアルンディラーノに向かってにこりと笑いかけると、そのまま大股でベランダに面した窓ガラスまで歩いて行った。カーテンの端をしっかりと握り、両手を広げるように勢いよく開いた。

「あ」

カーテンが開かれた窓の外、ベランダの真ん中にクリスがしゃがみ込んでいた。その顔には焦りとごまかそうとするぎこちない笑顔が浮かんでいる。

「貴方は！　ベランダは出入り口ではないと何度言ったらわかるのですか！」

「いや、何度も言われなくてもわかってるけど」

「わかっているのに、何故ベランダから入ろうとするのです！　玄関からおいでなさい！」

「だって、玄関から入ろうとすると手続きがめんどくせぇんだもん」

「だもん、じゃありません！　王族の住まう王宮をなんだと思っているのですか！」

侍従とクリスが窓ガラス越しにやりとりしている声を聞き流していたアルンディラーノだったが、いよいよ侍従の怒りが頂点に達しそうなのを察して『バタン』とわざと大きな音を立てて本を閉じた。

「ナージェス。それくらいで許してやって」

そう言いながら、宿題をやっていた書き物机からアルンディラーノは立ち上がる。ベランダのある窓まで早足で歩いて行くと、侍従の前に立って窓を開けた。クリスの無断侵入も、それを見つけて侍従のナージェスが怒るのもいつも通り過ぎてアルンディラーノは慣れてしまっていた。

「クリス、今日の警備はどうだ？」

「甘いね、甘々。横方向と下方向は皆よく見てるけど、上方面はあんまり警戒してない騎士が多いな。中庭の噴水そばの木から登って、枝伝いに来れば見つからずにここまでこれる」

ニンマリとしたドヤ顔でそう言うと、クリスは立ち上がって改めて窓をノックする。

「入れてくださいよ、アル様」

「噴水そばの木を切らねばっ」

「中庭は母上の管轄なんだから、勝手に木を切ったりするなよ、ナージェス」

「そうだよ、ナージェス様。早くしないとアル様のお茶が苦くなるよ」

「ああっ」

クリスの声に、慌てて部屋の中へと戻っていく侍従を視線で見送り、アルンディラーノはクリスが入れるように体をずらした。

「呼び出せばちゃんと招待してやるんだから、玄関から来たら良いじゃないか」

「身分確認されて、訪問申請書を書かされて、アル様にご確認が行って、アル様が招待状を書いて、それが玄関の俺の所に届いて、それを門番に確認されて、メイドののんびり速度で廊下を案内されて、漸く（ようや）たどり着く、なんてやってたら夕飯食いっぱぐれちゃうよ」

大げさに肩を竦め（すく）ながらクリスが部屋の中へと入る。部屋に漂うお茶の香りに、クリスはクンクンと鼻を鳴らして目を細めた。

魔法学園内では、魔法剣士を目指す生徒達を『騎士見習い』と呼んでいるが、正式に騎士団に所属している訳ではないので身分としてはただの『騎士を目指している学生』でしかない。父であるファビアンも近衛騎士団副団長という地位はあるが、身分はただの騎士爵。騎士爵は一代限りの貴族なので、身分からすればクリスは王族のプライベート空間である王宮には入れないのだ。

ただ、『王太子殿下のご学友』で『王太子殿下がご招待した』場合に限り可能となる。そして、その条件を満たすために必要な手続きが煩雑（はんざつ）なのだ。

なので、クリスはいつもこっそり窓から入ってくる。学校帰りにジャンルーカと一緒に訪ねてくる時ぐらいしか手順を踏まない。

それでいつもアルンディラーノの侍従であるナージェスに怒られているので、今日はナージェスがいなくなるのを待ってから入ろうと思っていたクリスだったのだが、気配の消し方が甘かったせいでバレてしまい、やはり怒られてしまった。

「宿題教えてもらおうと思って来たんだけど」

クリスはアルンディラーノの書き物机まで足をすすめ、サイドチェストの上に積まれている革の書類入れの山を見つけた。

「何これ」

「婚約者候補の釣書だってさ」

「へぇ」

渋い顔で答えたアルンディラーノに気のない声で返事をしつつ、クリスは一番上の書類入れを手に取って開いてみた。

「ふぅーん」

サッとみてパタンと閉じ、次の書類入れを手にしてはパタンと開いて、パタンと閉じる。

「知らない子ばっかり」

「そんなわけないだろう。半分ぐらいは顔見知りのはずだぞ」

「アル様はまだ見てないんだろ？　なんでわかるんだよ」

「伯爵家以上の年頃の令嬢っていう決まりがあるんだから、魔法学園に通ってる令嬢も混ざってるはずだし、刺繍の会メンバーもいるはずだからだよ」

「俺は刺繍の会は知らないよ……。学園に……いたかなぁ」

手に持っていた釣書をもう一度よく見たクリスだが、やはり見覚えのない顔だった。

アルンディラーノやカインとの付き合いが長いため気にしたことはなかったが、山のように積まれている釣書の中に見知った令嬢が全然いない事で、クリスは改めて自分が貴族と縁のない人間であることを思い出した。

ため息を吐きつつ最後の一冊を書類入れの山に戻したクリスは、シャツの中から古い魔術書を取りだした。

「なんでシャツの中から本が出てくるんだ？」

「両手が空くから」

アルンディラーノの質問に当たり前のように答えると、クリスはアルンディラーノの向かいのソファーへと腰を下ろした。

わざとらしいしかめっ面を作ったナージェスが、クリスにもお茶を入れてくれた。

「僕もまだ終わってないよ。というか、宿題なら寮に行ってラトゥールに教えてもらえばいいじゃないか」

こんな苦労して忍び込まなくても、という気持ちが言外に含まれている。

「ラトゥールは別の組だし、寮に行くとジャンルーカ殿下も居るから緊張しちゃって勉強どころじゃないし」

「僕もクリスとは別の組なんだけど」

「アル様は幼なじみじゃん」

ナージェスが用意した茶菓子を食べつつ、お茶を飲んでたわいもない事をしゃべる。飲み終わったところで一緒に宿題をしようとしたが、アルンディラーノとクリスが教師から渡された古い魔術書が違う本だったので、結局それぞれが自力でやらなければならないことがわかってまた笑った。

そうやって、宿題をやりつつお茶をカップに二杯飲んだところで時間切れとなった。

「まもなく夕食の時間でございます。お客様はどうぞお帰りくださいませ」

ナージェスが、クリスに向かって慇懃無礼(いんぎんぶれい)に深々と腰を折って退室を促してくる。「へいへい」と頭を掻きながら返事をしたクリスは、カップに残っていた冷めたお茶をグイッと飲み干すと立ち上がった。

「アル様の宿題はいつまで?」

「来週の最初の授業で提出することになってるよ」

「じゃあ、また続きから一緒にやろうぜ」

そう言ってクリスは古い魔術書をシャツの中へと突っ込んだ。

「続きをやるときは、是非とも正規の手順でお越しください」

嫌みったらしくそう言いながら、ナージェスは今日の分の『来客報告書』と『王太子からの招待状』をクリスに差し出した。二人が宿題をやっているうちに、『正式に訪ねてきたことにする』書類を作っておいたのだ。

「いつも悪いね。ナージェス様」

小さく片手を上げて、来客報告書には自分の名前をサインし、招待状は受け取ってポケットへと突っ込んだ。

「悪いと思っているのなら、ちゃんと玄関からおいでなさい」

「じゃあまた明日、アル様」

ナージェスの言葉に聞こえないフリをしつつ、アルンディラーノに向かって小さく手を振りながら、クリスはドアから出て行った。

廊下から「おまえいつの間に！」「また忍び込んだのか！」という騎士達の声が漏れ聞こえてきたが、ドアが閉まるとまた部屋は静かになった。

入れ違いに、控えの間からまた侍女が二人入ってきて、アルンディラーノを晩餐用の服へと着替えさせていく。

「あの子が正式に近衛騎士としておそばに仕えるのは、何年後になるのかしらね」

「魔法学園を卒業するのに六年でしょう？」

「騎士団に入団して、騎士見習いが三年ぐらいかしら」

「副団長のお子さんだけれども、騎士爵の子だと近衛騎士になるのにさらに十年ぐらいかしら」

「あらぁ。副団長さんは爵位を頂けそうって噂がありませんでしたっけ？」

「それは、引退後ってお話ではなかったかしら」

よく忍び込むクリスのことを、侍女達もよく知っている。クリスの父である近衛騎士団副団長のファビアンは王宮内の警備をすることも多いので、侍女達にとってクリスは一方的に身近な存在となっているようだった。

「ごほん！　無駄話をしないできちんと仕事をなさい」

ナージェスに注意された侍女達は「はーい」と楽しそうに返事をすると、アルンディラーノの袖のボタンを留めて去って行った。

「クリスは……」

侍女達の出て行った控えの間へ続くドアをアルンディラーノが見つめる。

幼なじみで、ずっと「将来はアル様の専属護衛になりますからね！　美味しいもの沢山食べさせてくださいよね！」と言っていたクリス。

近衛騎士団の訓練に交ざっているときも、負けて悔しがるアルンディラーノに対して「護衛が護衛対象より弱くちゃ話になりませんからね！」と口を開けて笑っていたクリス。

どんなにクリスが強くても、身分の壁がある限りアルンディラーノの専属騎士になるのにとても時間が掛かってしまう。

「早く王様になって、爵位をあげられれば良いのに」

ぼそりとつぶやくアルンディラーノの言葉に、

「彼がそれを喜ぶとは思えませんよ」

と侍従のナージェスは答えたのだった。

ディアーナの婚約話

ラトゥールの為にカインが始めた放課後の魔法勉強会も、回を重ねること数ヶ月。最初の頃のように皆で魔法について議論するということは少なくなり、ただの仲良しクラブのようになっていた。ディアーナとアウロラは教師から出された宿題を片付けるべく、お互いの苦手分野を教え合っている。美人系美少女のディアーナと可愛い系美少女のアウロラが並んで座り、顔を寄せ合い、時々くすぐったそうに笑い合う姿を見てカインは、

「仲良きことは美しきかな」

と目を細めつつ手を合わせて拝んでいた。そんなカインをイルヴァレーノは諦めたような顔で見下ろしている。

ジャンルーカとクリスは、魔法剣の可能性について剣を持たずに素振りをしたり足運びを確認したりしている。お互いに基本の型を見せ合いっこしながら、腕の高さや体のひねり具合を指摘しあったり、手を取ったり肩を掴んだりして実際に体の位置や体勢を直し合ったりしていた。

アルンディラーノとラトゥールは、苦手な魔法について練習しつつ、時々カインにコツを聞いて理解を深めようとしていた。

カインは適正のある魔法を満遍なく使いこなせるため、聖魔法と闇魔法と治癒魔法以外なら大概の質問には答えられるので頼られているのだ。しかし、カインはあえて答えそのものを教えず、使うコツだとか理屈のヒントだとかを二人に告げるようにしていた。アルンディラーノとラトゥールも、カインからのヒントを元に相談しながら問題を解決するのが楽しいようで、答えそのものを教えてくれないカインには不満はないようだった。時々ディアーナを見てにやけて話を聞いてない事があるのだが、二人が困っているのに気がついたイルヴァレーノがカインの後ろ頭をど突いて会話に戻させていた。

そんな感じで、貸し切りになっている部屋のなかでそれぞれのやりたいことをそれぞれやるといった雰囲気になりつつあるのだが、それでもサボったり遊んだりしないあたりやはり貴族の子は育ちが良いのだろうとカインは微笑ましく思っていた。

ディアーナとアウロラの宿題が一段落した頃、壁ぎわで刺繍をしていたサッシャが時計を見て立ち上がり、お茶の用意を始めた。それを合図に、バラバラに過ごしていた子ども達がソファーへと集まってくる。

数ヶ月も過ごしていると、だいたいお気に入りの席というものが決まってくるもので、定位置となった場所へとそれぞれ腰を下ろした。

お茶を待つ間は、雑談に花が咲くのもいつもの事である。

「そういえば、アル様の部屋にこーんなに高く積まれた釣書があってさ」

と言って、クリスは右手の平をテーブルからぐいーんと持ち上げて、自分の頭の上まで上げた。

「そんなには積まれてなかった！」

アルンディラーノは反論しつつ、クリスの手を掴んでテーブルまで下げさせた。

「モテモテでうらやましいぜ」

「モテモテな訳じゃない。僕が王族だからってだけだ」

「まだ学園に入学したばっかりだっていうのに、もう婚約の話が出ているとかさあ。王族って大変だよなぁ」

同意を求めるようにクリスが一同を見渡すが、ディアーナ以外は皆不思議そうな顔をしてクリスを見返していた。

「王族じゃなくても……貴族だとそんなものじゃないですか？」

発言したのは、意外にもアウロラだった。

「一年一組の女の子達や寮住まいの令嬢達、私以外はほとんど貴族の令嬢ですけど、もう婚約者のいる方が何人かいらっしゃいますよ」

アウロラはゲームとは違い、学園でも寮でも貴族令嬢達から虐げられたり冷遇されたりはしていない。男爵家や子爵家といった爵位の低い貴族令嬢からは遠巻きにされることもあったが、身分の高い家の令嬢ほどアウロラに優しくしてくれる事が多かった。

おそらく同じ制服を着ている事と、寮で暮らしているために身綺麗にしている事、アウロラが美少女である事が平民に対する忌避感を無くしているのだろう。また、親から施されたノブレス・オブリージュ精神の教育成果を発揮できる貴重な対象だからという理由もありそうだ。

対等な立場として優しくされている訳ではないのは、アウロラも感じていた。その一端として、食堂で同じテーブルに座ったときや、合同ダンスレッスンで同じグループになったときなどに『婚約者がもういる』『お見合い話が沢山舞い込んでいて困っちゃう』という貴族マウントを取ってくる令嬢がいるのだ。

前世の記憶があるアウロラはそういった話をちっともうらやましいと思わず、素直に「すげーですね」とか返事をするので、令嬢達はまた面白がって色々な『貴族あるある』を教えてくれるのだ。

「まだナイショよ。って言って、釣書が何通来ているの。とか、実は婚約者として内定している方がいるの。って教えてくださる令嬢が沢山いるんですよ」

「そ、そうなのか？」

クリスが信じられないという顔でアウロラに視線を向ける。

アウロラは頷きつつ、「ゲームならディアーナたんとアル様もすでに婚約してるはずなんすけどね」と心の中で付け足した。

それでもまだ信じられなかったクリスは、救いを求める目でジャンルーカを見た。

「……私には、まだ婚約者はいませんよ」

「ほらぁ！」

目を泳がせながら答えたジャンルーカの言葉に、クリスは勝ち誇ったように声を上げたが、

「ジャンルーカの兄上には貴族学校入学時点で婚約者がいたはずだ。向こうの王族は側妃を三人娶らなければならないはずだから、ジャンルーカの婚約者が決まらないのはそのせいであって、貴族の婚約が早くない例にはならないだろ」

アルンディラーノが否定した。ジュリアンの側妃三人が決まらない事には、ジャンルーカの婚約者を決めるのは難しいだろうという意味だ。

おそらくは、魔力持ちであることも婚約者を決めかねている理由ではあるだろうが、それに思い至っているアルンディラーノとカインは口には出さなかった。

「ら、ラトゥール……」

意地になったクリスは、ソファーの隅っこで小さく座ってサッシャからお茶を受け取っていたラトゥールに水を向ける。

「……。私は、両親から忘れられてたから……。でも、兄達にはもう、全員相手がいる」

ラトゥールのすぐ上の兄は二歳年上で騎士学校の三年生だ。その兄にもすでに婚約者がいるということであれば、釣書がきて、お見合いをして、というのはもっと前からやっていたはずである。

つまり、学校入学直後ぐらいから動き出していた事は容易に想像できる。

頼みの綱の人見知りラトゥールにまで否定されて、クリスはがっくりと肩を落とした。

「アル様のあの山になった釣書って、貴族なら当たり前なのか……」

自分にはまったくそういう話は入ってこないし、まだまだ男子同士で遊ぶ方が楽しいよな！　と皆が考えているものだと思っていたクリスは、自分だけ置いてけぼりにされたようなさみしさがトゲのように胸に刺さった気がした。

「うーん、かといってお見合いしてない人も結構いるわけだよね。僕にもお見合い話は来ていないし」

カインがクリスをフォローするように会話に参加する。

「私にも来ていませんわ。筆頭公爵家の一人娘なのに、モテなさすぎじゃないの？」

ディアーナは、お見合いする気も婚約者を作る気も無いくせに「アルンディラーノに負けた！」という悔しい気持ちだけがわき上がってきて声を荒げた。

「……カインはホラ……。四年前の、令嬢激怒事件があるから……」

アルンディラーノが気まずそうな顔でぼそりとこぼした。

「……。そうでした。僕も四年前にお見合いしてました」

「そういえば、あれはお兄様のお見合いでしたわね」

カインも学園入学前（留学前）にお見合い経験済みということが判明して、ますます『貴族や王族なら学園入学前後でお見合いしたり婚約者が出来たりするのは当たり前』という説が有力になってしまった。

自分の常識と貴族の常識に違いがあるということを思い知ってしまい落ち込むクリスと、今まで意識していなかった『婚約・結婚』という話題に自分が乗り遅れていることに焦ったディアーナ。

意識していなかったから気にもしていなかった話題だが、一度意識してしまうと気になってしまって仕方が無くなるものである。

「でも、私には間違い無く来ていませんわ！　それに……そう、サッシャはまだ独身ですわよ!?」

ラトゥールのように両親と確執があるわけでもなく、ジャンルーカのように配慮すべき事情もない自分に浮いた話が全く無いということに焦りを感じたディアーナが、大人の貴族女性なのに未婚であるサッシャの存在に気がついた。

「私にそれを聞きますか？　ディアーナお嬢様……」

サッシャはすでに二十代半ば。貴族令嬢としてはやや行き遅れの部類に入るお年頃である。サッシャは、手元のティーポットに視線を落としたまま、いつもより低い声で絞り出すようにしゃべった。

「学園卒業後、婚活を行うも結婚に至らず、今こうして公爵家の侍女として働く私に？」

「あ、あの。サッシャ……。言いたくない事なら言わなくて良いの……」

「学園卒業生であり、貴族令嬢である私の……婚活事情を……」

「サッシャ……。あの、ごめんなさい……」

「ディアーナお嬢様、そしてお坊ちゃま方……。私の話を聞く覚悟はございまして……？」

そこでサッシャはティーポットから顔をゆっくりと上げ、ソファーに座る子ども達をゆっくりと見渡し……ニヤリと笑った。

カインとイルヴァレーノがやれやれといった顔で肩を竦める一方で、一年生組は「あわあわ」と慌てるような顔でお互いに身を寄せ合って震えた。

完璧侍女を目指しているサッシャではあるが、ディアーナの『私』の側へと仲間入りしている人物でもある。この放課後の魔法勉強会はディアーナにとって公私の『私』の場であると認識しているので、サッシャ自身も気を抜いて楽しんでいる側面があった。カインとイルヴァレーノはそれを知っているので、これがサッシャ流の冗談だということに気がついているのだ。

「コホン。女性によっては結婚や出産、年齢の話は非常に繊細な話題でございます。安易に話を振ると、このように怒られる場合があるので注意なさいませ」

そう言ってサッシャはにっこりと笑った。一年生組のあいだで張り詰めていた糸がプツンとキレたように、安堵の空気が広がった。

「そもそも私は子爵家の三女という立場ですから、跡継ぎ問題としても家門間の政略の意味でもあまり結婚が重要視される立場ではございませんでした。両親からも、卒業後は好きにして良いといわれておりました」

そう言って、サッシャはお茶の入ったカップをそれぞれの前に置いていく。

「好きにして良い、とはいえ家にとって不利になるような希望については、やんわり反対されましたけどね」

何かを思い出したのか、そう言うサッシャはふふっと笑いをこぼした。人数が多いのでお茶をいれるポットは二つある。もう一つのティーポットでお茶を配っていたイルヴァレーノは、最後のカップにお茶をいれるとサッシャの前に静かに置いた。サッシャのいれた最後のカップは、イルヴァレーノが持って窓際へと下がっていった。

カインの留学中にディアーナと取り決めた約束事で、お茶はお互いに入れたものを飲む事になっていた。

「小説家になりたい、という夢と女優になりたい、という夢はやんわり反対されました」

サッシャの言葉に、小さく笑いが漏れた。貴族令嬢が憧れるには、あまりにも無謀な夢だった。

「そういえば、僕も冒険者になりたいといってお父様に却下されたことがあるね」

可能性は無限大！　と言われた直後の却下だったので、無限大の範囲が狭いなと呆れたものだった。

「貴族家の令嬢といえども、兄や姉が数人いる場合は家の為に結婚をする必要が無い場合が多いのです。むしろ、持参金や結婚資金、花嫁衣装などの用意が難しい場合は結婚してくれるなと頼まれる事もあるようです」

「相手にもよりますよね？　持参金を辞退し、逆に結納金を納めて妻をとる貴族もいるときいたことがありますよ」

サッシャの話を聞いて、ジャンルーカが補足を入れた。学業で優秀な成績を収めていたり、容姿が飛び抜けて美麗であったりすれば、そういう事ももちろんあるだろう。貧乏貴族の下の子にも希望はあると言いたいのかも知れなかった。

ジャンルーカの言葉に、サッシャも優しい微笑みで応える。

「もちろんでございます。ただ、そういった方に見初められるためには学業や事業で成果を上げる必要がありますから、結婚のお約束ができるのはやはり学園卒業間際だったり卒業後だったりすることが多いです。ですから『貴族の婚約は早い』という話にはつながりません」

そこまで言って、サッシャは一口お茶を飲んだ。

「爵位が高くない貴族の三男以下や次女以下の場合は、早々に結婚のお約束ができる可能性はあまり高くありません。男性の場合は王城で役職を得たり、騎士になったり魔法使いになったりすることで、独身のまま生きていく方も少なくありません。女性の場合は、騎士のお嫁さんを目指したり、高位貴族家の侍女として働いたりするという道を選ぶのが一般的でしょうか……。特に、高位貴族家の侍女は憧れの職業の一つなんですよ」

「サッシャは、私の侍女で良かったの？」

「もちろんです。公爵令嬢の一番の侍女だなんて、これ以上無い名誉な事ですよ」

にこりと笑った。

「つまり、婚約者が決まるとかその準備が始まるのが早いかどうかというのは、貴族か平民の違いというよりは、高位貴族であるかどうか、家門の後継者かどうか、というのも絡んできますから、一概には言えないお話でしょう。ということです」

そう言って、サッシャはクリスに向かってもう一度微笑んで見せた。大人の余裕が見える笑顔である。

「たしかに、侍女達は独身の者も多いがみな楽しそうに仕事をしているな」

自分の身の回りの世話をする侍女達のことを思い出して、アルンディラーノが頷いた。自分の身分では入ることが出来ない王宮の奥に部屋を与えられたり、華やかなパーティに介添人としてドレスを着て参加出来たりするので、下位貴族の令嬢にとって王族の侍女というのは役得なのだろう。

サッシャの言葉に、「なるほどねー」という顔で頷きながらお茶を啜（すす）っている皆に対して、ディアーナは少し悩ましい表情を浮かべていた。

ディアーナは公爵家の長女である。

王族を除けば国内で一番身分の高い令嬢ということになる。サッシャが例にあげた『結婚が重要じゃない立場』には当てはまらない。

その上、現状の王家には王女がいないので侍女になろうと思っても仕える相手がいない。

自分としては騎士や冒険者、探偵などなりたいものが沢山あるし、カインがなんとかしてくれるから大丈夫、とも思っていた。しかし、両親に対しては『世を忍ぶ仮の姿』で接しているのだから、婚約話を持ち込まれてもおかしくない立場であることに気がついたのだ。

「ディアーナはねぇ、昔僕のお嫁さんになってくれるって言ってたんだよ！」

「カイン様、お顔が崩れています」

カインが崩れそうなだらしない顔で過去の話を蒸し返し、イルヴァレーノがハンカチでその顔を隠すといういつものやりとりを繰り広げていたが、ディアーナは内心それどころではなかった。

一年生の夏休み

婚約話で盛り上がった放課後魔法勉強会から季節一つ分の時間が過ぎ、リムートブレイク王国の長い春がようやく終わってしっかりと暑い夏がやってきた。

アンリミテッド魔法学園の生徒達の制服は半袖に替わり、運動の授業や魔法実技の授業などでは薄く汗をかくようになった。

夏休み前最後の水曜日。使用人控え室として借りている部屋にいつものメンツで集まって、前期最後の放課後魔法勉強会が開催されていた。

仲良しクラブとなってからも、それぞれが勉強をしたり魔法や剣の練習をしたりと真面目に過ごしていたものの、夏休み直前となればやはり気もそぞろになってしまう。ディアーナ達は「夏休みをどう過ごすのか」という話題で盛り上がっていた。

「ジャンルーカはやっぱり国に帰るのか？」

「うん。夏休みは二月近くもあるし、兄の仕事が忙しくなってきているそうだから手伝いも兼ねて帰国するつもり」

「そうかぁ。僕も夏休みの前半はとある領地の視察なんだよなぁ。後半は王都内の孤児院や救護院の慰問と視察の予定が入ってたりさ」

「ふふふっ。お互いに夏休みだからって休めないね」

アルンディラーノとジャンルーカが王族的な会話をしている一方で、

「夏休みの……寮の食堂が、夕食のみ……!?」

「基本的にみんな家に帰るし、朝は寝坊して食べに来ない生徒が多かったんでやめちゃったらしいよ」

「……困る……」

「ラトゥール様、夏休みも家に帰らないの？」

「寮の方が、勉強、はかどるし……」

「でも、学園の方は閉まっちゃうから図書館も魔法鍛錬所も使えないよ？」

「！！！！」

本に集中していて教師や寮監の説明を聞いてなかったらしいラトゥールが、アウロラに色々聞かされて今更衝撃を受けていた。

「兄貴は今年度で卒業なので、夏休みは仮の騎士見習いとして騎士団と行動を共にするらしいんですよね」

「そうか、騎士学校は三年制なんだっけ」

「そうなんですよ。いいなぁ、俺も早く騎士になりたいなぁ」

「クリスは良いじゃない。ちゃんと卒業すれば騎士団の入団テスト受けられるんだから」

「ディアーナ様はそう言いますけど、魔法学園卒だと騎士学校卒より三年も出遅れる事になるんですよ」

「その分、魔法剣を極めて三年分ごぼう抜きで出世してやればいいじゃないか」

ディアーナと、ディアーナを膝に乗せたカインと、剣の素振りをしているクリスがそんな会話を交わしていた。

三々五々好き勝手におしゃべりをしている子ども達の声を聞き流しつつ、サッシャは壁際の椅子に座って本を読んでいた。希望者へのお茶はすでにいれ終わっていて、おかわりは各自でいれるルールになっている。放課後魔法勉強会の場は「真の姿」の場所だと認識しているので、ディアーナがカインの膝に座っていてもサッシャはもう怒らない。

コンコン、とドアが軽くノックされ、席を外していたイルヴァレーノがドアを開けて入ってきた。

「カイン様、家から急ぎの用とのことで手紙を預かってまいりました」

「急ぎの用？」

カインは首をかしげながら、ディアーナ越しに手を伸ばした。家ではないので手紙用のトレーもなく、イルヴァレーノも素のまま手渡ししてくるので、ディアーナが「ぷぎゅっ」と挟まれて鼻が潰れてしまっていた。

左手でディアーナの潰れた鼻を撫(な)でつつ、右手で封書をくるくると表裏回して宛名と封蝋(ふうろう)を確認してみれば、エルグランダーク家の家紋に水滴模様の入ったエリゼの印章で封がされていた。宛名はカインの名前になっている。

「母からだね。急ぎってなんだろう」

すでに今日の授業は全て終わり、放課後の課外活動中という時間である。あと二時間もすれば邸に帰る事を考えれば、その二時間も待てない用事だということが考えられる。しかし、本当に緊急なのであれば手紙を学校に預けた上で連れてきている使用人経由で渡すなんていう手間の掛かる事をする必要は無い。伝言を携えた使用人を直接派遣して、教師と一緒に教室まで来るか、生徒を応接室に呼び出すかすれば良いのだ。生徒のほとんどが貴族の学園なので、そのあたりは柔軟なのである。

ディアーナを抱っこして手が離せないカインは、送り主を確認した手紙をイルヴァレーノに戻す。手紙を戻されたイルヴァレーノも当たり前のように受け取ると、ナイフで封を切って再度カインに手紙を戻した。

「お母様は、なんて？」

手紙を読んでいるカインの手元をディアーナものぞき込んだ。ディアーナの肩口から手紙を読んでいたカインは、ディアーナの視線を見ながら手紙をめくって二枚目にも目を通した。

「ジャンルーカ殿下〜」

手紙を読み終わったカインは便せんをディアーナに手渡すと、顔を上げてジャンルーカの名を呼んだ。便せんを受け取ったディアーナはそのまま続きを読んでいるのかじっと目線を動かしている。

「カイン？」

「呼びました？」

呼んでないアルンディラーノも付いてきた。

「ジャンルーカ殿下、もう帰国時の馬車の手配はされましたか？」

「いや、まだだよ。アルンディラーノに相談しようと思ってたんだ」

カインとディアーナの向かい側のソファにはアウロラとラトゥールが座っていたので、ジャンルーカとアルンディラーノはテーブルの角を挟んで隣に置いてあるソファへと腰を下ろした。

「それならちょうど良かった」

とカインが頷いて、ディアーナが読み終わった手紙をジャンルーカへと差し出した。

「夏期休暇なんですが、国境までは僕たちと一緒に移動することになったみたいです」

「私の馬車は大きいので一緒に乗れますわね！」

母エリゼの手紙には、夏休みが始まったら領地へ避暑に行く予定であることと、その時にジャンルーカも一緒に行くことが書かれていた。エリゼはいつの間にかサイリユウムの王妃と文通友だちになっていたらしい。すでにサイリユウム王家とは話が付いていると記載されてあった。

カインとディアーナ、そしてエリゼが領地へと移動することになればネルグランディ領騎士団の王都邸隊が警護につく。ジャンルーカを国境まで送り届けるのに傭兵や冒険者などを雇うよりは安全を確保できるというものである。

「それって、日程はもう決まってるの？」

アルンディラーノがジャンルーカの手元をのぞき込みつつ、カインに聞いた。ジャンルーカが先に手配をしてしまわないようにと、要件のみ急ぎで学校まで手紙を送ってきたようで、詳しい内容は何も書いてなかった。

「日程などについては何も書いてないね」

ジャンルーカはアルンディラーノにそう言って、

「前期の終了日からエルグランダーク家にお世話になるのが良さそうかな」

と今度はカインに予定について確認した。

「そうですね。国境まで飛竜で迎えに来てもらうんですよね？」

「そのつもり。兄上からも、飛竜を飛ばすから連絡しろって手紙が来ていましたので」

「余裕があるようでしたら、ネルグランディに到着してから連絡しても良いかもしれませんね。飛竜なら半日で国境まで来れますから」

「そうしたら、領地でも少し遊べますわね？　あちらはお庭も広いし騎士団の訓練場所もあるので魔法の練習が思い切りできますのよ！」

「僕も！」

ディアーナも話に交ざり、夏休みの予定で盛り上がってきたところで、アルンディラーノが大きな声を出して手を上げた。

「僕も、夏休みの前半はアイスティア領とその周辺を視察に行く予定なんだ！　だから、途中まで一緒に行く！」

目を大きく開いたアルンディラーノの顔からは、強い決意が見て取れた。絶対に、一緒に遊んでやるんだという、強い意志が。

アイスティア領というのは、エルグランダーク家が治めているネルグランディ領と小さな領地一つ間に挟んだ北西の地にある領地である。馬車で早朝にネルグランディ領を出発すれば、深夜日付が変わる前には到着できるぐらいの場所にあり、忘れられた王兄殿下が領主として治めている。

王兄殿下は前王妃殿下である王太后から疎まれていたため、現国王陛下も王妃殿下もおおっぴらに友好を深めることが出来なかった。しかし、数年前にアルンディラーノの従姉妹（正確にはちょっとちがう）に当たる赤ん坊が発見されたことと、王太后が体調不良で王家の休養地に引きこもるようになったことから、視察と称して王妃とアルンディラーノが訪れる事が増えていた。

「アイスティア領は、ネルグランディ領の隣の隣だし、馬車でその日のうちにいける距離だろ？　ははう……王妃殿下にお願いして現地合流にしてもらうから、ネルグランディ領まで僕も一緒に行く！」

テーブルに両手を突いて身を乗り出し、前のめりで熱く語るアルンディラーノだが、隣に座っていたジャンルーカが冷静にその腰を叩いた。

「王族がそんな簡単に、単独行動するなんて宣言して良いのか？　だいたい、そのアイスティア領に行く道すがらだって視察の一環だろう？」

「ジャンルーカだって単独行動じゃないか」

「それはそうだろう。私は、留学中の身なんだから」

「何なら、アイスティア領に先に行っても良いぞ？　ジャンルーカにもティアニアを紹介してやろう！　入学前に会ったきりなんだが、泣き声がとても元気よく大きいんだ！　耳を壊さないように注意しないといけないぞ？　二足歩行が出来るようになってからは投石器の石のような勢いで腹に突撃してくるようになったんだけどな、最近はますます勢いよく走れるようになってきたらしくて……」

アルンディラーノは従姉妹のティアニアがお気に入りらしく、ジャンルーカに勢いよく語りかけ続けている。

カインはディアーナの頭を撫でつつ、さてどうしたものかと首をひねる。

ディアーナや攻略対象、そしてヒロインであるアウロラがアンリミテッド魔法学園に入学し、いよいよゲーム時間が始まって半年。まもなく前期の授業も終了し、夏休みが始まってしまう。

振り返ってみれば、入学式や組み分けテスト、交流のためのオリエンテーリングやダンスレッスン、合唱祭、運動会。ゲームで実装されていた学内イベントは一通りこなしており、ある意味シナリオ通りに時間が進んでいっているとも言える。

その一方で、入学前に出会う切っ掛けが無かった為に接点を持てずにいた攻略対象者のラトゥールについては『放課後の魔法勉強会』の仲間に引きずり込み、人間関係を精神魔法でなんとかしようと思う前に友人を作らせる事に成功しつつある。

まだまだ人見知りだし性格に難のあるラトゥールだが、このまま手元に置いて様子を見ていればディアーナに害を与えたりはしないだろうとカインは考えていた。

肝心のヒロインであるが、アウロラはどう見ても前世でオタクをこじらせた転生者であり、今のところは誰か特定の攻略対象者とどうこうなろうとしている様子はない。むしろ、あわよくば第三者視点でスチル回収してやろうと物陰に潜んでいる姿を見かける。

ヒロイン自身が物陰に隠れていたらスチル回収も何もないだろうに、とカインは呆れているのだが、アウロラ本人はいたって楽しそうなので様子を見つつ放置している。

カインはチラリとアウロラとラトゥールが会話している方へ視線を投げた。

「そうだ、ラトゥール様もジャンルーカ様のお見送りについて行ったら良いんじゃない？」

「なぜ……そう、なる」

「そうすれば、ご飯食べ忘れることもないでしょう？　寮の食堂が朝夕開いている時だってジャンルーカ様が担いでこなければ本に夢中で食べ忘れちゃうんだから」

「そんなことない」

「そんなことあるよぉ～」

アウロラが夏休みのラトゥールをジャンルーカに押しつけようとしている場面を見てしまった。

カインはうーんとうなりながらディアーナの頭に顎を乗せる。

「ねぇ、お兄様。そうしたらケーちゃん達も誘ったらダメかしら？　もう学生になったのだから他家にお泊まりしたって良いのでしょう？」

カインに顎を乗せられたまま、ディアーナが頭を上げて聞いてくる。ディアーナの中ではもう、夏休みは皆でネルグランディ領に行って遊ぶんだと決定してしまっているらしい。愛するディアーナがそれを希望するのであれば、カインとしては叶えてやりたい。

攻略対象者達が目の届く範囲にいるのであればカインにとっても都合が良いし、『皆で一緒に』

ということならば、ディアーナが特定の誰かと特に仲が良いと言った誤解が生まれることもなさそうだ。

「ジャンルーカ様と一緒に領地に行くのはお母様からきたお話だから良いんだけど……」

カインはそう言ってまずはアルンディラーノの方へと視線を向けた。

「アル殿下は、アイスティア領への視察前にネルグランディ領に立ち寄る事を王妃殿下から許可取ってくださいね。それと、ご自身用の護衛についてはちゃんと手配すること」

「わかってる！　カインとディアーナのお母上も行かれるのだろう？　だったら、母上がダメというはずないから大丈夫だ！」

カインの言葉に、アルンディラーノが大きく頷きながら胸を叩いた。

カインの母であるエリゼと、アルンディラーノの母であるサンディアナ王妃殿下は学園時代の親友で今でも仲が良い。視察ついでに親友同士で親睦を深める機会が持てるのであれば、確かに不許可とはいわない可能性が高かった。

「ラトゥールについては、家と絶縁状態だろうから許可を取ったりはしなくて良いけど、行き先だけはちゃんと伝えておくように。誘拐だとか言われても困るからね。手紙で構わないから」

「行くなんて……言ってないっ」

ラトゥールの方へ視線を移動してカインがそう言えば、ラトゥールは頬を膨らませてそんな返事をした。

「アーちゃんは？　一緒に行く？　領地はお庭もすごい広いし、小川が沢山流れているから水遊びも楽しいんですのよ」

「お誘いありがとうございます。でも、夏休みは親の手伝いをする予定なのでご遠慮しますね」

ディアーナがアウロラにも誘いの声を掛けたが、これは断られた。カインはちょっと意外だと思ってアウロラの表情を注意深く見つめてみたが、特に裏がある様子は見られなかった。

カインは、普段からスチル回収やムービーシーン閲覧の為に物陰に隠れたり図書室で本棚の隙間に挟まったりしているアウロラの姿を目撃しているので、攻略対象者大集合となりそうな夏休みの旅行に付いてくるんじゃないかと思ったのだ。

アウロラと攻略対象者の誰かが恋仲になれば、ディアーナの破滅フラグが立ってしまう可能性もあるので、来ないなら来ないで安心だとカインは胸をなで下ろした。

単純な話、アウロラは前世の記憶がありながらも、この世界での両親をきちんと両親として愛していたし、平民のアクセサリー職人の娘として地に足を着けて生きていこうとしているだけである。

この世界がゲームの世界であり、自分の妹が破滅フラグだらけの『キャラクター』であると幼い頃から認識していたカインよりも、アウロラはしっかりとこの世界の住人として生きているのだ。

「ケイティアーノ嬢達は、向こうの親御さん次第だね。お父様とお母様は僕が説得してあげるから、ディアーナは彼女たちに聞いてごらん」

「ありがとうお兄様！　大好き！」

カインの言葉に、ディアーナが膝の上で振り向いてカインに抱きついてくる。

カインも抱きしめ返しながら、

「僕もディアーナが大好き！」

と叫んでディアーナの頭のてっぺんに鼻を埋めていた。


色々と調整をした結果、ディアーナの友人であるケイティアーノは祖父の許可が下りなかったからということで欠席、ノアリアとアニアラは派閥の関係で別のパーティに出ることになっているため予定が合わず欠席ということになった。

ラトゥールの食事事情を心配したアウロラとジャンルーカの説得により、ラトゥールも旅行に参加することになった。

ずっと旅行を渋っていたラトゥールだが、ネルグランディ城の図書室の蔵書量について話したらくるりと態度を変え、「ジャンルーカ殿下が言うから仕方なくついて行くんだからな」というツンデレ発言をこぼしていた。

クリスはアルンディラーノの護衛役としてついて行きたがったが、騎士見習いでもないし騎士学校の生徒でもない為却下されてしまい、『アルンディラーノのお友達枠』での参加となってしまったことを、とても不服に思っているようだった。

こうして、まだ入学していない年下の後輩ルートの攻略対象者と教師にならなかったので接触の無い教師ルートの攻略対象者以外は勢揃いの状態で、夏休みを迎えることになったのだった。

ド魔学の夏休み前最後の日は、通知表が配られたりロングホームルームで「盛り場には近寄らないように」と注意事項が通達されたりすることも無く、時間割通りに授業が進められた。

生徒達はそわそわと上の空で授業を聞いていたが、教師達はお構いなし。いつも通りにのんびりと解説をしたり鬼のような板書をしたり若手の助手に任せてひなたぼっこをしたりして授業を進めていた。

変わったことと言えば、その日の最後の授業で教師が口にする言葉が「ではまた明日」ではなく、「ではまた休暇明けに」に変わっていたぐらいで、なんてこと無い一日として終了した。

普段通りの授業が行われたということは、授業終了時点ですでに午後になっているということであり、寮住まいの学生達の大多数は領地への帰省を翌日に持ち越す事にしているようだった。

王都に家のあるアウロラや、エルグランダーク家に前泊する事になっているジャンルーカとラトゥールはその日のうちに寮から退出するので、部屋を綺麗に片付けた後は鍵を寮監に預けて退出することとなった。

「寮内も大分賑(にぎ)やかでしたね」

小さなカバンを一つ足下に置いて、アウロラが寮を見上げながら言った。

「今日はいつも通り寮に泊まって、明日の早朝から帰省する生徒も多いみたいだからね。今から部屋の掃除をする生徒もいるらしいよ」

アウロラの隣に立ち、おかしそうに笑うジャンルーカの荷物は大きなボックス型のカバンが四つ。後ろにサイリユウムから付いてきていた小間使いがひっそりと気配を消して立っている。

「長期休暇の、前だからって……なんで掃除するのか、わからないな」

ジャンルーカの少し後ろに立つラトゥールは、制服のポケットから小型の魔法図録と魔石図鑑がはみ出しているだけで、特に荷物などは持っていなかった。

「ラトゥールは、もうちょっと普段から部屋の掃除をしたほうがいいと思うよ?」

「?」

「私の部屋に、まだ君の本が置きっぱなしなんだよ?」

「ありがとう」

そうじゃない、そうじゃないよ! という顔を後ろに控えているジャンルーカの小間使いがしているのを、アウロラだけが目にしていた。

ジャンルーカは手のかかる弟でも見るかのような目でラトゥールを見つめて、肩を竦めるだけで済ませてしまった。

「ところで、ラトゥール様は荷物無いんですか?」

アウロラがジャンルーカの肩越しにラトゥールに話し掛けた。制服の両方のポケットに一冊ずつ小型の辞書を入れている以外に、手荷物のような物を何も持っていない。ラトゥールはどさくさ紛れに入寮した経緯があるので元々荷物が多くない事はアウロラにも予想ができるのだが、それにしても手ぶら過ぎると思ったのだ。

「あるけど」

ラトゥールはそう言ってポケットを軽く叩いて見せた。そうじゃない、そうじゃないよ! という顔を今度はジャンルーカとアウロラがする羽目になった。

そんな感じに三人で談笑をしているところに、寮の門から一台の馬車が入ってきた。ディアーナ自慢の白い馬車である。エルグランダーク家の紋章がドアに立体的に取り付けられており、装飾も美しい大きな馬車だった。

「おまたせ！　学園前の車寄せが混雑しちゃって、出てくるのに時間掛かっちゃった」

馬車の窓を開け、ディアーナが大きく手を振った。アウロラも大きく手を振り返し、ジャンルーカはひじから先だけを持ち上げて上品に手を振り返した。ラトゥールはもじもじしながら体の横で手首から先だけを小さく振ってみたのだが、誰も気がついていなかった。

エルグランダーク家の御者であるバッティとイルヴァレーノ、ジャンルーカの小間使いの三人で手分けしてジャンルーカの荷物を馬車に積み込んでいく。

その様子をみながらカインが首をかしげた。

「ラトゥールは荷物ないの？」

カインの質問に、ラトゥールが先ほどアウロラにしたように制服のポケットを叩いてみせると、カインとディアーナは目を丸めて同じ顔をして驚いた。

「いやいやいや。今日ウチに泊まって、明日から四日間の馬車の旅だよ？　その後もネルグランディ領の城でジャンルーカ様のお迎えが来るまで過ごすんだよ？」

「私服はどうするんですの？　替えの下着は？　走れる靴や戦える服も無いと遊べませんわよ？」

カインとディアーナがそろってラトゥールに詰め寄れば、ラトゥールは慌ててジャンルーカの背中にピョッと隠れてしまった。

「夜、洗って……朝、乾くから」

「え！　ラトゥール様って寝るとき裸族なの？」

ジャンルーカの背中に隠れてぼそりとこぼしたラトゥールの言葉を、アウロラが拾ってひっくり返す。

「ＫＷＳＫ（くわしく）！」

「今の何語ですの？」

と鼻息も荒くジャンルーカの背中をのぞき込むアウロラに、
と反対側からのぞき込んでアウロラにツッコミを入れるディアーナ。

「荷物積み終わりましたよ」

とイルヴァレーノにカインが背中を叩かれたのを切っ掛けに、わちゃわちゃとした会話を一旦終了して皆で馬車へと乗り込んだ。

ジャンルーカの小間使いとイルヴァレーノは御者席へ、カインとディアーナ、ラトゥールとジャンルーカとアウロラは馬車の中。アウロラは職人街の近くで降ろすことになっている。

白くて大きな馬車がゆっくりと学園寮の敷地から出ていく。入れ違いに学園から寮へと戻っていく学生とすれ違うのを、知り合いでもいたのかジャンルーカが手を振って見送っていた。

学生達がここに戻ってくるのは、約二ヶ月後の事になる。

屋根裏の散歩者

一夜明けて、夏休み初日。

カイン達は当初、夏休み初日の早朝からネルグランディ領へ向けて出発する予定だった。それにあわせて、ジャンルーカとラトゥールも授業最終日に寮を出てそのままエルグランダーク家へと身を寄せていたのだ。しかし、留学中に約二ヶ月間も母国へ戻るのであれば、王宮へ挨拶に行った方が良いだろうとエリゼから助言があった為に、ジャンルーカはエリゼと一緒に朝から王宮へと謁見に出かけている。

出発が一日延びたと知ったラトゥールは、エルグランダーク家の図書室に朝からこもりきりだ。

そしてカインは、一日延びたのならちょうど良いと、後継者教育の一環として父ディスマイヤに王都からほど近い場所にあるエルグランダーク家の敷地へ視察に連れて行かれた。

「せっかくディアーナとずっと一緒にいられる夏休みになったのに！　嫌だ！　嫌だ！　行きたくない！」

と駄々をこねて天蓋付ベッドの柱にしがみついて泣きわめいていたカインだが、イルヴァレーノに力ずくで引き剥がされて馬車の中へと放り込まれていた。

そんな感じで、せっかく夏休みが始まったというのにディアーナは屋敷で一人お留守番ということになってしまっていた。

「お兄様とお父様が向かったのって、昔ピクニックに行った所かしら」

「そのようにうかがっております」

「魔獣が出たんですってね。私を連れて行ってくれればバババーンと倒して差し上げるのに」

「今日のところは領地から騎士団を呼び寄せる必要があるかどうかの確認だけですから」

「それでも、万が一があると危ないからって連れて行ってくださらないんですもの」

同じ理由で、イルヴァレーノも留守番だ。まだ、戦闘の可能性がある地域への視察に同行することをパレパントルから許されていない。

朝食を済ませ、母とジャンルーカ、父とカインを見送ったディアーナは、私室で食後のお茶を楽しみながら、何をして過ごそうかと考えているところだった。

サッシャは刺繍や読書を提案し、イルヴァレーノは大人しくしてくれていれば何でもよいと黙って側に立っていた。

「ところでイル君。上の人はお茶はいらないのかしら」

中身が半分ほどになったカップをソーサーの上に戻したディアーナが、人差し指を天井に向けてイルヴァレーノに問いかける。

「……気がつかないでくださいよ」

天井を指差しているディアーナの手をそっと膝の上に戻しつつ、イルヴァレーノは渋い顔をしている。

「門を守ったり夜間に屋敷の中を見回ったりしている騎士達とは違うよね」

「……気づかなかったことにしてください」

イルヴァレーノの言葉を無視して質問を重ねてくるディアーナに、イルヴァレーノはさらに無かったことにしようとしたが、

「イールーくーん」

ソーサーごとカップをサイドテーブルに置いたディアーナが、椅子から半分身を乗り出してイルヴァレーノに身を寄せた。

「ダメですよ。お嬢様は知らなくてよい事なんですから」

イルヴァレーノは立ち位置は変えないまま、背骨の限界に挑戦するかのように背中を反らせてディアーナから距離を取る。さらにイルヴァレーノに迫ろうとして身を乗り出し、倒れそうになったディアーナの椅子を反対側からサッシャが押さえてバランスを取った。

「何の話ですか？」

イルヴァレーノとディアーナが何の話をしているのかさっぱり理解できていないサッシャが聞けば、ディアーナはぐるんと体を戻してサッシャの方へと身を乗り出した。

「たぶんね、ニンジャがいるのよ！」

キラキラと好奇心に満ちた顔でそう言うディアーナに、サッシャは『何を言っているのかわからないけど、ウチのお嬢様は世界一可愛いわね』と思ってにこりと笑顔で返した。

三十分後、イルヴァレーノとディアーナとサッシャは天井裏にいた。サッシャとディアーナは毎朝のランニング時に着用している動きやすい服に着替え済み。天井が低いのでサッシャは少し中腰で立っており、ディアーナは手を上に伸ばして天井をサワサワと撫でるように触っていた。

「おいおいイル坊。お嬢様をこんなところに連れてくるなよ」

天井裏の空間には照明器具などは一つも無く、小さなスリットの入った換気用の穴が等間隔に空いているばかりで大分暗い。換気用の穴からの光も届かない奥から響いてきた低い声に、ディアーナとサッシャはびくりと肩を揺らした。

「お嬢様に気配を察知されるのが悪い」

イルヴァレーノはいつもと変わらない調子で暗闇に向かって返事した。暗がりの中をディアーナが一生懸命目を細めながらのぞき込んでいると、もそりと真っ黒い服を着た人がゆっくりと出てきた。

「こんにちは」

まだ暗がりに目が慣れていないディアーナは、目を細めたまま挨拶の言葉を掛けた。

「はい、こんにちは。お嬢様、こんな所に来ちゃダメじゃないですか」

気安い声が返ってきた。換気用の穴から入ってくる光が届く所まで出てきたその人物は、目深にかぶっていた帽子をくいっと持ち上げるとニコッと笑った。その顔は、ディアーナもよく知っている人物、いつもディアーナの馬車を運転してくれる御者の男だった。

「バッティ？」

「はいはい、バッティさんですよ。ちゃんと気配消して忍んでいたと思うのですが、なんでバレちゃいましたかね」

「バッティ。口の利き方」

「ちぇ。イル坊だって普段は大分乱暴な口じゃねぇか」

「お嬢様の前ではちゃんとしてる」

御者のバッティとイルヴァレーノが気安い感じで声を掛け合っているところで、ポッと灯りがともった。そろってそちらに目をやると、サッシャが魔法道具のランタンに灯りを付けたところだった。

「屋根裏の守護者……。噂には聞いたことありましたけど、本当にいるのですね」

ランタンを掲げ、バッティの姿をよく見ようと一歩前に出たサッシャが感動したように震えた声でそうつぶやいた。

「サッシャ、サッシャ。バッティは御者として入り込んでいた他家の密偵かもしれませんわよ！　ディが本当はおしとやかじゃないという機密情報を盗みに来たのかもしれないわ！」

密偵、機密情報を盗みに、といった物騒な事を言いつつもディアーナの顔は好奇心があふれそうなニコニコ顔だ。

つい最近ケイティアーノと一緒に観に行った歌劇がそのような内容だったので、影響されているのだろう。もちろんサッシャも侍女として一緒に観劇している。

「ははは。俺はお嬢様どころかお坊ちゃんが生まれる前からこの家にお仕えしてるんでさぁ。今更お嬢様がお転婆な事を探ったって意味ありゃしませんよ」

そうやって笑ったバッティは、小さな椅子を取り出すと壁際の換気用の穴の側へとディアーナ達を誘導した。穴から漏れる外の光と、サッシャの手元のランタンで大分明るい。ディアーナ達を壁際に誘導した後にまた奥へと身を下げたバッティの顔は影になって暗い。

「サッシャ嬢は知ってると思うけど、お屋敷には使用人用の通路や階段という物があるんスよ」

陰影が濃くなっているバッティの顔は、笑っているようにも怒っているようにも見えた。声は、穏やかで怒っている様子は無いため、ディアーナはバッティが笑っているのだと受け止めた。

「サッシャ？」

「ええ、確かにお屋敷には使用人用の通路や階段がございます。下級メイドや下働きの者達が主家の皆様の目に入らないようにするために、移動場所を分けているのですよ」

そうなの？　という顔で見上げてきたディアーナに、サッシャは優しく諭すように話す。上級メイドや侍女なども、掃除用具を持っていたり使用済みの食器を持っていたりする場合は使用人用の通路を使う事があるのだと、サッシャは説明してくれた。

「ここは、さらにそんな使用人達からも見えないように移動するための通路なんですよ」

だから、主家の方や侍女の方がこんな所まできちゃいけません。とバッティが困ったような声で言う。

「領分を侵しちゃいけやせん。気がついたとしても、気がつかぬふりをするのが立派な貴族ってもんです。お嬢様は、人前ではレディーでいなきゃならんのでしょ？」

換気口から差し込む光がギリギリ届かない所に立つバッティの顔は暗いが、目だけがキラリと三日月型に光っている。

「じゃあ一つだけ教えてちょうだい、バッティ。下級使用人達からも見えないように移動する貴方達は、どういう立場なのかしら？」

バッティにレディーと言われたのを受けて、ディアーナは胸を反らして貴族っぽく気高い口調で問いただした。

「ニンジャ？」

バッティが答えるよりも先に、期待を込めた声でさらに問いかける。ディアーナのレディーっぷりは三十秒も保たなかった。

「お嬢様やお坊ちゃん風に言えば、『ある時はエルグランダーク家の御者、またあるときは屋根裏の散歩者。而(しか)してその実態は！　やっぱりただの御者でした〜』って感じですかね」

暗闇で表情はよく見えないが、ヘラリと笑った気配がした。ニンジャという答えが返ってこなかったことでディアーナは不満顔だったが、「世の中そんなもんですよ」とイルヴァレーノに慰められながら天井裏を降りて部屋へと戻っていった。

天井から降りていった三人を見送ったバッティは、この穴は塞(ふさ)いでおかにゃならんなぁと聞こえるように言いながら蓋を閉めた。

真っ暗になった天井裏。換気用の穴から入るわずかな光も届かない奥まで足を進めると、バッティは暗闇で見えていなかった荷物をよいしょと担ぎ上げた。

「鋭いってのも考えもんだ。今度からは一瞬たりとも殺気を出さずに撃退しにゃならんってことか？」

ため息を吐きつつ一人で愚痴をこぼしたところで、担いだ荷物がもぞもぞと動いた。

「もうちょっと静かにしておこうか？」

と言ってバッティは肩に載せている荷物に拳を打ち込んだ。

「うぐっ」

といううめき声を上げて動かなくなった荷物を、もう一度よいしょっと肩の上で担ぎ直すと盛大なため息をもう一度吐き出した。

「今月これで何人目だよ。使者ならちゃんと玄関からきなさいってぇの。お嬢様狙いなのかお坊ちゃま狙いなのかしらねぇけどさぁ……」

ブツブツいいながら、バッティは低い天井に頭をぶつけないように器用に足を進めていく。時々びくりと動く『荷物』に拳を打ち込んで黙らせながら、暗闇の奥へと消えていった。

その日の午後のティータイム。

「お茶を一緒にどうかしら？」

ディアーナが天井に向かって手を振った。返事がないことに首をかしげると、焼き菓子を一つつまんで天井に向かって持ち上げる。

「美味しい焼き菓子もありますのよ。内緒のお茶会をいたしませんこと？」

ニコニコと笑顔で天井の一角をじっと見つめるディアーナ。その後ろに立っているイルヴァレーノとサッシャはそれぞれ渋い顔で眉間とこめかみを揉んでいる。

「領分を侵しちゃいけませんって言いましたよね」

ディアーナの真上、天井から小さな声が聞こえてきた。とがめるような厳しめの声に、ディアーナは平然とした顔で焼き菓子を一口かじった。

「ここは私の私室ですもの。世を忍ぶ必要が無いのですからレディーとしての振る舞いはお休みですわ！」

ドヤ顔で胸を張る姿は、確かに淑女らしさは全く無い。

三分ほどの葛藤の末、屋根裏の散歩者は「ウェインズの兄貴には内緒にしておいてくださいよ」といって天井から降りてきたのだった。

馬車の旅

ゴトゴトと揺れる馬車の中、カインとディアーナが二人きりで肩を寄せ合って座っていた。

「ねぇ、あなた。こんな夜中にコッソリと王都を出るなんて……やっぱりいけないわ」

カインの太ももにそっと手を置き、切なそうな瞳で見上げながらディアーナが震える声を出した。

「何を言っているんだい。もう、決めたじゃないか……新しい街で、やり直そうって」

カインは、太ももに添えられたディアーナの手を包み込むように握りしめると、潜めた声でディアーナの耳元にささやいた。

ディアーナは『こんな夜中に』とカインに言ったが、窓からはさんさんと明るい日差しが馬車の中へと差し込んでいる。それなのに、カインとディアーナはまるで夜中の馬車の中であるかのように、寒そうに肩をふるわせていた。

ちなみに、夏の初めなので馬車の車内は暑いくらいである。

「怖いわ、あなた。最近この辺も物騒になったと噂になっていたのよ」

「新しい街は治安も良いと聞いているよ。ここさえ抜ければ、大丈夫さ」

芝居がかった口調で会話を続けるカインとディアーナ。馬車の外からは笑いを我慢する声がかすかに聞こえてきた。

と、その時。

馬車の窓から差し込む光が遮られ、ディアーナの顔に影が落ちた。「ゴンゴンゴンっ！」と馬車の窓が力強く叩かれる音が響き、ディアーナはびくりと肩をふるわせた。

すがりつくようにギュウとカインの袖を握りしめたまま、恐る恐ると言った表情でディアーナが馬車の窓を振り向くと、

「こんな夜中にコッソリと王都を抜け出るなんて、訳ありのお貴族様だな！」

馬車の外に、窓を叩きながら恫喝（どうかつ）してくる姿があった。

ディアーナからは逆光になっており、恫喝している者の顔は影に隠れてよく見えない。

「馬車を止めて降りてこい！　金目の物を置いていけば命だけは助けてやろう！」

窓を叩いた人物とは、また違う声が響く。その声に「きゃあ」と小さな悲鳴を上げて、ディアーナはカインに抱きついた。一瞬だらけた顔になりそうだったカインだが、キュッと唇を引き締めると、真面目な顔をしてディアーナをかばうように抱きしめた。

コンコンコンっ。と今度は馬車の反対側の窓が小さく叩かれる。

カインが振り向けば、そこには騎士見習いの制服を着たゲラントが頭を低くしてこちらをのぞき込んでいた。

「お助けいたします。盗賊に気づかれないようにゆっくりとこちらへ移動してきてください」

とても真剣な顔をしているのだが、左の眉毛がピクピクしているし小鼻もピクピクしている。おそらく、笑いをこらえているのだろう。

カインが小さく頷き、ディアーナを抱きしめたまま椅子の上を移動しようとして足に力を込めた、その時である。

「……。事業に失敗し、借金取りから逃げるために王都から夜逃げ中の貴族夫人というのは世を忍ぶ仮の姿っ！」

弱々しくカインにすがりつき、小さく震えていたディアーナの瞳がキラリと光る。

「しかして、その正体は！」

ディアーナがガバリと身を起こし、振り向いて窓の外の悪漢へと強い視線を向けた。

「よっ！　待ってました！」

ディアーナの腰を抱いたまま、空いている手でメガホンを作ってはやし立てるカインの顔も先ほどとは違って明るい。

「正義の味方、美少女自由騎士ディアンヌ！　参！　上！」

馬車の中で仁王立ちし、ポーズを決めるディアーナ。カインが椅子の上に正座をしてパチパチと一生懸命に拍手をしていた。

馬車が森の道へと進み、木陰が出来たことで馬車の外にいた悪漢の顔が見えるようになった。男はオレンジ色に近いふわふわとした金髪に、新緑の若葉の様な碧眼（へきがん）の少年、アルンディラーノであった。アルンディラーノの後ろで一緒になって脅し文句を叫んでいたクリスと、困った顔をしつつ少しだけ距離を置いて様子見をしているジャンルーカの姿もみえる。

「自由騎士はずるいだろー」

「馬上訓練に参加させていただけないんですもの。このくらい良いでしょう？」

馬車の窓を開けて、アルンディラーノとディアーナが普通に会話をしはじめた。それを切っ掛けに、少し離れて様子を見ていたネルグランディ領騎士団の騎士が距離を詰めて来た。

「今の訓練内容の総評しますよ〜。殿下もクリス君も馬車から離れてくださ〜い」

「ゲラント君もコッチまわっておいで！」

騎士の一人がアルンディラーノとクリスに声を掛け、もう一人が馬車の向こう側にいるゲラントへ向けて大きな声を出して手招きをした。

その様子を見て、カインは改めて椅子に座り直り、ふぅと小さく息を吐いた。

ここは、エルグランダーク王都邸を早朝に出て三時間ほど、王都の門から出て馬車でしばらく走った森の中である。まだまだ王都の警備隊や警邏係の騎士の見回り範囲なので、森の中を抜けていく道ではあるが比較的治安は良い場所だ。

ジャンルーカの見送りを兼ねたネルグランディ領行きの馬車は、王妃とエリゼを乗せた王宮の馬車と、子ども達を乗せたディアーナの馬車、そして荷物と使用人を積んだ荷馬車の三台が連なって走っている。その周りには王妃とアルンディラーノを守るための近衛騎士団と、エリゼやカイン達を守るためのネルグランディ領騎士団が騎馬で囲んでいる。

そんな近衛騎士団の護衛の中に、騎士見習いとして騎士団で夏期研修中のゲラントが同行していた。王都からネルグランディ領地へと続く道は比較的道が太くて治安が良いということと、アルンディラーノと既知であることで選抜されたらしい。

あと半年ちょっとで卒業とはいえ、まだ学生のゲラントが見習いとして同行することを知ったクリスとアルンディラーノが、

「自分たちも騎士見習いとして研修を受けたい！」

と駄々をこねた。

王妃殿下も、

「将来国を守る王となるべき子だものね。馬車の三台ぐらい守れないといけないわね」

と、大人の騎士達がきちんと見守る事を条件に許可を出した。

その結果、まだまだ王都が近くて治安が良く、騎士団員達に余裕のある地域で「馬車の周りを騎

馬で護衛する訓練」を実施しているところだったのだ。

「みんな、馬には乗れる？」

「乗れます！」

「じゃあ、まずは馬車に速度を合わせて馬を走らせる練習からね」

騎士見習い達の訓練は、警備の都合からネルグランディ領騎士団達が務めることになった。王族の警護を仕事としている近衛騎士達にくらべてネルグランディ領騎士団の騎士達は若くて緩い。王太子であるアルンディラーノに対しても幼い少年に教えてあげる、という姿勢で対峙（たいじ）しているが、アルンディラーノ本人は気にしていなかった。むしろ、他の騎士見習い達と同じように接してもらえる事を喜んでいる節さえあった。

見習い達に馬を譲った騎士は、御者席や荷馬車に移動して見習い達の様子を微笑ましく見守っていた。

「余裕！」

目標地点まで進んだところでクリスが片腕をあげつつ声を上げた。

まずはあの丘を越えた所まで、とゴールを決めて始めた「馬車の速度に合わせて馬に乗る」というのはクリスとゲラントとジャンルーカ、アルンディラーノにとって簡単な事のようだった。騎士団が連れてきている馬が優秀なのも理由としては大きい。

「カイン様はやらなくていいんですか？」

「僕は騎士になるつもりはないから」

ゲラントが馬車の中から様子をみていたカインに声を掛けてきたが、カインはパタパタと手を振りながら断った。

「私も参加させていただきたいですわ！」

ゲラントがカインを誘ったのに便乗してディアーナが手を上げた。その様子に、領騎士団の騎士達は苦笑いをし、クリスとアルンディラーノは顔を見合わせた。

「ディアーナ様のその服装では横乗りになってしまいますから……」

ゲラントがやんわりと、服装を理由に出来ない事を伝えようとしたが、

「乗馬服を持ってきていますのよ。着替えれば騎士見習いとして訓練させていただけます？」

ディアーナは食い下がった。今まで、早朝のランニングや屋敷の私室でカインやイルヴァレーノを相手に剣術の訓練といった、隠れた訓練しかしてこなかったディアーナ。ここは王都ではないし、周りは森で木があるばかり。騎士見習い達を指導しているのは「エルグランダーク家に使えている騎士達で、指導を受けているのは友人達だ。

「ここなら、素の姿でいても大丈夫でしょう？」

そう言って、並んで窓の外を見ていたカインを振り向いた。

「うーん」

目を期待に輝かせているディアーナはとても可愛い。旅行初日ということもあり、おしゃれをしているのでいつもよりとっても可愛い。思わずうなずいてしまいそうになりながらも、カインはな

んとか踏みとどまってうなった。

「前の馬車に、お母様と王妃殿下が乗っていらっしゃるんだよね……」

カインとディアーナは、両親の前でも『世を忍ぶ仮の姿』で過ごしている。事故防止のために馬車と馬車の車間距離を十分にとってあるとはいえ、警護の関係で離れすぎているということも無い。

「近衛騎士も連絡事項伝達の為に時折こちらの馬車まで下がってくることもあるから、その時に姿を見られてしまうとお母様に告げ口されてしまうかもしれないからなぁ……」

「なんとかなりませんの？　お兄様なら、なんとかできるでしょう？」

「うぅぅーん」

応えたい。カインとしてはその期待に応えたい。

「領地に着いたら、騎士見習いの練習に参加させてもらうことにしない？　城についたら、お母様は虫を避けるために部屋から出なくなるから、そうしたらキールズと一緒に訓練所で騎士訓練に参加しようよ」

カインは、次善の策として道中は我慢して領地についたら一緒にやろう。と提案してみた。

「お母様に隠れないと騎士訓練も出来ないなんて……。私、本当に女性騎士になれるのかしら」

カインの言葉にしょぼんと肩を落としたディアーナを、カインは慌てて抱きしめた。

「ディアーナの騎士服も荷馬車の方に積んであるから、着替えるにしても馬車を止めなくてはいけないだろう？　明日からは治安の関係でアル殿下やクリスも馬車の中だし、今日だけは見守る側でいない？　クリスやアル殿下の様子を見張って、ダメ出ししてやろうよ」

見るのも練習になるよ、とディアーナの頭を撫でてやる。

「ごめんね。将来はきっと、法務省の役人になって女性が騎士になれる世の中にしてあげるから……。今は力が無くてごめん」

「……。お兄様に謝ってほしかったわけじゃないの。ごめんなさい」

カインとディアーナは、お互いに対して申し訳ない気持ちを持ってしまい、馬車の中は静かになってしまった。


一方、馬車の外では続いて「馬を寄せて、馬車の窓を叩いて連絡事項を伝える訓練」を始めていた。これは、馬に乗ったまま馬車に近づき平行して走りつつドアをノックする、というだけの動きなのだが意外と難しい。

「うわっ。わっ」

「あぶない！」

アルンディラーノの挑戦では、距離感を測りまちがえてノックする腕が空振りし、バランスを崩して馬車側に落馬するところだった。とっさにゲラントがアルンディラーノの袖を掴んで事なきを得た。

「アル様へぼですね！　見ててくださいよ！」

その様子を鼻で笑いながら、クリスが挑戦するが、

「うわあああっ」

今度は馬車に近づきすぎてノックする前にひじをドアにぶつけてしまい、その衝撃にびっくりした馬が馬車から跳びはねるように離れてしまった。

ジャンルーカは馬車に近づいてドアをノックすることに成功したのだが、緊張のせいか強くドアを叩いてしまった。思いのほか大きな音が出たので中にいたカインとディアーナがびっくりしてしまい、ジャンルーカに冗談半分に抗議することになった。

馬車のなかでふくれっ面をしていたディアーナも、アルンディラーノとクリスの様子をみて笑い、ジャンルーカに怒ったフリをして抗議しているうちに、だんだんと機嫌が直ってきていた。その様子を見て、カインはほっとしたのだった。

騎士達が、馬と馬車が接触しないように距離を詰めるコツや、馬上でバランスを崩さないように片手で手綱を持つコツなどを伝授しているが、言葉で伝えても感覚を掴むのはなかなか難しそうだった。

騎士学校で乗馬中に剣を振る練習などをしていたゲラントだけは、最初から上手にこなすことが出来ており、領騎士団の騎士達から絶賛を受けていた。

「さすがゲラントだね」

カインも窓を開けて言葉をかけ、ディアーナが来い来いと手で呼ぶのに合わせてゲラントが頭をさげれば、ディアーナが「良く出来ました」と頭を撫でた。

そうやって一時間ほど順番に訓練をしていたのだが、最初から上手に出来ていたゲラントと、最初はぎこちなかったもののすっかり上手に出来るようになったジャンルーカに対して、クリスとアルンディラーノは三回に一回成功する、ぐらいまで上達してきた。

カインとしては、クリスとアルンディラーノも十分頑張っていると思うのだが、出来ない自分に対してストレスを感じているのかやる気が下がり始めていた。

最初の頃は、失敗するクリスやアルンディラーノをからかって楽しんでいたディアーナも、さすがに退屈になってきたのか少し拗ねてしまっていた。

「ねぇ、ただ単純に馬車のドアをノックするだけじゃつまらなくない？」

窓を開けて、カインが騎士見習い達に声を掛けた。

「これは訓練なので、面白いとかつまらないという話ではありませんが……」

「ゲラントは真面目だね。つまらないよりは面白い方が良くない？」

「面白い方が良い！」

ゲラントが真面目に返事をしてきたが、やはり退屈になってきていたのかアルンディラーノが叫ぶように答えた。

「ふははっ。アル殿下は素直で良いですね。そうしたら、こんなのはどうでしょう？」

「何々？　なにか面白いこと考えたの？」

「馬を馬車に近づける、手を伸ばして窓をノックする、片手で手綱を操作する、それぞれを意識すると他の事がおろそかになりがちだったから、いっそ『貴族の馬車を襲う盗賊』『盗賊に襲われている馬車をコッソリ助ける騎士』みたいに全部ひっくるめて一動作って考えてやってみませんか？」

小さい子どもに対して、勉強としてやらせるとうまく行かないのに、「ごっこ遊び」としてやらせるとすんなりとうまく行く。

という体験を前世で知育玩具メーカーの営業だったカインは何度か経験していたからこその提案だった。もちろん、カインの本当の目的は馬車の中でやることがなく、飽きてきてしまったディアーナも参加出来る遊びを提案し、ディアーナのご機嫌をとる事だったのだが、クリスもアルンディラーノもノリノリでやる気になったので結果オーライである。


そんなこんなでカインを含めた子ども達は小芝居をするようになり、ディアーナは馬車の中で自由騎士ディアンヌを名乗ることで訓練に参加している気分を味わっていた。

「馬と馬車が接触しないように距離をつめて、馬上でバランスを崩さないように窓をノックするってだけの訓練なのに、あの小芝居いりますか」

「いらんだろうな」

「いらんだろうが、楽しそうだから良いんじゃないか」

王妃とエリゼの乗った馬車を囲っている近衛騎士団員達が、ちらりと後ろのディアーナの馬車を振り向きながら小さな声で言葉を交していた。

ちなみに、お芝居に巻き込まれそうになったラトゥールは早々に御者席へと逃げている。逃げ遅れていたら「借金取りから逃げる貴族夫婦の幼い息子」役をやらされるところであった。

カインが小芝居を提案した最初、「小芝居ってどんな感じでやるの?」と皆が具体的なやり方を想像できないでいたため、カインが例として「歌劇場から出てきた令嬢に一目惚れした令息が花屋で花を買ってから大急ぎで馬車を追いかけ、馬上から花束を渡しつつ愛の告白をする」というお芝居を披露し、それを見ていたネルグランディ領騎士団員達は苦笑し、近衛騎士団員たちはドン引きしていた。

その日の夜、一日目の宿泊場所は貴族専門の高級宿だった。騎士達は隣接する普通の宿に泊まり、一部は高級宿の廊下で不寝番をすることになる。

クリスとラトゥールはアルンディラーノやカインの友人ではあるが、身分がともなわないために騎士達と同じ普通の宿の方へ泊まることになった。アルンディラーノやカインは「別にいいのに」と言ったのだが、

「兄貴もいるから、あっちの方が気楽で良いよ」

とクリスは言い、ラトゥールは

「王妃殿下と……同じ宿なんて、無理」

と緊張にブルブル震えながら言っていた。

カインが

「騎士達と一緒で大丈夫か？」

と心配したが、小芝居から逃げて御者席にいた間に、御者のバッティとほどほどに仲良くなったらしく、大丈夫だということだった。

宿は王妃とエルグランダーク家の貸し切りになっており、広い食堂の中でも中央の大きなテーブ

ルを悠々と使って食事をすることとなった。

「アルンディラーノ。今日は騎士見習いとして指導を受けたそうね、楽しかった？」

「はい、母上。普段、騎士達が何気なくやっていることがどれほど難しい事なのかを実感いたしました」

王妃から振られた話に対して、アルンディラーノは優等生な回答で応えた。

「その難しい事を、最後には出来るようになっておられたのですから。アル殿下も素晴らしいですよ」

カインがすかさずフォローする。アルンディラーノと王妃殿下の仲が良好であればあるほど、カインにとっては都合が良いのだ。両親の無関心から来る寂しさがアルンディラーノの心の闇なのだ。

「それを言うなら、ジャンルーカは僕より先に出来るようになっていたんですよ」

「あら。さすが騎士の国の王子は違いますわね。アルンディラーノに色々教えてあげてくださいましね」

「王妃殿下。私もアルンディラーノ殿下から沢山のことを教わっております。学園ではお互い切磋琢磨させていただいております」

「じゃあお互い様なのね。今後も良い関係を築いてくれると嬉しいわ」

王族同士、優雅に会話を交わしつつ夕食が進んでいく。

「カインは参加しなかったの？」

「僕は文官希望ですから。将来の優秀な騎士達の練習の場を奪うわけにはいきません」

「でも、一度は馬車の外に出たでしょう？　近衛騎士の方がこっそり教えてくれたわよ？」

「ごっこ遊びの一環ですよ。馬車の中で座りっぱなしだと腰が痛くなりますから」

一定の距離を取っていても、自国の王太子と隣国の第二王子が馬車の外に出ていたのだ。近衛騎士の方もチラチラと後ろの馬車を気にしていたのには気がついていた。しかし、それを馬車内にいる母や王妃殿下に報告されていたとなると、さすがのカインもちょっと恥ずかしい。

「馬車の中にいるディアーナに愛を叫んでいたシーンを見られていたのは、ちょっと恥ずかしいですね」

「お兄様は迫真の演技でしたわ。乗馬も馬車をノックするのもお上手でした」

ディアーナの言葉に、ジャンルーカとアルンディラーノもうんうんとうなずいている。

「ディアーナはずっと馬車の中にいたのね？」

母エリゼが、探るような目でディアーナを見つめた。

「もちろんですわ。馬車の中で、見初められて愛を告げられる令嬢役や、破産して夜逃げ中の貴族夫人の役を演じておりましたのよ」

「迫真の演技でした。おかげで訓練に身が入りましたよ」

ディアーナの言葉に、ジャンルーカが褒め言葉を続けると、エリゼは「まぁ」と目を細めて嬉しそうに笑った。

「昔はちょっとお転婆なところもあったけど、ディアーナも成長したのね。ちゃんと大人しく馬車に乗って皆の応援が出来るなんて偉いわ」

「騎士達は、淑女の応援があると力が入ると言いますものね。訓練所の見学開放日は気合いが違うと騎士団長も前に言っていたわ」

「あら、そうしたら私も旦那様のお仕事を応援してみようかしら」

「エルグランダーク公は騎士ではないじゃないの」

「騎士ではなくても、お仕事を応援されれば嬉しいのではないかしら？　サンディも陛下を応援してみたらいいのよ」

母二人の会話は、子ども達の昼の様子から自分たちの話題へと移っていった。

騎士見習いの訓練に交ざりたいと駄々をこね、最初は面白がっていた男の子達の訓練見学にも飽きてしまい、最後はごっこ遊びで皆の仲間に入れてもらった。そういった認識でいたディアーナは、騎士見習いの訓練に参加しなかった事を母親に褒められて複雑な気持ちになった。

馬車の外で馬上訓練をする友人達がうらやましくて、楽しそうに見えていたディアーナだったが、目の前で家族の話やドレスの話、休暇中にどんなお茶やケーキを楽しもうかという話題で盛り上がっている母達を見て、自分の求める楽しさや幸せとはちがうけれど、『令嬢らしい楽しさ』というものもあるのだと気がついた。

誰にも隠すこともなく、咎められることもないその『楽しさ』を享受（きょうじゅ）している母達の姿を、少しうらやましく感じたディアーナであった。

馬車の旅二日目以降も、クリスとゲラントは馬に乗って馬車と併走し、馬上で抜刀する練習など普段学校ではなかなか出来ない訓練を騎士達から受けていた。

馬車乗車組は、カードゲームをしたり、馬上のゲラントとクリスを巻き込んでジェスチャーゲームをしたり羽根突きのようなゲームをしたりして馬車旅を楽しんだ。

カインの留学中はディアーナとイルヴァレーノとサッシャで、留学前もカインとディアーナと使用人二人だけで過ごしていた領地までの馬車旅は、アルンディラーノとジャンルーカ、ラトゥールが一緒になったことでとても賑(にぎ)やかで楽しい旅になっていた。

◇◇◇

ゲーム版のド魔学は、アンリミテッド魔法学園に入学して六年間過ごし、攻略対象者達と交流して友情や愛情を育み、卒業時に目的の相手から告白されるのを目指す乙女ゲームである。

基本は、一週間毎に五ポイントを『勉強』『魔法』『剣術』『芸術』『交友』に割り振り、割り振った行動によってドット絵で描かれたミニキャラクターのムービーシーンが差し込まれ、割り振った行動に合わせてヒロインの能力値が上がっていくシステムになっている。

例えば、『勉強』にポイントを振るとミニキャラが机に向かって本をペラペラめくるドット絵が表示され、精神力と知性の数値が上がる。『魔法』にポイントを振るとローブを着たミニキャラが手を差し出して水を出したり炎を出したりするドット絵が表示され、ＭＰ(マジックポイント)と精神力の数値が上がる。

その他の行動を選んだ時も、ＨＰ(ヒットポイント)や体力、筋力、敏捷性、社交性と言った能力値が、選んだ行動にあわせて上がっていく。

能力値アップが終わると、週末の休息日二日間をどう過ごすかの選択肢が出てくる。

自由行動ターンとしていくつかの選択肢から遊びに行く場所を選び、その結果としてのミニイベントが発生する。遊びに行く場所の選択肢は入学直後はとても少ないのだが、物語が進んでいくにつれだんだんと増えていく。

そして、週末の休息日のミニイベントは、選んだ場所や平日行動ターンで選択した行動や上がった能力値によって内容が変わってくる。

『剣術』に五ポイント全部割り振って訓練所や運動場を選ぶと、クリスやジャンルーカといった剣術にゆかりのある攻略対象者の立ち絵が表示され、「頑張ってるね」といった簡単な台詞がウィンドウに表示される。

『魔法』に五ポイント全部割り振って魔法鍛錬所や図書館などを選ぶと、ラトゥールやマクシミリアンといった魔法にゆかりのある攻略対象者の立ち絵が表示され、「一緒に勉強しよう」「勉強を見てやろう」といった台詞が表示される。

いずれも好感度が低い状態だと「……」と無言状態でウィンドウが表示されたあげくどこかに去ってしまう事もある。

全行動に一ポイントずつ振り分けると、どこを選んでも「一週間頑張って疲れちゃった。ここでひと休みしよう」とヒロイン自身の台詞が表示され、人物の立ち絵無しの背景のみが表示されたりする。ハズレイベントのようにも思えるが、ランダムで「街にお忍びで来ていたアルンディラーノを見かける」といった特別ミニイベントが発生する事もあるので侮れない。ミニイベントで立ち絵の表示された攻略対象は、ほんのわずかだが好感度が上がるのだ。

この一週間のルーチンを四回繰り返すとひと月が終わり、ひと月の終わりには行事イベントが発生する。入学直後の一月目にはオリエンテーリングイベントが、二ヶ月目にはダンスの合同練習が、三ヶ月目には運動会、四ヶ月目には合唱祭といった感じだ。

そして、これらのイベントは乙女ゲームらしくパートナーとして登場するキャラクターがその時点での好感度によって変わってくる。さらに、ヒロインの能力値によってムービー内容やイベントの成否も変わってくる。

例えばダンスの合同練習では、敏捷性と筋力、社交性が足りないと「沢山足を踏んじゃった……」とヒロインが反省する台詞がウィンドウに表示されて終わるが、能力値が十分にあれば「周りから沢山の拍手を貰えたわ」という台詞に変わったり、「君と踊れてとても楽しかったよ！」と攻略対象者から褒められて特別なダンスシーンのスチルが表示されたりする。

一年生の時点ではダンスイベントまでに八回しか能力アップ機会がないので、どう頑張っても失敗に終わる。ド魔学のプレイヤーは、この毎月末のイベントに向けてあげていく能力値を調整したり、ゲーム開始直後のイベントは捨てて目標の（見たいスチルのある）イベントに向けて集中的な能力アップを目指したりする。ド魔学はそういった部分でプレイヤーの個性が出てくるゲームであった。

以前アウロラが学校の廊下で覗いていた「アルンディラーノが剣術の補習授業の見学に誘う」シ

ーンも、『魔法』と『剣術』を半々で行動選択した週に学校の廊下に行くことを選択すると見られるミニイベントなのであった。

この一週間のルーチンと週末ミニイベント、四週間おきに発生する月末イベント、それを十二回繰り返すと年に一回の能力テストイベントが発生し、学年が繰り上がってまた一年を繰り返す。

コレを六回繰り返して能力値と好感度を上げていくのがド魔学というゲームである。

ゲームのシナリオが進み、学年が上がっていくと当然能力値もどんどん上がっていくのでイベントのムービーやスチルが豪華になっていく。

ただし、一週間のルーチンを四回繰り返して月末イベントを一回発生させるというパターンにも例外がある。特別イベントが発生して学園が休校となり授業が潰れる場合や、誘拐・家出等の学園外で話が進むシナリオが発生した場合。

そして、夏休み期間である。

「とはいえ、ヒロイン不在の状態で、攻略対象者がほぼ全員ここに集まっちゃってるんだよな」

カインは馬車の中をぐるりと見渡して独りごちる。カインの右隣にはディアーナがうとうとしながら座っており、左隣にはラトゥールが座って本を読んでいる。向かいの席ではアルンディラーノとジャンルーカの王子様コンビがお互いの国の騎士のあり方について語り合っている。

外には馬に乗って併走しているクリスとゲラントがいて、時々窓越しにアルンディラーノと会話を交している。馬車からは視えないが御者席にはイルヴァレーノが座っているはずだ。

攻略対象のうち、大人の教師枠であったマクシミリアンと、来年入学してくるはずの下級生枠の攻略対象だけがここにいない。

ヒロインであるアウロラは王都に残って両親の手伝いをすると言っていたので、魔導士団に所属しているマクシミリアンとは顔を合わせることもないだろうし、入学前の攻略対象と平民の娘が出会う接点などもそうそうあるものではない。

「一年生の夏休みイベントは……なんだっけ？」

カインになって十五年。カインとしての思い出が増えていくに従ってだんだん薄れていく前世の記憶と、ゲームのシナリオ内容。

子どもの頃に父から貰った鍵付の日記帳に書き写しておいた物はあるが、各キャラクターの設定関係や重大イベントに関連するフラグ関係、各ルートでのディアーナの破滅方法などを端的に書き出しておいただけで、ミニイベントや六年間毎年ある月間イベントの全てを網羅しておいたわけではない。

好感度が０・１アップするだけのミニイベントなどを全部書き出していたら日記帳が何冊あっても足りなくなってしまう。カインが前世で動画撮影用に繰り返しプレイしたり、編集のためにキャプチャー動画を繰り返し見たことで印象に残っているイベントなどはまだ記憶に残っているのだが、一年生の夏休みイベントについてはっきりとは覚えていなかった。

「宿題を一緒にやるんだっけ……。誰かの避暑地の別荘に招待されて遊ぶんだっけ……」

避暑地にご招待だと、好感度の問題で二年生以降だったかな……？

カインは首をかしげつつ、向かいの席に座っているアルンディラーノの顔を見る。二年生どころか、アルンディラーノは入学前からエルグランダーク家の領地に遊びに来ている。キールズやコーディリアとは親しい知人ぐらいの仲だし、叔母のアルディにも適度に甘えて可愛がってもらっている。

もはやアルンディラーノにとってもネルグランディ領地の人々にとっても、特別な行事ではなく普通の年中行事になっている。

「なんだ、カイン。僕の顔に何か付いてる？」

「いえ、いつも通り可愛い顔をしてますよ。アル殿下とも長い付き合いになったなぁとしみじみ思っただけです」

カインの言葉にアルンディラーノは頬を桃色に染めて、その様子をみたジャンルーカが若干体を引いていた。

カインは幼い頃に、ディアーナを突き飛ばしたアルンディラーノを魔法で殺しかけたことがある。なのに、何故かその後からアルンディラーノはやたらとカインに懐くようになった。

ゲームであれば一年目の夏休みなんて好感度も上がりきっていないのでこうやって一緒に旅行に行くなんて事も考えられないが、カインとアルンディラーノは幼なじみである。

ジャンルーカも、留学中の三年間で家庭教師として付き合ってきた実績があるので、好感度はそこそこあるという自負がカインにはある。

ディアーナの破滅エンド回避の為にやってきたことで、カインと好感度の高いキャラクター達との夏休みイベントとして発生してしまったのか……と考えて、それを否定するようにカインは小さく頭を振った。

「お兄様、お城が見えてきましたわよ！」

ディアーナがカインの袖を引っ張って窓の外を指差した。ディアーナの指先をたどって窓の外をみれば、白い石壁に青い屋根の美しいお城が木々の上から視えていた。

「領騎士団の皆さんに馬上訓練を見ていただいたり、馬車のなかでカードゲームをしたり、楽しかったですね」

「四日間あっという間だったな」

ジャンルーカとアルンディラーノも身を乗り出して窓の外をのぞき込んだ。ラトゥールは無視して相変わらず本を読んでいる。

「お城に着いたらついたで、また楽しいことが沢山あるさ」

カインは気持ちを切り替えて、明るい声でそう言った。

ゲームのイベントとかはどうでもいい。今、ここに一緒にいる皆で色々楽しく遊べば良いか。ディアーナと攻略対象者達が友人として仲良くなっていくことこそが、ディアーナを破滅から遠ざける最大の方法に違いないのだから。

「だからって、恋愛は別だからな」

「？」

先ほどと違い、今度はキツい目で見てくるカインに対してアルンディラーノは小さく首をかしげたのだった。

ネルグランディ城に到着すると、カイン達を出迎えてくれたのは叔母のアルディと従兄弟のキールズだった。

城の周りでは騎士や騎士見習い達が慌ただしく動き回っていたのだが、城の中は逆に人の気配が薄くとても静かだった。

「ちょっと今騎士団の方が忙しくなっちゃっていてね」

ということで、挨拶が済むと母エリゼと王妃殿下はアルディと一緒に早々に応接室へと引っ込んでしまった。カインがどういうことかとキールズへと顔を向ければ、キールズは肩を竦めて渋く笑った。

「とりあえずカイン達も休憩にしないか？　馬車の旅で疲れただろう」

お茶とお茶菓子の用意もしてあるぞ、と言って先頭に立ってキールズが歩き出す。

「しばらく見ないうちに大人になったんじゃない？」

「嫁さんもらって独立したんだ。大人になってなきゃ困るだろ」

早足で追いついて並んで歩くカインの言葉に、キールズはむずがゆそうな笑顔でぶっきらぼうに答えた。

キールズはカインの留学中に領内の騎士学校を卒業し、以前から付き合っていたスティリッツと結婚している。結婚を機にネルグランディ城から出て領都で暮らしていて、ネルグランディ領騎士団へは領都の家から通っているらしい。まだまだ若手なので夜勤が多いらしく「新婚なのに！」とカインに愚痴をこぼしていた。

「あれ？　小食堂？」

案内された部屋をみて、カインが疑問を口にすると、

「母さんが伯母様と王妃殿下に現状の説明すんのに応接室つかってるからな。サロンの方でもいいけど、どうせ腹へってるだろ？」

とキールズがドアを開けて中へ入るようにと促した。カイン達が小食堂へと入っていけば、そこにはすぐに食べられる軽食類が所狭しとテーブルの上に並べられていた。

「やった。今日は宿を出たのが早くて朝食も簡単に済ませていたからお腹空いていたんだよな！」

アルンディラーノがそう言ってジャンルーカとクリスの背を叩き、早足で小食堂へと入っていった。

「小食堂ならおかわりもすぐに出せるからな！」

腹の虫を鳴かせながら走り込んでいく子ども達を、笑いながら見守るキールズ。そんなキールズがカインにはやたらと大人っぽく見えた。

二歳しか違わないくせに！　と精神年齢がアラサーの自覚があるカインが心の中で歯がみする。とはいえ、自分自身も体は育ち盛りのカインは、用意されている食事の匂いに腹がキュゥと小さく鳴いてしまった。

エヘンと空咳をして腹の虫を無視したカインは、ディアーナの手を取ってエスコートしつつ優雅な足取りで小食堂へと入って行った。

先に小食堂へと入っていたクリスが椅子に座りかけて、ゲラントがアルンディラーノの椅子の後ろに立とうとしているのに気がついた。兄がやろうとしている事の意図に気がついたクリスが、慌てて立ち上がった。

「ゲラントは偉いな。心構えがもうすっかり護衛騎士じゃないか」

感心したようにカインが声をかければ、ゲラントがはにかんだように笑う。こういうところはまだ幼さが残ってて可愛いよな、とカインもにっこり微笑み返した。

「お、俺だって……」

慌ててアルンディラーノの後ろに回り込もうとしていたクリスだが、

「クリスは僕の友だち枠ってことで良いだろ？　お腹も空いてるんだし座って食事にしようぜ」

というアルンディラーノの声と共に手で制されてしまった。

「アルンディラーノ王太子殿下とジャンルーカ王子殿下さえよろしければ、そっちの騎士見習いもご一緒していいですかね」

王族が相手だというのに、キールズが気安い感じで声を掛けた。

「ここの騎士達が護衛してくれてるんだろう？　僕は構わない」

「私も構いません。学校ではクリスも同じテーブルで食べてますし、今更でしょう」

アルンディラーノとジャンルーカも気安い感じで了承した。

アルンディラーノが言う通り、ネルグランディ城に到着してからは旅行に付いてきていた近衛騎士達は休憩に入り、代わりにネルグランディ城に常駐している騎士達が警護の為に周りをかためている。

この場で一番身分の高いアルンディラーノとジャンルーカが良しとしたことで、クリスもゲラントも入り口近い席へと座る。

「あれ？　ラトゥールは？」

全員座ったのを確認しようとしてカインがテーブルを見渡したところ、一人いなくなっていた。ラトゥールは基本的にこちらから話を振らなければ口を開かない人間なので、居なくなった事に気がついてなかった、

「……探してきます」

カインの言葉を受けて、イルヴァレーノがラトゥールを探しに行った。イルヴァレーノは程なくしてラトゥールを抱えて戻ってきた。

玄関から小食堂までの移動途中、装飾用の飾り棚に収納されていた本の中に魔導書を見つけたらしく、廊下の柱のくぼみにハマって本を読んでいたらしい。

「食事をしながらで構わないので、聞いていただきたい話がございます」

ようやく全員そろったところで、キールズが真面目な顔でそう切り出した。口の中いっぱいに鶏肉を頬張っていたアルンディラーノはコクコクと首を縦に振って許可を出し、ジャンルーカは「どうぞ」とにこやかに頷いていた。

キールズの話は、最近のネルグランディ領の魔獣出没率の高さについてだった。神渡りが終わり、寒さが一段と深くなった頃から、徐々に魔獣の目撃情報が増え始めていたのだという。

「父上に報告は？」

カインは、父ディスマイヤからそういった話を聞いた覚えが無かったし、ゲームでも地方で魔獣が増えているというイベントは特になかったと記憶している。

確認の為に聞けば、

「親父……団長経由で伯父様に報告は行ってるはずだ」

との事だった。

「今回カイン達がコッチにくるのに、王都邸に行っていた領騎士団員を多めに連れて帰ってきてくれただろ？」

というキールズの言葉に、そういえばとカインも納得した。

いつもより多いエルグランダーク家の護衛騎士は、領地の魔獣対策用の補充要員も含まれていたからだったようだ。

アルンディラーノと王妃が同行するために付いてきた近衛騎士もいたので大分余裕のある警備体制だなぁと思っていたのだ。

アルンディラーノやクリスに騎士見習いとしての指導をしてくれていたのは、王都からネルグランディ領までの道程の治安が良いからだと思っていたが、護衛の人員に人数的な余裕もあったからだったのだろう。

「第三部隊の人数が増えているおかげで今のところ人的被害はないが、家畜がやられたり畑を荒らされたりという報告が領地内のあちこちから届いているんだ」

だんだん余裕がなくなってきている、とキールズは顔を曇らせた。

「原因に何か心当たりがあったり、調査でわかったこととかは無いの？」

カインが食事の手を止めてキールズの顔をのぞき込む。ゲームでは一年生の夏休みに、こんなイベントは無かったはずだ。

一年生の夏休み時点では、まだヒロインの能力値は高くない。だからこういった魔獣討伐系のイベントは発生しない。

五年生か六年生になってから、聖騎士ルートの『魔の森に魔王討伐に行く』というイベントの伏線として、『王都近くの魔の森で魔獣の出現率が増えている』という情報が入ってくる程度である。

もちろん、ネルグランディ領は隣国と接する辺境の地なのでゲームの舞台となっている王都まで情報が届いてなかったり、学生であるキャラクター達には伝わっていなかったりしただけの可能性もある。

「魔獣っていうのは、魔石の鉱脈がある所……魔脈の近くに出ることが多いっていうのが通説だったろ？　だけど、最近ウチの領内に出てくる魔獣はそういうのに関係なく出てきているんだよな」

領民からの通報による初遭遇場所と、駆けつけた騎士が魔獣を実際に討伐した場所などの報告をまとめると、いつもの出現場所とは異なっているそうだ。

「魔脈の近く……」

キールズの言葉を受けて、ジャンルーカが考え込むようにフォークをテーブルに置いた。

サイリユウムは基本的に魔法のない国なので魔法道具も少ない。積極的に魔石を使う国ではないので魔石の採掘や魔脈の調査などをしていないのかもしれない。そうであれば、魔獣の出没場所を特定するのにそういった視点はなかっただろう。

カインは、ジャンルーカがこの情報を持ち帰って、ジュリアンの遷都計画の役に立つといいなと思った。

「最初は、新しい魔脈の発見か？　とか言って浮かれていたりもしたんだけどなぁ」

キールズが残念そうにこぼすが、騎士団が調査をした結果は違ったらしい。

キールズの話をまとめると、

・魔獣の出没数が増えている。

・魔石の鉱脈などと関係の無い場所で発見されることが増えた。

・森の獣や家畜が襲われたケースでは、追いかけ回したあげく痛めつけるだけ痛めつけて放置されていて、動物が魔獣に食べられた形跡がなかった。

・一カ所に出没する魔獣の数は多くないが、領内のあっちこっちで出没している。

ということだった。

「対処しなければならない場所が多いし、不安になっている領民の為の見回り場所や回数も増やしているんだ。戦力が分散しなくちゃならなくて、手が足りなくなってきてるんだよ」

一度に出てくる魔獣の数が少ないため、騎士たちはたいした怪我もしていないし死者もでていないらしいが、とにかく疲れ始めているということだった。

「そこで相談なんだが！」

ひときわ声を大きくしたキールズが、小食堂のテーブルを囲むメンバーをぐるりと見渡す。

「ネルグランディ城周辺と領都周辺の見回りと小物魔獣退治を手伝ってくれないでしょうか？」

「無理だよ！」

キールズの言葉に、カインがかぶせるように答えた。

「我が国の王太子殿下と隣国の王子殿下だぞ⁉　ダメにきまってるだろ」

「夏休みの間動員される、領都の騎士学校の三年生達と一緒だから！　ちゃんと騎士見習いに見合った内容だから！　新人だけど正騎士の俺も一緒だから！」

キールズはテーブルに手を突いて深々と頭を下げた。

ネルグランディ城と、城から馬でのんびりで半日、急げば一時間という距離にある領都とその周辺は、今のところ新規の魔獣の出没情報は無いらしい。

いるのは元々生息していた角ウサギや牙タヌキと言った小型の魔獣ばかりなのだが、領内全体で魔獣被害が出ているために、そんな小物魔獣に対しても怯えてしまっているらしい。元々は、領都の住民でも腕っ節に自信がある成人男性なら難なく倒せる程度の魔獣である。

キールズとしては、今のところ安全な場所の見回りを騎士見習いの学生に任せて、正規の騎士を他の地域に割り振りたいのだろう。

「私でよろしければ、ご協力させてください」

手を上げたのは、ゲラントだった。

「私も王都の騎士学校の三年生で、来年から騎士見習いという立場です。経験を積むチャンスですから、参加させていただきたいです」

ゲラントの言葉に、ガバリと顔を上げたキールズは嬉しそうだ。

「俺も！　俺も参加します！　まだ一年生だけど近衛騎士団に交じって練習してきたから！」

ゲラントに次いで、クリスも元気よく手を上げた。チラチラと兄のゲラントの様子を見つつ一生懸命に出来る事をアピールしている。

「父は騎士爵を頂いている騎士ですが、息子である僕らは平民です。何かあっても責任を追求されることはありませんし」

というゲラントの言葉は、カインに向かってだった。反対していたのがカインだったからだろう。

「いけませんよ」

サッシャの声がしたと思って振り向けば、いつの間にかディアーナの後ろへと移動していたサッシャが、挙手しようとしていたディアーナの手を下ろさせているところだった。

ディアーナの顔は不服そうである。プクッと膨らんだディアーナのほっぺたがとても可愛いとカインの目尻が下がる。

「いま、ジャンルーカと相談したんだけどさ」

と、今度はアルンディラーノとジャンルーカが小さく手を上げた。

「見回り範囲はいつもと変わらぬ状況というのであれば、視察と言うことにして僕が同行すれば良いと思う」

あくまで視察であり、騎士団の手伝いで魔獣退治をしにいくのではない。ということにしようというアルンディラーノの提案である。

「それに、僕が行けば近衛騎士が護衛として何人か付いてくる。領騎士団の騎士の穴埋めには十分だろう？」

「ありがとうございますっ！」

アルンディラーノの提案に、キールズが間髪いれずに感謝の言葉を叫んだ。カインに邪魔させないためである。

キールズのそんな顔をみて、カインは「ああ、キールズの本当の狙いはコッチか」と気がついた。結婚して独立をしてから、ずいぶんとしたたかになったものである。

「はいっ！」

「お嬢様！」

話がまとまりそうになったところで、ディアーナが元気よく手を上げた。サッシャがやんわりと抑えていた手を振り払い、まっすぐに天井に向かってビシッと手を伸ばしている。

「私も騎士見習いとして参加したいです！」

まっすぐに、キールズの目をみてディアーナが訴えた。アルンディラーノからの提案に喜んでいたキールズは、今度は眉間を指で揉みながら渋い顔をした。

「ディの参加は伯母様が却下するだろ」

「お母様には内緒で！　お母様は虫が嫌いだからお部屋から出てこないでしょう？　お外で活動す

る分にはきっと大丈夫だから！」

「ディ、さっきの話を聞いていただろう？　アルンディラーノ王太子殿下の護衛が付いてくるんだ。王妃殿下と伯母様は仲が良いんだから速攻でバレるだろ。俺はいやだぞ、伯母様のゲンコツ貰うの」

「ブゥ」

キールズに却下され、ディアーナはブーたれた。

隣に座るディアーナの、膨れたほっぺたを人差し指で突っつきながら、カインが首をひねった。

「ディアーナのぷっくりほっぺたも超可愛い。けど、そうだなぁ」

カインが強めにほっぺたを押すと、ディアーナの口から「プスー」と空気が漏れた。

「ディアーナ。ひとまず『騎士を支援する魔法使い』としてついて行くことにしない？」

「お兄様？」

「魔導士団は今でも女性魔法使いが所属しているし、騎士よりは抵抗がないと思うんだ。それに、支援として後方に配置すれば安全だということでお母様も説得しやすいから」

「うー」

「不満なのはわかるよ。でも、フリだけだよディアーナ。実際は剣を持って行けば良いよ。『外にでる許可は取った』とだけ近衛騎士に伝えれば、魔法を使おうが剣を使おうがディアーナが言った通り外に出てこないお母様にはわからないんだから」

ね、と言って綺麗にウィンクしてみせるカインに、ディアーナは歓声を上げて抱きついた。

「絶対に、お母様を説得してね！　お兄様」

「もちろんだとも！」

カインとディアーナが抱き合って笑い合っている姿を見て、キールズは頭を抱えた。カインはやると言ったらやるのだ。特にディアーナに関する事であればなおさらである。おそらく、見回りについて行く許可は出るだろうが、出先でディアーナが剣を振るったのが万が一バレたとき、キールズはカインと一緒に怒られるのは確定である。

「……しゃーない。ディも十分戦力だしな」

悩んだあげく、キールズは諦めた。その時がきたら、素直にゲンコツを貰おうと覚悟を決めた。

その後、母を説得するときに「騎士じゃなく、後方支援の魔法使いとしてついて行きます！　後方支援なら危険もないし、令嬢らしさを保ったままやれます！　将来の天才魔法使いラトゥールも一緒なので大丈夫です！」とディアーナが主張したことにより、我関せずを決め込んで本を読んでいたラトゥールも巻き込まれることになった。

その時のラトゥールの凄い嫌そうな表情を見て、カインは「ディアーナの愛らしさに惑わされない男子生徒か……」と、側に置いて安全な男子と捉えるかディアーナのかわいらしさをわからない大馬鹿者と捉えるか大いに悩んだのだった。

その日の夕飯時、王妃殿下と母エリゼからの許可も無事に得られたので、翌日から学生騎士見習いによるパトロールが行われる事になった。

カインとしては、王妃殿下から反対されると思っていたので許可された事に驚いたのだが、王妃

曰く、

「もう学園に入学しているのだもの。あまり過保護にも出来ないわ」

という事だった。

そもそも、近衛騎士も付いてくるし、見習いとはいえ卒業間近の騎士学校の生徒がぞろぞろと周りを固めるのだから、まずまず安全でしょうという判断らしい。

むしろ、

「あの子をいつまでも子ども扱いしているのは、むしろカインの方ではなくって？」

と笑われてしまった。

四歳の頃から見ている上に、留学中はほとんど顔を合わせていなかったのだ。

カイン自身も「もしかして、俺が思うより攻略対象者達は成長しているのか？」と考えを改める切っ掛けとなった。

翌日の早朝。ネルグランディ城に集合した騎士見習い達と近衛騎士、カイン達帰省組は全部で二十名ほどの団体となった。半分が馬に乗り、半分は徒歩での行軍となる。

馬に乗った者達は、歩兵にあわせてゆっくりと馬を走らせる練習になり、徒歩で行く者達は体力を温存する歩き方や馬を驚かせないように行動する練習になる。

そして、二時間おきに乗馬組と徒歩組は交代することになっていた。

先頭には騎士学校最終学年で成績上位者の数名が立ち、続いて近衛騎士二名に挟まれたアルンディラーノとジャンルーカ、そのすぐ後ろにクリスとゲラントがくっついて歩いている。

そこからまた騎士見習い達が整列して歩き、周りを乗馬組が騎士見習いと近衛騎士半々で囲むように進んでいる。

「天気が良くて良かったですわね」

「……」

「会話しながら歩くのも、体力作りの一環ですのよ？」

「……」

「そういえば、お天気によって魔法の使いやすさって変わるのかしら」

「雨の日は水魔法が強くなるという学説があったけど、五年前に否定されている。魔法で作り出した水魔法に自然界の水である雨が干渉してしまって指定した方向へと飛んで行かない事があるという研究結果が出たからで、むしろ雨の日は水魔法の威力および操作のしやすさが下がるというのが今の定説。ただし、風魔法は風上から風下に向けて竜巻系の魔法を打つときは威力が増すとされており、風の刃系の魔法は威力は増すが操作性は下がると言われている。しかし、風魔法については定量的な実験がされたわけではなく、提唱者のアラン・スミシーは自身と弟子一名のみで実験した結果を基に論文を書いたと言われていて、再実験の必要性が問われているものの、実験するに値する程の強風が発生する日を予測することが出来ないために保留とされているんだ。土魔法については、単純に雨が降ると地面が泥状になるため扱いにくくなるが、コレは地面に水をまいても同じ事がおこるので厳密には『天気による不利』とは言えない」

「魔法のことになると急におしゃべりになりますわね」

「ハァ……ハァ……」

「息切れしてますわね。魔法使いも最終的に物を言うのは体力ですわよ」

騎士見習い達の見回り行列の後ろで、後方支援の魔法部隊として歩いているディアーナとラトゥールも楽しそうにおしゃべりをしながら歩いている。

ラトゥールは半袖シャツに学園制服のズボンという姿で、ディアーナは女性用の乗馬服を着て腰には細身の剣を佩(は)いていた。母と王妃に見送られた出発時には、クリスがまるで二刀流でもあるかのようにディアーナの剣も佩いた状態で整列してごまかした。

行列の最後尾には、カインとキールズが並んで歩いている。脱落者が居ないか、落とし物が無いか、進行速度が速すぎたり遅すぎたりしないかを確認する為である。

ディアーナとラトゥールが仲良く（？）歩いているのを後ろから眺めながら、カインものんびりと歩いていた。動きやすい服装の上からティルノーア先生に貰ったローブを羽織っているが、腰にはちゃんと剣も下げていた。

「ここまで魔獣の気配は全くないね」

「だろ？　だけど、森の管理小屋とか農作業小屋で作業している人達からは感謝の声もかかっただろ。ちゃんと見回り強化してるぞっていう目に見える保証がある事が大事なんだよ」

「その調子で、このまま叔父さんの後を継いで領地管理よろしく。キールズ」

「はぁ？　やだよ。騎士団の面倒も見て領地の面倒も見るなんて無理に決まってるだろ。伯父様の後を継いでちゃんとカインがやってくれよ」

「それこそ嫌だよ。僕は王都で法務省の役人になるんだから」

「伯父様は法務省の事務次官やりながら、領地の税務関係と経理関係と人事関係ちゃんとこなしてるじゃないか」

その結果が、何年か前の領民の暴動だろう。とは、カインも言わないでおいた。そもそも、ディスマイヤが王都にいるのに領地の運営が出来ているのは、領地から上がってくる報告書の類いがきちんと整っているおかげであるし、仕事の半分ぐらいはパレパントルと母がこなしているのをカインは知っている。

「僕はね、キールズ。法務省の役人になって法律を変えてやるんだよ」

「何をどう変えるつもりなんだよ」

「まず、女性も騎士団に入団できるようにするだろ？　あとは、貴族女性も爵位を継げるようにして、当主にもなれるようにする。仕事が出来るのであれば、平民でも王城勤務が出来るようにするし、狩猟大会や剣術大会などに令嬢も参加できるようにする」

カインが指折り数えながら言うのを聞いて、キールズは呆れたような顔をした。

「全部ディの為じゃないか」

「当たり前だろ。ディアーナの将来の可能性を広げるために、僕は頑張るんだよ」

「ああ、そうだ。それならディが婿取りして領地管理してくれてもいいぞ。令嬢が表立って仕事しても良いって法律つくるならそれもできるだろ」

良い案だ！　という顔でキールズが言う。カインはふむ、と顎に手を当てて考えてみた。

確かに、王都から距離をとって辺境のネルグランディ城でディアーナが過ごすようになれば、攻略対象者であるアルンディラーノやクリス、ヒロインのアウロラから距離を取ることが出来る。そうすれば、破滅エンドからディアーナの身を守ることが出来るかもしれない。

案外良い案ではないかと思ったが、

「王都で王城勤めをする僕とは離ればなれになるって事じゃないか！」

却下だ却下！　と手を振ってキールズに提案を突き返した。

二時間おきに、乗馬組と徒歩組が入れ替わり、ラトゥールがへっぴり腰で乗っている馬をキールズが引いてやったり、途中で飛び出してきた小型の魔獣を王子達に良いところを見せようとした騎士見習い達がオーバーキルしてみたり、後方での魔法支援として付いてきたはずのディアーナが剣で小型魔物を倒してみたりといった平和な行軍のまま領都へと到着した。

領都では騎士学校の食堂で昼食を取り、町の警邏隊と情報交換をした後に領城へと向けて別の道を使って折り返した。

行きとは違う道を使っての帰り道も、おおよそ平和なまま終わり無事に城へと帰還することが出来た。

「ご指導いただいた近衛騎士達へ礼！」

「ご指導ありがとうございました！」

概ね平和だった領内の見回りに同行した、正騎士であるキールズと近衛騎士から助言や苦言を貰い、騎士見習い達がお礼を言ってその日は解散となった。

二日目は、二班に分けて手分けをして見回りをすることになった。

半数が領都から出発し、半数が領城から出発してそれぞれ別の道で巡回をすることになった。一日目の様子から、人数が多すぎてもとっさの判断と初動に遅れが出る可能性が近衛騎士から指摘された為である。

近衛騎士達はアルンディラーノの側を離れるわけにはいかないため、領都出発組の引率はキールズが行い、領城出発組はカインが統率をとることとなった。

「やはりジャンルーカ様は騎士の国の王子様ですね。とっさの時の動きがちがいました」

ゲラントが感心したようにジャンルーカの評価を口にした。人数が減った為、ゲラントとカインが並んで歩く場面も出てきたのだ。

「昨日は途中でウサギとかタヌキが少し出ただけだっただろ？　そんなに違いがわかるほど動く場面があった？」

昨日のことを思い出しながら、カインが聞き返す。

先頭を歩いていた騎士見習いが魔獣発見の号令をあげた後、王子や近衛騎士に良いところを見せたがった騎士見習い達が一斉に襲いかかってオーバーキルする場面しか思い出せなかった。

その後、見習い達が近衛騎士やキールズに叱られてしょんぼりと歩いていた悲しい背中が脳裏に浮かび、可哀想なのでカインは頭を強めに振って記憶を意識の外に吹き飛ばした。

「魔獣発見の号令が掛かった瞬間、剣に手を掛けるのが誰よりも早かったのはジャンルーカ様でした。駆け出さずに重心を落とし、別方向からの襲撃に備えていたようでしたので、さすがだなと思いました」

ジャンルーカのその状態を見ていたということは、ゲラントも他の騎士見習いのように「わー！」っと駆け出さず、落ち着いて状況確認をしていたということである。

「クリスとアル殿下の面倒みていたから、そんなに落ち着いてんの？」

ゲラントはカインの一歳年下で、クリスとアルンディラーノの二歳年上である。

カインが留学して以降は近衛騎士団に交じっての剣術訓練では子ども世代の最年長ということになる。その上、クリスもアルンディラーノもヤンチャなところがあるので、自然と世話焼き係になってしまうのかもしれないとカインは思った。

「そんなことは無いと思いますけど。ああでも、アル様はジャンルーカ王子殿下という王族友だちができたせいか、少し大人っぽくなった気はしますね」

そう言って、ゲラントは視線をクリスに向けると、

「クリスももう少し落ち着いてくれると良いんですけど」

と続けた。

二日目もお昼頃に領都に到着し、騎士学校の食堂で昼食を取らせてもらうと休憩後に領城へ向けて折り返した。途中、野生のイノシシと、イノシシに柵を壊されて逃げだした羊に遭遇するというハプニングもあったが、ジャンルーカとクリスが率先してイノシシを倒し、ゲラントとカインとディアーナで羊を集めて柵の中へと戻した。ラトゥールは密集して移動する羊に挟まれて、流される

ように農場へと連れ去られそうになったところを近衛騎士に助け出されていた。

「少人数の部隊となったせいか、ハプニングがあった割には見回りが早くおわりましたわね」

ネルグランディ城が視えてきた頃に、ほっとしたような声でディアーナが言った。

「そうだね。気をつけていたつもりでも、大勢で歩くとどうしても早くなったり遅くなったり、統率をとるのは難しいよねぇ」

馬に騎乗して並んで歩くディアーナへ、カインが腕を精一杯伸ばして頭を撫でてやる。自分のペースで歩けないというのは、精神的にも肉体的にも疲れるものだ。

「昨日は、先頭を学生騎士見習い達が歩いていましたからね。すぐ後ろにいる王太子殿下を意識してしまって歩速が遅くなりがちだったようです」

「そんな中で、さすが副団長のご子息ですよね。ゲラント君は殿下を誘導することで先頭メンバーをコントロールしていたみたいです」

ゴールである城も視えてきて気が抜けてきたのか、後方を歩いていた近衛騎士が話し掛けてきた。カインが留学前に一緒に訓練したこともある人達なので、気安いというのもある。

「ゲラントって、どうですか？」

カインは留学から帰国後、学園編入までのわずかな期間に近衛騎士団の訓練にも顔を出していた。そこでゲラントと手合わせなどもしたので剣の腕前が上達しているのはわかった。しかし、騎士というのは、さらに近衛騎士を目指そうというのであれば剣の腕前が良いだけでは話にならない。

「剣の腕前はカイン様もご存じの通りですね。現役の騎士に比べればまだまだですが成長期ですしね、期待の星ですよ」

「何より、ゲラント君は礼儀正しいし人当たりも良い。すっきり系の美少年なところも良いですね。王宮騎士団や近衛騎士団向きですよ」

王宮騎士団は王宮や王城、王都の貴族街などが管轄の騎士団で、近衛騎士団は王族を守る為の騎士団だ。貴族と相対する機会が多いので礼儀正しいとか見た目が麗しいというのは重要な要素なのである。

「では、ゲラント様はいずれアル殿下の近衛騎士になるのかしら？」

「そうですね。幼い頃から遊び相手としてお仕えしておりますし、そのように手配されるでしょうね」

ディアーナの質問に、近衛騎士の一人がにこやかに答えた。

「それでも、実力的な贔屓はされませんから卒業から数年はかかるでしょうね」

ともう一人の近衛騎士から付け加えられていた。

ネルグランディ領の見回り三日目。

騎士の国サイリユウム出身であるジャンルーカと、騎士見習いのクリスとゲラントは率先して騎士団の手伝いに走り回った。遊撃隊的に領地を飛び回っていた第三部隊（通称脳筋部隊）の一部が戻ってきたのもあって、見回りメンバーに余裕が出来たのもあり、アルンディラーノとカインとディアーナは騎士団の訓練所等の見学をすることになった。

「とはいえ、今は皆出払っているんで空っぽですけどね」

カイン達を案内してくれているのは、第三部隊所属のマルシェロ・バルミージャ。マクシミリアンの友人で、以前ネルグランディ城に不法侵入した罪を償うために過酷な第三部隊に無理矢理入隊させられた人物である。当初はひょろひょろした体型で剣より魔法が得意なタイプだったはずだが、すっかり騎士らしい筋肉質な体になっていた。

「がっしりとした騎士らしい体つきになったじゃないか」

そう言ってカインが褒めれば、

「いやぁ、隊長達みたいに筋肉に力を込めてシャツを破く事もできませんし、まだまだですよ」

と言って照れていた。

「そこ、照れるところなの？」

カインとディアーナはシンクロした角度で首をかしげた。

「騎士学校を卒業してもいないのに騎士団に入団させていただいたこと、感謝しております」

「運動が苦手そうな人達に、無理矢理騎士団の地獄の訓練を受けさせようって罰則だったんだけどね。しかも、最前線に近い部隊に入れることで最悪死ぬ可能性だってあったのに」

正規の手順で騎士団へ入団したわけではないので、部隊移動の申し出も脱隊の申し出も出来ないし、させないという刑罰だったのだ。場合によっては遠回しな死刑と言っても過言ではなかった。

「ええ、実際に十数回ほど死にかけました。おかげで、生きてるって素晴らしいと思えるようになりましたし、幼い命を奪ったかもしれない過去の自分の愚かさを反省することが出来ました」

死にそうになる度に筋肉がよみがえり、成長する感覚があるんですよ。と恍惚(こうこつ)とした顔を浮かべていたので、カインはもう「良かったね」としか言えなかった。

脳筋部隊に入って苦労しろ！　というつもりだったのに、見事に脳筋に染まってしまっていた。罰則になっていたのか微妙なところではある。

「更生したと考えればまぁ良かったのかな」

カインは考えるのをやめた。

「それで、ネルグランディィ領騎士団の第三部隊と言えば遊撃隊だろう？　魔獣発見の報を受けて一番に駆けつける部隊として、何か気がついたことはないか？」

「はっ。詳細については書類にて騎士団長へと報告済みではありますが」

「構わない、ざっくりとでいいから気になったことを報告せよ」

一緒に訓練場や騎士団詰め所の見学をしていたアルンディラーノが、王太子っぽく問いかけた。その、堂々とした姿にカインはまた驚いた。

前世の記憶のあるカインにしてみれば、十二歳というのは小学校六年生という意識がある上に、アルンディラーノは四歳の頃から成長を見守ってきた相手である。こんな立派に王族らしく振る舞えることに驚いてしまったのだ。魔法学園での放課後魔法勉強会など、カインの前では子どもらしく振る舞っているので気がつかなかったが、考えてみれば乙女ゲームの攻略対象者なのだ、それらしく振る舞えるに決まっていた。

「現れる魔獣に統一性がない事が気になりました」

「というと？」

「森では、元々森に住む獣に似た魔獣が出るとか、川なら川に、山なら山に住む獣に似た姿の魔獣が出ることがほとんどでしたが、今年に入ってからの魔獣騒ぎでは、その法則から外れていることが多いです」

「ふむ」

魔獣というのは、本来は野生の獣が魔脈から漏れる魔力とかに影響されて変化したものなのかもしれない。マルシェロの話を聞いてそう思ったカインが聞いてみれば、

「そうですね、今のところ世間的にはその説が有力です」

とマルシェロは出来の良い生徒を見るような目でカインを見つめてきた。今は発展途上マッチョなマルシェロだが、元々マクシミリアンの友人なので学力は高い。貴族の三男だか四男だかという話だったので、マクシミリアンの悪巧みに乗っかっていなければ魔法学園の教師になっていたかもしれない人なのだ。年下で現役学生であるカインやアルンディラーノが少しの説明でその先を理解できる事が嬉しいようだった。

「ですが、水辺の近くに居るはずのワニ型の魔獣が山奥から出てきたり、川の中から鳥形の魔獣が飛び出してきたり、森の浅い場所に大きな角の鹿の様な魔獣が出てきたりしてるんですよ」

「それは、確かに変だな」

言われた魔獣が出てくるところを想像したのだろう、アルンディラーノが変な味の物を口に入れたような奇妙な顔をした。

「後、コレは関係あるかどうかわからないんですが……」

ネルグランディ領の騎士団武器保管庫を案内しながら、マルシェロは声を潜めた。訓練所や詰め所は、騎士が不在とはいえ通りすがりの使用人や厨房に通う料理人などがいる可能性があるが、武器保管庫は閉じた場所なのでドアを閉めてしまえば無関係な者の目は届かなくなる。あまり人に聞かせたくない情報なのかもしれない。

「黒いドレスの女が魔獣をけしかけてきたんです」

「は？」

カインは冗談かと思ったのだが、マルシェロは大真面目な顔をしている。

魔獣というのは、魔力を帯びていて魔法に似た力を使ってくる獣である。凶暴な性質を持っていて、人や獣が遭遇すると襲いかかってくる。普通の農民でも退治できるような角ウサギや牙タヌキですら、人を見かけると逃げることなく襲いかかってくるのだ。過去に色々試した研究家もいたようだが、飼い慣らすことも繁殖させる事もできなかったので、倒すしかない害獣なのだ。

そんな魔獣を、人がけしかけてきたのだとマルシェロは言う。

「元々その人が襲われていたけど、騎士団が駆けつけたから標的を変えたのを見間違えたんではないのか？」

アルンディラーノが難しい顔で聞き返す。襲いかかってきた魔獣の後ろに、たまたまその黒いドレスの女がいただけではないか？　というのはありえそうに思えるが、おかしい話である。

「森の中にしろ、山の奥にしろ、領民が発見して騎士団の派遣を要請してたどり着いて……その間

『ドレス姿の女性』が無事に立っていること自体がおかしいですよ。アル殿下」

「見回りしていた騎士団が発見した魔獣だってあるのだろう？」

「それはそうですが……。女を見かけたのは私らだけではないんですよ」

複数箇所で目撃情報があるのか。カインは口のなかで繰り返して、思案する。どういうことだろうか。

「それで……その。言い訳に聞こえるかもしれないんですが」

そこまで来て、マルシェロがさらに言いにくそうに口ごもる。

「なんだ？」

「コレはまだ、騎士団長へもご報告していない事なんです。でも、カイン様にはお聞かせしておこうかと思いまして……」

これまでは、形として王太子殿下であるアルンディラーノへ報告しているていで会話していたが、ここに来てマルシェロはカインへと向き直って姿勢を正した。

「マックス……。マクシミリアンに、兄上に隠し子がいる事を公表して立場を失墜させてその地位を奪えってそそのかし、ネルグランディ城に隠し子がいるって教えてきた女に、似てるんです」

「そういえば」

あの時、黒い女にそそのかされたみたいなことを言っていた事を思い出してカインは頷いた。

「もちろん、あれから何年も経っているのに同じドレス着てるとかおばさんになってないとか、不可解な点はあるんですが、似てるんですよ」

「黒いドレスの女って？」

アルンディラーノが不可解な顔をしてカインを見上げてくるので、カインは簡単に説明した。アルンディラーノも、ティアニアが過ごしていた『ゆりかごの部屋』襲撃事件の事は覚えていて、その時の実行犯達をそそのかした人物が『黒いドレスの女だった』といえばなるほどとすぐに頷いた。

「今夜、母上に話してみる。貴殿も過去の過ちを改めて報告するのは辛いかもしれないが、きちんと騎士団長へと報告するように」

アルンディラーノが立派な言葉遣いで自分の二倍も体積がありそうな騎士へと指示する姿をみて、カインは『こんなに立派に育って……』と父親の様な気持ちで涙ぐみそうになったのだった。


その日の夕方、母エリゼから「明日には国境の関所前に飛竜がきますよ」と告げられた。サイリユウムからジャンルーカの迎えが来るということである。

「じゃあ、今夜は送別会ですわね」

ニコニコとディアーナが言うので、それならばと王妃とエリゼが許可を出し、貴族ではないクリスも夕食の席に同席することになった。

クリスはジャンルーカと学友で同級生だからという理由である。ゲラントは、護衛騎士よろしくアルンディラーノの席の後ろに立ってその様子を見守っていた。

「ゲラントは、卒業したらそのままアルンディラーノの護衛騎士になるのかい？」

食事も終盤、そろそろデザートが出てくるかなというところで、ジャンルーカがゲラントに声を掛けた。平民とは言え、同年代だし同級生のお兄さんだし、ましてやこの三日間は一緒に領内の見回りをしつつ近衛騎士やキールズ、領騎士団の第三部隊の騎士に一緒にしごかれた仲だからだろう。ジャンルーカはゲラントにとても懐いていた。

「とんでもございません。騎士団への入団試験に受かれば来年から騎士見習いとなります。そこから精進して正騎士となり、正騎士として実績を積み、実力と信頼を得ることでようやく近衛騎士配属への挑戦ができるようになるわけですから……」

ゲラントが、にこやかに落ち着いた声で返答をする。本当に十四歳の少年なのかと、カインは感心するばかりである。

「幼い頃からの付き合いだし、気心知れたゲラントが専属騎士になってくれれば僕はすごい嬉しいけどな」

アルンディラーノは朗らかに笑い、早く出世してくれよなと後ろに立つゲラントを激励した。

その隣で、自分が正騎士になれるまで何年かかるのかを指折り数えているクリスの様子には気がついていなかった。

食事が終わった後には少しだけ談笑時間が挟まり、その後大人達はミニバーの設備のある応接室へと移動し、子ども達はカインの私室へと移動した。

ネルグランディ城のカインの部屋は広い割には物が少ないため、ある程度の人数が入ってもゆったりとできるという理由だった。

「本当に物が少ないいな」

「休暇に遊びに来るときに寝泊まりするだけですしね。ここに居る間は外で遊ぶことが多かったですし」

家具類は一通りそろっているが、本棚はスカスカだし茶道具をいれる飾り棚には何も入っていなかった。応接セットとしてのソファーとテーブルがあり、文机セットの椅子や夏用の籐の椅子なども置いてあるので、椅子が足りないということはなかった。

サッシャとイルヴァレーノが厨房からお茶のセットをのせたティーワゴンを押して部屋へと入って来ると、それぞれ座っている場所へとカップを配って回った。

「お休み前なので茶菓子は無しです」

と、サッシャが厳しめの声で言う。

ディアーナとアルンディラーノが不服そうな顔をするが、サッシャはツンと顎をあげて見ないフリをした。王族がいようとも、子どもに厳しく接するのは出来るメイドの証である。

サッシャの愛読書『優雅なる貴婦人の夕べ』にもそう書いてあった。ただし、サッシャはメイドではなく侍女なのだが、サッシャは小さいことは気にしない。

「そういえば、サイリユウム王国は騎士が興した国なのですよね」

「ああ。世界の危機を救った旅団の剣士が、新天地を求めて旅をした末にたどり着き国を興したのがサイリユウムの最初だとされているよ」

ちなみに、カインの知っている歴史ではその『世界の危機を救った旅団』で魔法使いとして活躍した人物が、旅の末にたどり着いて興した国がリムートブレイクだとされている。隣同士で国を作ったなんて、歴史の授業で習った際には「仲良しだったんだな」と感心したものだった。

「それで、建国祭では王様が総騎士団長として騎士行列の先頭を行くんですのね」

ディアーナは自分が騎士行列に参加したことを思い出しているのか、機嫌の良さそうな声だ。ジャンルーカもその言葉にゆっくりと頷いている。

「では、騎士の採用方法や採用基準もちがったりするのでしょうか？」

「うーん。そうですねぇ」

ジャンルーカはまだこちらに留学して半年ほどしか経っていない。だが、クリスと同級生であり、放課後の剣術訓練補習に参加している事もあってリムートブレイク王国の騎士事情というのもさわり程度には理解していた。ただ、領地持ちの貴族でも個人的には騎士団を持ってはいけないとか、辺境の地を収めている場合は特例で騎士団を持つことができるとか、そういった細々とした事まではまだわかっていない。

「我が国では、貴族は必ず王都にある貴族学校に入学する必要がありますので、騎士になるのは卒業後ということになります。その代わり、騎士科を卒業すれば試験なしで見習いとして騎士団に入団することができます。……その後騎士になれるか見習いのまま終わるかは本人次第ですが」

言葉の最後の方で、ジャンルーカがニヤリと悪い顔をして笑う。

「実は、我が国の騎士団は入団試験そのものには年齢制限がありません。ですから、実力さえあれば平民の方が若いうちから騎士になれる可能性があるんですよ」

「え？　そうだったの？」

この言葉に、カインが驚いた。三年間の留学生活でジュリアンや友人達と色々学んだし騎士を目指している級友もいたが、「卒業したら騎士団に入る」と言うことしか聞いていなかったので平民なら早くから騎士になれるという話は知らなかったのだ。

卒業後に平民になる、という知り合いも一人居たが、その人は「食堂の料理人になる」というのが夢だったので騎士とは全く関係なかった。

「そうなんですよ。まぁ、騎士団に入ってからの出世というとまた話は別ですね」

「まぁ、それはねぇ……」

貴族、王族と関わるほどの地位に出世するには、強いというだけではダメなのだ。身分がないのであれば、なおさら礼儀やマナーを身につけていないと「不敬罪」という武力ではあらがえない力で排除されてしまう。

遠回りに見えたとしても、リムートブレイクの様に騎士学校に三年通って最低限の礼儀とマナーを身につけておけばその分出世の道筋も見えてくる。

サイリユウム王国で、平民出身だが騎士団入団試験一発合格の実力者。というのは、品格や性格が伴っていなければ魔獣頻出地域や国の端っこの他国との隣接地域などに派遣されて終わりになってしまうだろう。

「ああでも。戦闘頻出地域へと配属されれば、それだけ手柄が立てやすいということでもありますからね。ずいぶん昔の話ですけど、平民出身の騎士がすごい手柄を立てて『聖騎士』という特別な称号を与えられ、王妃の護衛騎士になったという逸話があります」

その後、王妃の娘である王女と結婚したとかしないとか。ジャンルーカの口から曖昧な話が続いている。

「じゃあ、俺も。俺も、すんごいお手柄を立てれば、すぐにアル様の護衛騎士に抜擢される可能性もあったり⁉」

クリスが、キラキラとした目で叫ぶ。二年年上、しかも学生時代も三年と短い兄に対する焦りを解消する方法があるのかと期待しているようだ。

「騎士見習いから一足飛びに王族の護衛騎士か！　どれくらいの功績をあげればいけるんだろうな？」

「貴族出身の先輩騎士達をも納得させるぐらいの功績じゃないとダメでしょうね。そうなると、国難を退けるぐらいしないとだめでしょうか？」

「ドラゴンを倒せば良いんじゃないかしら！」

「……うちの飛竜は無害ですからね？　ちゃんとドラゴンと区別してくださいよ？」

「じゃあ、魔王ね！　きっと、魔王を倒せば『聖騎士』になれるに違いないわ！」

「前例を踏まえると、魔王を倒したら聖騎士どころか王様になれるんじゃないか？」

クリスの言葉を皮切りに、アルンディラーノやゲラント、ディアーナまでが盛り上がる。今のネルグランディ領は魔獣の出没が増えているので魔獣百体斬りを達成すればどうか、魔獣はバラバラに出てくるらしいから、百体斬りするには集めなくちゃダメでは？　水は電気を通すので川に雷撃系魔法を打ち込んで魔魚を一網打尽にしよう！　などなどと、子ども達は大いに盛り上がった。

珍しいことに、ラトゥールも参加していかに効率よく魔法を使って魔獣を倒すかを一生懸命に考えていた。

ゲラントの大人っぽい姿や、アルンディラーノの王族らしい立派な態度を見て感慨にふけっていた昼間とは打って変わり、やっぱりまだまだ子どもだなぁとホッとしつつ、ほのぼのとした気持ちになったカインなのであった。


夜も更け、カインの部屋でのまったりタイムも解散となり、自分たちに与えられた客室へと向かうアルンディラーノとクリスとゲラント、そしてジャンルーカ。

「なんか、頑張れば早くアル様の専属騎士になれる気がしてきた！」

サイリユウムでの平民騎士の出世方法や、凄い功績について語り合った興奮が冷め切っていないクリスは、時間を配慮して声量はおとしているものの、張り切った声を出していた。もう眠気が限界に近かったアルンディラーノはあくびをしながら聞いていた。

「クリスなら出来るよ。私は魔法剣の方はさっぱりだったからね。クリスは魔法も使えるんだから、きっと私より早く近衛騎士にたどり着くに違いないさ」

ゲラントも、可愛い弟を見守る視線でそんなことを言う。クリスは、尊敬する兄からも褒められて、すっかりその気になっていた。

「魔法剣については、私もクリスに教えを請う立場だからなぁ」

とジャンルーカもクリスを褒めた。

自国では魔法を封じられ、剣術訓練に没頭していたジャンルーカなので、魔法学園の放課後の剣術補習ではジャンルーカよりクリスの方が出来が良くみえるのだ。

「えへへ。アル様。俺、がんばってすぐに護衛騎士になるからな！」

「んー。クリスはそんなに急がなくても良いよ」

張り切ってアルンディラーノへと声を掛けたクリスだが、アルンディラーノから返ってきたのは眠そうな、気のない返事だった。

「ゲラントが来年から騎士団入りするだろ？　騎士としてはゲラントが側に居てくれるだろうから、クリスは友人として側に居てくれればいいよ」

もう眠さが限界なのか、アルンディラーノは目をこすりながらそんなことを言う。

「……」

「あ、いや。アル様。私も、見習いからのスタートですから、すぐにアル様の護衛騎士になれるわけではありませんよ？」

「んー？　どっちにしろ、クリスはまだ六年も学園生活が残ってるんだから。そんな急がなくて良いだろ？」

じゃあ、お休み。と言ってアルンディラーノは割り当てられた客室へと入っていってしまった。

そのドア前に、不寝番担当の近衛騎士が守るように立った。

「……。俺、アル様に期待されてないの……？」

自分より倍ぐらいの身長がある大きな近衛騎士を見上げ、そして自分の横に立つ頭一つ分大きい二歳違いの兄を見上げた。その真っ白になった顔をみたゲラントは、無言でクリスを抱きしめ、ジャンルーカは優しく背中を撫でた。

大丈夫。そんなこと無い。きっとすぐ側近騎士になれるさ。

とは、ゲラントもジャンルーカも言えなかった。

騎士学校に通い、騎士団の実態を学び体験しているゲラントと、騎士の国の王子として父親の差配や叙勲の様子、そして志半ばで去って行った身近な騎士達の姿を知っているジャンルーカには、気休めといえども、簡単にそんな言葉で慰めることは出来なかったのだ。

翌日、カイン達が昼食を取っているところに飛竜が到着したと連絡が入った。

国同士の取り決めにより飛竜は国境を越えてリムートブレイク王国側には入ってこられないので、川を渡って関所の向こうに居るらしい。カイン達は昼食の残りを腹に詰め込み、急いで関所へと向かった。

「盛大なお出迎えご苦労様！」

国をつなぐ大きな橋の上で、コーディリアが大きく手を振って待っていた。その向こうで、サイリユウムの騎士団所属飛竜隊のセンシュールがぺこりと丁寧にお辞儀をしている姿も見えた。

「ついでだからって、ジュリアン様が手配してくださったの。とても快適だったわ！」

コーディリアは以前、カインと代金を折半して飛竜で帰省をしたことがある。その時は民間の飛竜運搬会社に依頼したのだが、たしかに王国騎士団が扱っている飛竜の方が乗り心地は良い。背中

に乗せた籠状の鞍の性能なのか、飛竜を操る手腕の差なのかはわからない。

「コーディリア嬢、お元気そうで何よりです」

「ジャンルーカ様も、お元気そうで何よりですわ！　シルリィレーア様もフィールリドル様もファルーティア様も、夏休みで帰省されるのを楽しみにしていらっしゃいましたわよ」

コーディリアは、気を利かせての発言だったのだろうが、『フィールリドル様とファルーティア様』という名前が出てきたときに、ジャンルーカの顔が引きつったのをカインは見逃さなかった。

留学中に、そしてディアーナが遊びに来ていた時にある程度は不仲を解消できていたとは思っていたが、苦手意識はそうそう払拭されるものではないらしい。

「ではまた、後期の学園でお会いしましょう」

と美しく一礼をすると、ジャンルーカは飛竜に乗って帰って行った。出発直後、竜騎士であるセンシュールのサービスなのか、飛竜がカイン達の頭上を大きく旋回してからサイリユウムの王都へと向かって飛んで行った。

「いいなぁ。うちの国にも飛竜が居ればいいのに」

ぼそりとこぼしたアルンディラーノの言葉に、護衛として付いてきている近衛騎士達が微笑ましそうな顔で笑う。

わかるー。飛竜とか憧れるよね。とカインは心の中で頷いた。

前世の記憶があるせいで、ドラゴンライダーというのは中二病的な憧れ職業という意識がどうしても抜けず、口に出すのは恥ずかしかった。

ませんよ」

「我が国にも、未開拓の地がありますから。北方の山岳地帯などを捜索すれば飛竜もいるかもしれ

「王太子殿下が即位なされた暁には、捜索隊をお出しになってみても良いかも知れませんね」

いかにも、自国には飛竜がいるなんて思っていない大人の戯れ言であるが、たった今本物の飛竜をみたばかりのアルンディラーノやラトゥール達少年にはそんなことは関係なかった。

「夏休みが終わったら、ジャンルーカに飛竜の生態についてきいてみるか！」

「倒してはダメなのよね？　背中に乗せてもらうにはお友達にならなくっちゃ」

「卵生なら、卵を捕獲して……親代わりに……」

アルンディラーノとディアーナとラトゥールで、居るかどうかもわからないリムートブレイクの飛竜の捕まえ方について盛り上がり始めた。

「飛竜ってあの体で草食だから、ちゃんと管理した草原が必要みたいよ。その上にグルメだから干し草は食べないんですって」

「え？　あの見た目で草食なのか？」

「そもそも、馬小屋では飼えませんもの。もし捕まえたなら大きな飼育小屋が必要ですわよ」

コーディリアまで混じってさらに盛り上がっていた。

ちなみに、リムートブレイク王国での飛竜目撃情報は今のところ皆無である。

「あれ？　クリスとゲラントは？」

カインが周りを見渡せば、アルンディラーノとディアーナとコーディリアで盛り上がっている橋

の上から、少し距離を置いた所にクリスとゲラントが立っていた。

昨日の夕飯はジャンルーカの送別会だから、ということでクリスが食卓に同席したが、王都から出発してネルグランディ城に滞在している現在まで、クリスとゲラントは基本的に使用人や騎士達と一緒に食事をしていたので、アルンディラーノやジャンルーカとは別行動となっていた。

騎士見習い達と一緒になって見回りをしていた時には、昼食はアルンディラーノやジャンルーカも皆と一緒になって取っていたので同席だったが、その時だけである。その延長線上としてクリスとゲラントが気を遣っているのだと思ったカインは、二人の元に行って声を掛けた。

「クリス、ゲラント。コーディリアは普段から領民に混じって遊んでいるし、こういった場では身分差をあまり気にしない娘(こ)なんだ。うちのお母様や王妃殿下の目の届かないところであれば、友人として会話に交ざっても大丈夫だよ？」

ゲラントはわからないが、学園での様子を知っているカインとしては、クリスも飛竜の捕まえ方談義に交ざりたいだろうと思っての事だった。

「お気遣いありがとうございます、カイン様」

ゲラントがにこやかに返事をしてくれる。その隣で、少し暗い顔をしたクリスがぺこりと頭だけ下げて返事をしてきた。

「どうした？　クリスは具合でも悪いのか？」

カインがそっと手を出して、うつむいているクリスの額を触ってみるが、特に熱がある感じはなかった。

「この後、キールズと合流して近場の魔獣発生場所に行ってこようと思っていたんだけど、クリスは城で休んでおくか？」

カインの言葉に、クリスはパッと顔を上げてぶんぶんと首を横に振った。

「いいえ！　いいえ、行きます。僕も行って沢山魔獣を倒しますよ！」

大きな声でそう言って、クリスはアルンディラーノ達の居る場所まで駆けだしていった。

ゲラントがクリスの背中を心配そうに見つめていたのだが、カインが「どうかした？」と聞いても「大丈夫です」と返事をするだけだった。

「じゃあ、私はお城に帰るわね。皆は国境関門の見学をしたり、釣りで遊んだりしてるって言っておくわ」

そう言って、コーディリアはカイン達が乗って来た馬車に乗ってネルグランディ城へと帰って行った。

「これから川沿いで遊ぶんだけど、コーディリアも一緒に遊ばない？」

とディアーナが誘ったのだが、

「制服を着てるから汚したくないし、荷物も多いから遠慮しておくわ。早朝に出発したからとにかく眠くって。明日から一緒に遊んであげるわ」

と言って断られた。

ラトゥールは最初城に戻って書庫の本が読みたいと言っていたのだが、「じゃあコーディリアと一緒に戻って母上に書庫の場所を聞いてね」とカインが言ったら、「やっぱり遊ぶ方に付き合います」と意見を変えた。

カインやディアーナ、他の攻略対象者達とは仲良くなりつつあるラトゥールだが、まだまだ人見知りが激しいのだ。よく知らないコーディリアと二人で城に戻るだけでも相当難易度が高いのに、エリゼなりアルディなり、または見知らぬ使用人なりに書庫の場所を聞いて閲覧許可を取る、というのは到底出来そうにないと思ったようだ。

「よっし！　じゃあ、早速魔獣狩りに出発しよう！」

「はぁ？　遊ぶんじゃなかったのかよ」

腕を振り上げながら宣言するカインの言葉に、合流したばかりのキールズがツッコんだ。

「チッチッチ。何を言っているんだキールズ」

カインが指を振りつつそういえば、

「チッチッチ。何を言っているんだいキー君」

ディアーナが真似して人差し指を振った。

「……なんか腹立つな、この兄妹(きょうだい)は」

「ジャンルーカ殿下の見送りのついでに外で遊んでくるとお母様達には言ってあるので、すぐに戻らなくても連れ戻される恐れは無い！　しかも、近くで遊ぶと思っているから保護者もキールズしかいない！」

「いや、俺がいる時点で自重してくれよ」

「結局、騎士見習い達に混じっての見回り業務では、ディアーナがあんまり活躍出来なかっただろう？」

「はぁ？　十分活躍してただろ。魔獣の目くらましとか、足止めとか、防御とか。魔法でずいぶん助けてくれてたじゃないか」

「それほどでもあるけどね！」

キールズの言葉に、ドヤァとディアーナが胸を張る。

「……半分は、私の、魔法」

ディアーナの態度を見て、ラトゥールが控えめに自分の功績を主張した。三日間一緒に見回り業務をこなし、なんやかんやと世話を焼いてくれたキールズには少しだけ心を開いてきているようだった。

「ディアーナは、騎士として活躍したいんだよ。ねー？」

「ねー！」

カインとディアーナが体を傾ける勢いでお互いに顔をのぞき合っている。

「クリスとゲラントさん、アル殿下は見回りの先頭でバシバシ魔獣を倒していたのに、後ろで魔法使うばっかりでつまらなかったもん」

「レディーが『もん』とか言うな」

「俺たちもそんなに倒してないよ。そもそも魔獣がそんなに出てこなかっただろ」

「領地の騎士見習い達がワーッと掛けだして行っちゃいましたしね」

騎士見習いとして、見回り時に先頭近くに位置取っていた三人がディアーナの言葉に反応する。

実際、アルンディラーノを連れての見回りは領民へ安心感を与えるために行われたもので、安全な場所を巡っただけだった。正規の騎士を他の場所に回すために騎士見習いを投入した場所なので、出てくる魔獣も少なく、危険度の少ないものばかりだったのだ。

「それでも、騎士見習いとして活躍する場があったじゃない！　ズルイ！」

「ズルイ！」

「そこでカインが出てくるのかよ」

「だから、ここから先はディアーナ劇場の始まりだ！　美少女騎士ディアーナの魔獣退治ショーだ！」

カインの言葉に、キールズが頭を抱えて蹲った。

「伯母様と……へたすりゃ王妃殿下に怒られるだろ」

「ようは、バレなきゃいいんだよ。バレなきゃ」

「今は準非常事態で、魔獣討伐は報告が必要になってるんだぞ」

「河原でバーベキューして証拠隠滅すればいいじゃないか。サイリユウムでそういうのも習ってきたから任せろって！」

カインはサイリユウム貴族学校の魔獣討伐訓練で、角ウサギや牙タヌキを捌いて食べた事を説明した。

「カイン様、悪い顔してますよ」

「ディアーナが楽しいのが何よりだよねー」

「ねー！」

手を取り合ってその場でダンスまで始めた兄妹をチラリと横目に見たキールズは、そのまま反対側へと視線をそらす。アルンディラーノの護衛として近衛騎士が二名付いてきている。

この場の保護者役はキールズだが、この護衛二人に「ナイショだよ」と言ったところですぐに「遊びじゃなくて魔獣退治でした」と報告されてしまえばおしまいである。

職務怠慢となってしまうのでわざわざアルンディラーノから離れて報告しに戻ったりはしないだろうが、結局帰城後に怒られるのは避けられない。

「あの、俺が少しなら治癒魔法をつかえますから……」

イルヴァレーノが気の毒そうな顔をしてキールズの肩を優しく叩いた。カインのシスコン被害者同士、キールズとイルヴァレーノは心が重なった気がした。

「大丈夫だって」

カインは気楽に言う。

アルンディラーノが学生になってからは、王太子として過保護にするよりは、為政者としてしっかり成長するように見守り体制に入っているらしいことにカインは気がついていた。

おそらく王妃は見逃してくれるはずなので、そうなれば母エリゼもディアーナに対して面と向かっては叱れないに違いないと踏んでいる。エリゼがディアーナを強く叱れば、王妃殿下もアルンディラーノを叱らないわけには行かなくなるからだ。

パンっと大きく音が出るように手を叩き、カインは皆の注目を集めた。

「じゃあ、今日はこの国境の川沿いに北上して行く感じでやっていこう」

リムートブレイクとサイリユウムは、太い川を挟んで隣り合っている。少なくとも、ネルグランディ領内の国境ではそうだ。

そして、国境ぎりぎりの場所は畑も牧場も作っておらず、保安の関係で領民の立ち寄りも推奨していない。そうやって領民が近づかない場所なので、魔獣頻出状態になってから見回りなども後回しになってしまっていた。そのため、普段は適度に間引きが出来ている小型の魔獣が増えている可能性があるとキールズが説明する。

「こっちは大物の目撃情報も上がってきてないから、数を減らせれば良いんだ。川の上流に魔石の鉱山がある関係で、魔魚やら小型の魔獣やらがちらほらいる」

ということだった。キールズとカインを先頭に、ディアーナとアルンディラーノとラトゥールと続き、クリスとゲラント、そして最後尾をアルンディラーノの護衛騎士二名とイルヴァレーノが務める形で川沿いを歩く。

時々飛び出してくる角ウサギや牙タヌキを、カインの魔法とキールズの剣で危なげなく狩っていく。

川から勢いよく飛び出してくる魔魚をディアーナが闇魔法で目隠しして勢いを殺し、落ちてきたところをタイミング良く剣で捌いた。

ディアーナの取りこぼした魔魚達を、ラトゥールが火魔法でこんがり焼く。

草に擬態していた魔獣をアルンディラーノが刈り取り、鳥の姿をした魔獣をクリスが風の魔法剣で打ち落とし、ゲラントがとどめを刺す。

最後尾を歩いていた近衛騎士二名は、常に『その先の危険』を予測して周りを警戒し、細々とした魔獣退治には参加しなかった。

最初のうちは元気のなかったクリスだったが、魔獣を倒し、アルンディラーノとハイタッチをして喜び合っているうちに楽しそうに笑うようになっていた。

「クリスは裏表無くて良いよなぁ」

明るく笑うクリスを見てそうつぶやいたカインの言葉に、ゲラントは少し寂しそうに笑うだけだった。

アイスティア領の夏

魔獣退治もいったん落ち着いた頃、アルンディラーノの予定に合わせてアイスティア領へと移動する事になった。王都で仕事をしている父、ディスマイヤが「こっちにカインもディアーナもエリゼも居ないなら」ということで、王都に残っている警備用の騎士を全部領地に戻す事にしたのだ。研修目的で王都に配属になっていた二年目と三年目の新人騎士達も、王都邸勤務として配属されていたベテラン騎士達も全てである。

「警護対象が居ないとはいえ、全員引き上げたら泥棒とか大丈夫なんですか？」

とカインが父親の決定に疑問を持ったが、

「パレパントルもいるし、メイドや使用人のふりした戦闘員もいるから大丈夫よ」

と母エリゼは笑い、

「ウェインズさん達がいれば、大丈夫だと思います」

とイルヴァレーノも目を泳がせながら言っていたので、大丈夫なんだろうとカインは納得することにした。

ネルグランディ領の騎士不足がとりあえずではあるが解消したことで、近衛騎士の貸し出しの必要もなくなった。むしろ、ネルグランディ城に王妃殿下と王太子殿下が滞在していると城の警備に人手を割かなくてはいけないため、移動した方が良いという判断をしたのだった。

ネルグランディ領とアイスティア領の間にある領地は相変わらず治安が悪く、近衛騎士が馬車の周りを固めての移動となっている。ゲラントとクリスは護衛として行く事を希望し、騎馬での移動となっているが、事が起こる前に周りの近衛騎士達が片付けてしまうので出番はなかった。

「俺たちがどう警戒していて、どう動いているのかをよく見ておくのがおまえ達の仕事だよ」

と、近衛騎士の一人がにこやかに声をかけていたが、クリスは悔しそうに顔をゆがめていた。

「クリスは負けず嫌いだな」

「向上心が強いって言うんだよ」

馬車の外で近衛騎士と会話をしているクリスとゲラントの様子を見ながら、カインとアルンディラーノでそんな言葉を交わしていた。

　クリスとゲラントは、近衛騎士団の訓練に混ざっている関係で大人の騎士達から弟や息子のように見守られているのだが、先日のアルンディラーノの言葉が胸に刺さっているクリスにはその心遣いが届いていないようだった。


「……。帰りたい」

　馬車の中では、ラトゥールが半べそをかいていた。

　ジャンルーカを見送り、その後ディアーナやカインとエルグランダーク家の領地で過ごすだけだと思っていたのに、また知らない土地へとドナドナされているのである。実家に帰りたいとは思っていないが、だからといって知らない人の家を転々としたいとは思っていないのだ。

「ティアニア様はね、とってもお可愛らしいんですのよ」

「リベルティ夫人も、おしゃべりが楽しい方だよ」

　色々と配慮してくれたらしい母親世代の二人が一台目の馬車に乗り、学生組の四人が二台目の馬車にまとめて乗っていた。ぐずるラトゥールを励ますために、ディアーナとカインで行き先の楽しみを伝えようとしているが、小さい子がいるとかおしゃべりな女性がいるというのは、却ってラトゥールを萎縮（いしゅく）させてしまっていた。

「滞在中、わたしは馬車で、寝泊まりする……から」

「いやいや、そんなわけに行かないでしょう」

ディアーナは何度かリベルティとティアニアに会いにアイスティアに来たことがあるらしいのだが、カインは留学していたのでマクシミリアン事件の時しか行った事が無い。

ラトゥールを励ますには魔法を思う存分使える場所があるとか、教えを請える著名な魔法使いがいるとか、とにかく魔法関係だろうと思うのだが、ほとんど行った事の無い他人の領地なので、カインは何も思いつかなかった。辺境でもないのに騎士団があるんだよ、というのはきっとラトゥールには響かないだろうと頭を抱えた。

「伯父上は読書家だから、書庫がすごい充実しているんだ。滞在中に読ませてもらうと良い」

馬車の窓から外を眺めていたアルンディラーノが、珍しく静かな口調でそう言った。金色の髪に緑色の瞳という、自分と同じ色を持つティアニアの事をアルンディラーノは妹のように可愛がっていた。対外的には従妹という関係なのであながち間違いでもない。いつもは、ディアーナにうざがられるほどに「ティアニアに会いに行くんだ〜」「ティアニアに会ってきたんだ〜」とテンション高く語っていたアルンディラーノが大人しいので、ディアーナとしてはラトゥールよりもアルンディラーノのことが心配になってきた。

「お兄様、アル殿下も元気がないですわね」

「朝早かったから、眠たいのかな」

「そうかもしれませんわね。私もすこし眠たくなってきましたわ」

「じゃあ、僕の膝を貸してあげるよ。少し休むと良い」

早朝出発すると、日付が変わる頃に到着する距離のアイスティア領。通り抜ける領地の治安が良ければ途中一泊という旅程にもできるのだが、そうも行かないので強行突破することになっている。

ディアーナがウトウトしはじめ、カインもそれを見守って口を開かなくなると、馬車の中は静かになった。

少し暑い馬車の中で、カインとディアーナ、そしてアルンディラーノとラトゥールはやがて寝落ちして、気がついた時にはアイスティア領の領主館へと到着していた。

馬車の中では元気のなかったアルンディラーノだが、アイスティア領に着いて一晩寝たら元気になっていた。深夜の到着だったのでカイン達はそのまま客室へと案内されて休み、翌朝改めてのご挨拶、という段取りになっていた。

「おじいちゃまは少し体調が不安定で……。代わりに私がご挨拶する事、おゆるしください」

朝食の席で王妃殿下とエリゼに丁寧に挨拶をしたのは、リベルティだった。母親から孤児院に預けられ、迎えが来ないまま貴族家に専属の針子として雇われていた元平民のリベルティだが、王妃殿下に助けられ、アイスティア領で領主夫人として過ごすうちにマナーをしっかりと身につけたようだ。

「カイン様、ディアーナ様。お久しぶりでございます！　イル坊も元気そうね！　さぁさぁ、昨日は一日馬車旅で疲れたでしょう？　沢山食べて元気だしてね！」

カインが感心した途端に、気安い口調で元気いっぱいに話し掛けてきたリベルティ。平民として保護されていた時期に知り合ったせいで、気が抜けてしまうのかもしれなかった。

孤児院でイルヴァレーノと一緒に過ごしていた時期があったらしいので、イルヴァレーノの身内という立場から気安く接せられるのであれば、カインはむしろ喜ばしい気持ちだった。

朝食をすませ、子ども部屋へと案内してもらえば、三歳になったばかりのティアニアも乳母との朝食を終えたところだった。

「まぁ！　ディおねしゃまが、だんせーになっちゃわ！」

カインの顔を見たティアニアは、舌っ足らずの言葉でそう叫んだ。

「あー……ティアニア様、僕の事覚えてませんかぁ……」

「どうちまちょう！　あるでぃらのにーしゃま！　ディおねしゃまをおよめしゃんにできなくなっちゃわよ！」

カインの声を無視して、ティアニアは一生懸命に叫ぶ。カインが前にティアニアに会ったのは、ティアニアが生まれてすぐの頃だった。

アルンディラーノはお気に入りの従姉妹と言うことで暇と許可があれば会いに来ていたらしく、ディアーナも領地に行く事があれば前後でアイスティア領に寄っていたという事で、二人はティアニアからちゃんと認識されていた。

「こいつとは結婚しないから」

「アル殿下にはお嫁にいかないから」

「ディアーナの嫁ぎ先はまだ決まってないから！」

「う？」

アルンディラーノとディアーナ、そしてカインから否定の言葉が一度に発せられ、ティアニアは混乱した。

「ディおねしゃまが、ふたり？」

コテンと小さな頭を倒して疑問を口にする、その姿がとても愛らしかった。カインとアルンディラーノはそろって「ふわぁあああ」と口から魂でも出ているのかという声を漏らした。

「うふふ。ティアニア様。こちらは私の兄ですわ。そっくりでしょう？」

「ディおねしゃまの、おにーしゃま？」

「そうよ」

そっくりな顔だけど、髪型も違うし身長も違う。カインとディアーナがそれぞれ別の人間だと理解したらしいティアニアは、絹で作られた涼しげなジャンプスーツの腰のあたりをつまんで持ち上げ、ぺこりと小さくお辞儀をした。

「はじめまちて、ティアニアでしゅ」

「はじめまして、カインです。可愛らしいレディーとお会いできてとてもうれしいです」

ティアニアのなんちゃって淑女の礼に対して、カインはきっちりと紳士の礼で返した。言葉はなるべく平たく、わかりやすく心がけたおかげでティアニアにはきちんと伝わったらしい。

ニパッと笑うとカインの手を引いて部屋の隅に片付けてある色々な宝物を見せてくれた。

「可愛いねぇ。ディアーナの幼い頃を思い出すよ」

「ディアーナが三歳ということは、僕も三歳だろ……その頃、カインは六歳じゃないか」

「頭の良い六歳だったのさ。なぁ、イルヴァレーノ！　三歳の頃のディアーナはすっごい可愛かったよな！」

カインが壁際に控えていたイルヴァレーノに向かって声を掛けた。イルヴァレーノはカインが六歳の時に裏庭で拾って以来の付き合いなので、当然ディアーナが三歳の頃のことを知っている。

「……デザートの食べ過ぎで、お腹を壊しておいででしたね……」

気まずそうに、目を泳がせてイルヴァレーノがつぶやいた。

とっさに思い出したディアーナとの初期の思い出が、よりによってそれなのかよと、カインがジト目でイルヴァレーノをにらむ。

「わたちは、ちゃんとケーキはんぶんこのやくそく、まもれてましゅわよ！」

ティアニアが偉そうに胸を張ってみせ、そして頭が重いせいかそのままコロンと後ろに転がってしまった。ふわふわのラグが引いてあるので痛くはなさそうだったが、アルンディラーノが慌てて抱き起こし、ディアーナが優しくその頭を撫でてやった。

カインとディアーナとアルンディラーノがティアニアと楽しく遊んでいる頃、ラトゥールは蔵書が充実している書庫で黙々と本を読んでいた。

クリスとゲラントは、国の正規騎士団でもなく辺境領の騎士団でもない、国内でも数が少ない「許可を得た私設騎士団」という存在について、訓練に混ぜてもらいながら色々と教わっていた。

王妃殿下と母エリゼは、ベッドの上で過ごす王兄ハインツにお見舞いにうかがい、色々な話を交わしていた。

「王兄殿下が布団に伏せり気味になられた事で、領地の雰囲気が暗くなりそうだったそうなのだけど」

「ティアニア様とリベルティ嬢がとにかく明るいので、救われているそうよ」

とは、王妃殿下とエリゼが夕食で語った話だ。

アイスティア領はあまり広い領地ではないが、淡水湖があって真珠が取れる。そのため金銭的には困っておらず、騎士団もあるため治安も良い。

カインが提案した車椅子が騎士団の元馬車職人や家具職人らの手で完成した後は、ハインツ王兄殿下も庭や領内を散歩するようになり、その穏やかで優しい人柄から領民にしたわれていたそうだ。

「魔脈のある場所、魔力の濃い場所に魔獣が出やすいというのは統計的に言われていることですが、それとは別に『治安が悪く、世相が暗くなってくると魔獣が出没しやすい』という迷信もこのあたりにはあるんですよ」

と、アイスティア領騎士団の団長であるビリアニアが語る。ビリアニアは攻略対象であるマクシミリアンの兄で、リベルティに手を出した男の兄でもある。つまり、ティアニアの伯父にあたる人物だ。

ハインツ王兄殿下の身の回りの世話をする代わりに、王兄殿下亡き後この領地を下賜される予定となっている。しかし、ビリアニア本人は自分の「騎士になる」という夢を叶えてくれたハインツ王兄殿下を尊敬しているため、なるべく長生きしてほしいと願っていた。

「我が領の騎士団は、王兄殿下をお守りするためだけに存在します。王兄殿下亡き後は解散することになっていますから、彼女たちの明るさは救いですよ」

世相が暗くなると魔獣が出没しやすい。そういう迷信があるのだとすれば、領民皆が明るく朗らかでいる事が魔獣の出没を抑止できる方法だといえる。

「ビリアニア様は、騎士団のお仕事と領地運営のお勉強、その他にも沢山お仕事を抱えていらっしゃるのに、ティアニアと沢山遊んでくださるんです。おじいちゃまにも私にもお優しいから、頼りにしているんです」

そういってビリアニアに寄り添うリベルティは、ちょっと照れながらも嬉しそうに笑っている。

カインは、おやつのドーナツを半分に割りながら、皮肉な話だなとリベルティを眺める。

サージェスタ侯爵家を継ぐために平民の愛人であるリベルティを捨てた次男は、リベルティが実は王家ゆかりの令嬢である事が判明した後、王家に忖度した世代交代で子爵となった。

しかし、侯爵家当主の座と財務省顧問の座を引退させられた祖父からひどい叱責を受けたらしく、領地に閉じ込められているらしい。

そんな次男から継承権を奪おうと、兄の醜聞を公表するためにリベルティとその子どもを誘拐しようとして失敗したマクシミリアンは、魔導士団で下っ端としてこき使われている。

騎士になりたくて侯爵家を捨てた長兄のビリアニアの方が、このあと領地持ちの伯爵になり、王族の妻を娶ることになりそうだという皮肉な話だ。

「結局、情けは人のためならず。ってことだよな」

「何の話ですか？」

カインのカップにお茶のおかわりを注ごうとしたイルヴァレーノが、カインの独り言を聞いていた。

「リベルティ嬢が明るく楽しく過ごしている事で、領地の皆が元気づけられれば魔獣も出にくくなるっていうのなら、巡り巡ってリベルティ嬢やティアニア様も安全に過ごせるって事だなって」

「ああ、なるほど」

イルヴァレーノはリベルティと幼い頃の知り合いなので、カインはことわざの意味を良い方の話として伝えた。

イルヴァレーノに聞かれたときに、「悪いことをした人には悪いことが返ってくるというのは、因果応報って言うんだったな」と思い直したからだ。

アイスティア領にやってきてから三日ほど経った頃に、王妃殿下とエリゼがしばらくここに滞在すると宣言をした。王兄ハインツのお見舞いを兼ねた訪領だったため、ハインツの体調が良くなるまで滞在することにしたと説明があった。
王妃殿下とアルンディラーノの表向きの用件は視察であるため、二人は時折領主館を留守にしていた。
引退して離れた療養地の離宮に引っ込んだとはいえ、先代国王夫妻が健在であるうちは表だって王兄ハインツに関する告知を出すわけにはいかないため、「お見舞い」を理由に長期滞在するわけにはいかなかったのだ。

表に出せば、咎（とが）がふりかかるのは王妃やアルンディラーノではなくハインツ本人である。王妃はそれをよしとすることはできなかった。

王妃殿下とアルンディラーノが視察のために不在となり、カインとディアーナがティアニアの子守で彼女にべったりとなると、騎士見習いとしてついてきているゲラントとクリスは手持ち無沙汰になってしまう。そこで二人は、騎士団の訓練場を借りて鍛錬をしたいと申し入れ、領主であるハインツからはすぐに許可が下りた。

あまり広くはないが、足下がしっかりと固められている訓練場で兄弟二人で手合わせをしていたところに、一人の男性が入ってきた。

「やあ、良い剣筋だね。君たちが近衛騎士団副団長の息子さんたちだね」

そう言ってニコニコと手を振って訓練場に入ってきたのは、アイスティア領騎士団団長のビリアニアだった。

「訓練場をお借りしております。ゲラント・ヴェルファディアです」

「お世話になっております。クリス・ヴェルファディアです」

ゲラントとクリスが、素振りを中断してぺこりと頭をさげてお辞儀をした。

「礼儀正しいですね。私はビリアニア・サージェスタです。アイスティア領騎士団の団長やってます。よろしくね」

そう言って差し出された手を、ゲラントとクリスが順番に握って握手を交わした。騎士団長というにはにこやかで人当たりの良さを感じさせるビリアニアに、クリスとゲラントはホッと気が抜けるのを感じた。

「いやぁ、うちの騎士団は訳あり騎士団なので、王妃殿下の連れてきてくれた近衛騎士に稽古を付けてもらえるのが凄いありがたいんだけどさ。君たちみたいな、騎士見習い達からも学ぶことが多いと思うんだよね。訓練所で他の領騎士団員とあったら是非色々教えてあげてね」

「こちらこそ、沢山学ばせていただきます」

「よろしくお願いします」

「うん。とりあえず、今から俺と手合わせしてみる?」

「はいっ」

騎士団長という立派な立場であるはずのビリアニアが、気軽に手合わせをしようと声をかけてくれたことにゲラントとクリスは歓喜した。

ビリアニアと挨拶を交わし、手合わせをした日からは他の領騎士団員たちも訓練場へと顔を出し、暇さえあればクリスとゲラントの相手をしてくれた。

「騎士になる前は、馬車職人だったんですよね」

「変わった経歴ですね」

「いやぁ。馬車職人っていっても今は分業制にしている工房が多くてなぁ。槌(つち)を振ったり金具を叩いたり、腕力には自信があったんで応募したんだが、なかなか剣を振るっていうのはまた別の難しさがあったな!」

そう言ってガハハと笑う壮年の男性は、アイスティア領騎士団の中でも年長の人間で、クリスと手合わせしてみてもさほど強い人間ではなかった。

「アイスティア領騎士団で、まともに剣を振れるのは片手の手でたりるぐらいしかおらんだろ。団長と、あと若いのが何人かだ。俺たちと手合わせしても、坊ちゃんたちの練習にはならんだろうが、よかったらまた手合わせしてくれんか」

そう言ってまたガハハと笑う男性に、クリスは曖昧に笑いながらゆるくうなずくだけで返事をした。

その日の夜、夕飯後に自分たちの部屋へと戻る廊下でクリスはゲラントに問いかけた。

「兄上。馬車職人や家具職人、農家の末子などから構成されている騎士団ってどうなんでしょう……？　騎士学校を出ていないのに、入団試験を受けていないのに騎士になれるって、なんかズルくないですか？」

自分自身が早くアルンディラーノの護衛騎士になりたいと思っているのに、その道のりが遠いことにいらだちを覚えていたクリスは、特に剣術を学んだわけでもない人達が騎士団員を名乗っていることに不満を覚えていた。

「各領地が持つ騎士団への入団条件は、それぞれ領主の裁量によるんだよ」

「でもさぁ、巡回で一緒だったネルグランディ領の騎士見習い達は全員地元の騎士学校卒業生とか卒業予定の生徒とかだっただろう？　馬車の護衛で一緒だった人達も、元々騎士だった人が転職してきてたり王都の騎士学校を卒業して地元で入団試験受けたりしたたって言ってたじゃないか」

ゲラントがなだめるように説明したが、クリスの不満は収まらないようだった。

先日まで滞在していたネルグランディ領では、地元の騎士見習い達と一緒に巡回業務を行っていた。そこで聞いた話では、辺境領の騎士団でも騎士学校や魔法学園卒業後に入団試験を受けるのが一般的だという話だったのだ。ネルグランディ領騎士団の詳しい募集要項を書面で確認したわけではないからもしかしたら家具職人が入団試験を受ける事もできるのかもしれないが、実際には騎士学校卒業生しか採用されていないのであれば、それは有名無実化しているということである。

「アイスティア領の領主様は違う、ということなのだろう。そこは僕たちが口出すところではないよ」

「……」

ゲラントの言葉に、クリスは黙り込んだ。剣士として苦労をしたわけでもないのに、機会に恵まれて騎士になった職人のおじさん達の顔が浮かぶ。

子どもの頃から父親に鍛えられ、入学前から近衛騎士団に交ざって訓練してきた自分ですら、騎士になるまでに数年かかるし入団試験や昇級試験など、難関が何度も待っている。兄の言っていることは理解できるものの、納得できるかというとまた別だった。

「それじゃあさ、俺も募集条件が特殊な辺境領の騎士団だったらすぐにでも騎士になれるってことだよな」

ぼそりとつぶやくクリスの背を、ゲラントが優しく叩く。

「でも、それはクリスのなりたい騎士じゃないだろう？」

ゲラントの言葉に、クリスは小さくうなずいた。騎士になれば良いというものではない。クリスがなりたいのは、アルンディラーノの護衛騎士なのだ。

朝から訓練をしていたので体はとても疲れていたものの、その日クリスはなかなか寝付けなかった。

次の日は、訓練場に行くとカインとディアーナも運動しやすい服装で待っていた。

「今日の視察は領地内の真珠加工工房なので、お母様もご一緒にでかけているのよ」

「真夏なのに、長袖長靴下にベール付きの帽子をかぶって完全装備で出かけていったね」

カインとディアーナがクスクスと笑い合っている。二人の母であるエリゼは虫が大の苦手なので、夏の外出を極力しないことで有名なのだ。

「まぁ、そんなわけで今日は僕らも剣術訓練に参加するよ」

「お手柔らかにお願いしますわ！」

「え。大丈夫なのかよ。アイスティアの領騎士団員も出入りするだろ、ここ」

やる気満々のディアーナにクリスが一応心配して聞いてみるが、ディアーナはふふーん、とドヤ顔で胸を張った。

「ここのおじ様たちは気にしないもの！　来る度に、色々やらせてくれるのよ」

「元々貴族出身じゃない人が多いからね、あまり気にしてないんじゃないかな」

ディアーナとカインがそう言うので、クリスはとりあえず「そういうものか」と納得しておくことにした。

「ディアーナ様ぁ〜。こっちの剣の手入れ手伝ってくださらんかぁ」

「もちろんですわ！　武器の手入れも騎士の仕事のうちだものね！」

騎士見習いでも嫌がる地味な仕事だが、ディアーナは嬉しそうに駆け寄っていって剣を磨いた。

別の日には、武器倉庫の整理整頓を頼まれたが、ディアーナは、

「お片付けまで含めて訓練ですものね！」

とやはり喜んで手伝っていた。

その様子を見ていたカインが、傍らに立つビリアニアに、

「色んな事をディアーナにさせてくださって、感謝します。ビリアニア殿」

とディアーナに視線を向けたまま告げた。ビリアニアも、ディアーナが嬉しそうにお手伝いをしている様子を見たままで、静かにうなずいた。

「やらせてあげられるのもお嬢さんがお子様な今だけですから。大人になった公爵令嬢には、手伝わせるわけにはいきませんからね……」

せめて今だけは。そうビリアニアが答えた。

騎士になりたくて、しかし侯爵家の嫡男として断念しなければならなかった過去のあるビリアニアは、家を捨てることで期間限定ではあるが騎士になるという夢を手に入れた。立場も条件も違うが、貴族令嬢の立場で騎士にあこがれるディアーナに感情移入しているのかもしれなかった。

「なりたくても、なれない人よりはマシなのかな」

たまたま片付ける道具をもって通りすがっていたクリスは、カインとビリアニアの会話を耳に入れてしまった。騎士になりたいと公言して努力もして、そして女子にしてはなかなか強いとクリス

も認めているディアーナは、その立場から騎士にはなれそうにないことを改めて知った。

いつもいつも、ディアーナは自信満々に「女性騎士になる！」と言っているものだから、クリスはすっかりなれるものだと思っていた。

「そうか、難しいのか……」

遠回りでも、時間がかかっても、鍛えていれば騎士になれるクリスとは違って、どうしたって騎士にはなれそうにないディアーナにクリスは同情的な目を向けた。


「ぐぅううう」

訓練中に、激しい腹の虫が鳴き出した。誰だ？　誰の腹がなったんだ？　と訓練場にいる皆で周りを見渡せば、腹を押さえて顔を赤くしているのはクリスだった。

「あははは！　腹が空くってのは健康な証拠だよな、さすが成長期の少年だ！　厨房へ行っておやつを貰ってきてくれ」

ビリアニアが笑いながらクリスにお使いを言いつけた。午後のお茶の時間に近いので、ちょうど休憩するのに良い頃合いではあった。

「はい！」

元気よく返事をしたクリスは、ダッシュで訓練場を抜け出した。

厨房へと向かう途中、静かな区画をゆっくりと歩く。大人達から、この廊下は静かに歩くように初日に言い含められていたのだ。

「あれ、なんかドアが開いてる」

この廊下のどこかに病気で寝ている人がいるから、と聞かされていたクリスはこの部屋にいるのがきっとその人だろうと思った。この城は騎士団がある割には使用人の人数は少なく、最低限自分で出来る事は自分でやる方針だった。クリスとしてはその方が気楽なので良かったのだが、アルンディラーノなどは時々着替えに苦労していると愚痴をこぼしていた。

使用人が少ないせいか、廊下を歩いていても誰ともすれ違わない事が多い。クリスは、開いたままのドアを閉めておこうと思って部屋に近づき、念のために部屋の中をそっとのぞき込んだ。

「誰かな？　おや、また若いお客さんだね」

ちょうど部屋の主もドアの方を見ていたらしく、のぞき込んだクリスと目が合ってしまった。慌てたクリスは顔が見える程までドアを開け、急いで頭をさげた。

「失礼いたしました。ドアが開いていたため、閉めようといたしました。不審な点がないか確認のために覗いてしまいましたが、他意はございませんでした」

アルンディラーノに会うために王宮に忍び込んだときに、怒られた時用に丸暗記しておいた貴族向けの謝罪の言葉が口からこぼれた。クリスは、コレをたたき込んでくれたアルンディラーノの側近ナージェスに心の中で感謝した。

「ははは。かしこまる必要は無いよ。アルンディラーノが騎士の友人を連れてきたと言っていたのが君かな？」

「はっ！　王太子殿下にはもったいないご友誼（ゆうぎ）を結んでいただいております！」

「頭をあげなさい。かしこまる必要は無いと言ったよ」

優しい声に、クリスはおずおずと頭を上げた。

隙間から見たときにはよく見えていなかったが、室内の人物はベッド中で、沢山のクッションを背に上体を起こしている状態だった。細く痩せ細った老人だったが、顔は柔和に微笑んでいた。

おそらく領主様だろうと思ったが、クリスはその優しそうな顔と声に安心した。安心した途端に、腹の虫がまた鳴き出した。

「ふふっ。お腹がすいているのか。コッチへおいで。お菓子をあげよう」

ベッドの上から手招きをする老人に、行こうか断ろうか迷ったが、どうにも弱々しい老人の言葉を無視するのを心苦しく感じたクリスは結局ベッドの側まで歩いて行った。

ハインツはベッドサイドの引き出しから、隠してあったクッキーを出して食べるようにクリスに勧めた。

「時々遊びにくるティアニアの為に、こっそりお菓子をかくしてあるんだよ。いたずらをするとリベルティにおやつ抜きにされてしまうことがあってね。そんな時に半べそをかきながらここに来るんだ」

「ティアニア様。あのちっこい女の子ですね」

「ああ、可愛いだろう?」

「先日、思い切り腹に頭突きされました」

腹の中身が全部出るかと思う衝撃を思い出して、クリスは渋い顔をした。その顔をみて、またハインツは笑ったのだった。

たわいもない話をしつつ、クリスがお菓子をもそもそと食べていると、話題はアイスティア領騎士団の編成へ移っていった。

「あの。失礼を承知でお伺いするのですが、なぜこの領地の騎士達は騎士団試験を受けていないのに採用されているんですか」

初めて元馬車職人の騎士と手合わせした時に感じた、納得のいかなさが口からこぼれ出てしまった。発言してしまってから、失礼だったかもしれないとクリスは慌てたが、ハインツは気にする風もなく微笑んで見せた。

「この領地はとても小さくて、産業らしい産業もないんだ。特産と言えば湖から採れる淡水真珠だけどさほど量が取れるわけでもないしね。農業も自分たちが食べる分をやっと作れているぐらいしかなくて、冬はネルグランディ領から買い付けているぐらいだ」

「はぁ」

騎士団の入団資格について聞いたのに、突然領地の紹介を始められてしまいクリスは困惑した。しかし、領主様という身分のとても高い人物の話を遮るわけにもいかず、そのまま聞く体勢を維持する。

「この領地は辺境領ではないが、私の立場を鑑みて騎士団を持つことが許可されているんだよ。そのため、騎士団の運営費用の半分は国から出ているんだ。規模は決められているから大勢雇うわけにはいかないが、まぁまぁ騎士団の体裁を保てるぐらいには雇えていると思っている」

「しかし、実力がともなっていなければ、御身をお守りする事ができないのではありませんか？」

騎士見習いでもない、ただの学生の自分にすら苦戦する元職人の騎士達を思い浮かべ、クリスが苦言を呈した。それに、ハインツは怒るでもなく目を細めて微笑んだ。

「そうだね」

ふぅと息を吐き出すように深呼吸をひとつして、ハインツは続けた。

「この領地では、馬車屋は儲からないんだ。家具屋もね。その他、職人達が工房を持つには領地が狭すぎる。工房を構えてもらっても、需要がないんだ。だからといって職人が誰もいなければ、馬車が壊れたときに困ってしまうだろう？　隣の領地まで職人を呼ばなくてはいけなくなると、直るまでにも時間が掛かってしまう。そうすると、領民が困ってしまうだろう？」

「え、それじゃあ」

ハインツは国から補助金が貰える騎士団員として領地に足りない職人を雇っていると言っているのだ。クリスは、それはそれでやっぱりズルイと思った。

「国をだましていることになりませんか？」

「職人達にも、ちゃんと騎士としての訓練はしてもらっているし、職人仕事が無い時にはちゃんと領地の巡回や魔物討伐もやってもらっているよ」

比較的平和な領地だからこそ出来ることかもしれない。それでも、騎士を雇うべき国のお金で職人を雇っている事と、騎士になるべく研鑽(けんさん)を積んできたわけでもないのに機会に恵まれたってだけで騎士になれた職人達に、やはりズルイと感じてしまうクリスである。

それが顔に出てしまっていたのか、また渋い顔をしていたらしいクリスの顔をみて、ハインツはふふふっと声を出して笑った。

「それでも『騎士になりたい人募集』って募集をかけて集まった人達なんだ。訓練中とか、みんな楽しそうじゃなかったかい？」

言われて、クリスは訓練時の様子を思い出す。馬車職人のおじさんは、クリスに負けても楽しそうに「もう一戦！」と手合わせを挑んできた。家具屋のお兄さんも、手の豆を潰しながらも「コレがなおったらさらに強くなってる気がしてさぁ」と手に包帯を巻いていた。確かにみんな、騎士であることが楽しそうだった。

「強くないかもしれないけれど、副業で職人をやってもらうこともあるけれど、みんな騎士としての誇りは持ってやってくれているんだよ」

そういう騎士団もありじゃないかね？　とハインツに言われてクリスは何も言えなかった。手の中のクッキーは、最後の一枚になっていた。

クリスがハインツからクッキーをもらった翌日、コンコンっと控えめなノックの音が、静かな部屋に響く。

「どうぞ」

と落ち着いた声が答えたのを受けて、扉がそっと開いた。

薄く開けた扉から入ってきたのは、ラトゥールである。キョロキョロと部屋の中を見渡し、部屋の主以外には誰もいない事を確認すると、するりと部屋の中へと入り込んだ。

「あの、ここに……珍しい魔導書があると、聞きました」

「ああ、話は聞いているよ。そこのテーブルに用意してあるから、好きに読みなさい」

そう言って、部屋の主はソファーセットのテーブルの上に積まれている何冊かの本を指差した。

返事を聞いたラトゥールは、トトトっと小さな足音を立てて広い部屋を横切り、ソファーセットの前まで移動した。

積まれている本を一冊ずつ手に取り、表紙のタイトルと著者名をゆっくりと確認していく。どれもこれも、読んでみたかったのに学園の図書室では常に貸し出し中だったり、あるはずなのに所定の位置に無いために探し出せなかったりして読めなかった本ばかりだった。

「申し訳ないが、とても貴重な本なので持ち出さずここで読んでいってほしい」

部屋の窓際、明るい日差しの入る位置に置かれたベッドの上から、王兄ハインツが優しく話し掛ける。びくりと肩を揺らしたラトゥールだが、ベッドの上の部屋の主を振り向き、その顔が優しく笑っている事に安堵するとゆっくりと大きく頷いた。

「……写本は……」

「構わないよ。ビリアニアに紙とペンを用意させておこう」

ハインツが目尻のしわを深めてにこりと微笑むのを受けて、ラトゥールは小さく頭を下げてソファーへ腰を下ろした。

そこからしばらく、ぱらりパラリとゆっくりページをめくる音だけが部屋に響いた。窓の外から幼児らしき甲高い笑い声や、廊下をパタパタとメイドが走って行く足音などが時々小さく聞こえるが、本に集中しているラトゥールには気にならなかった。

時々、王妃殿下やエリゼがハインツのお見舞いに部屋へとやって来ることはあった。そんな時、ラトゥールは部屋の隅にある文机に避難してひっそりと息を潜めて本を読んだ。誰も居なくなると、またソファーへ戻って座り、腰を据えて本を読み、写本をした。

「何か、わからない事があれば聞きなさい」

「あ……」

ラトゥールが写本を初めて三日目の頃に、ハインツからそう声を掛けられた。

「なぜ？」

本に書かれている呪文の解釈に手間取っているところだったラトゥールは、何故自分が躓いていることに気づいたのか不思議に思った。

「君のページをめくる手が止まっていたからね」

聞いてみればなんてことの無い種明かしだったが、それはハインツがラトゥールの事を気に掛けているということに他ならなかった。人見知りが強く、大人の男性に恐怖を感じる事もあるラトゥールだったが、三日間の静かな読書時間を一緒にすごしたハインツに対しては親しみを感じ始めていたところだった。自分からは話し掛ける勇気はまだ無かったが、向こうから話し掛けられれば答えるのに躊躇（ちゅうちょ）は感じなかった。

「あの、この部分なんですけど……」

重くて大きな本を持って、ベッドサイドへと移動して枕元に本を広げる。ヘッドボードに背を預けていたハインツは、「どれどれ」と言ってラトゥールが指差す部分をのぞき込んだ。

「コレはね……」

「なるほど、そういう考え方をすれば……」

「今の考え方を念頭に、こちらをもう一度読み直してご覧」

「………。あ」

「見方が変わるだろう？」

ハインツの助言で魔術書の読み解き方が広がったラトゥールは、これを切っ掛けによく質問をするようになった。ソファーに座って読み、わからない所が出てきたらベッドサイドへ持って行って質問していたが、さらに三日ほど経った頃には椅子を移動させて最初からベッドサイドで本を読むようになっていた。

「お詳しいですね」

「あまり通えなかったが、一応魔法学園に在籍していたし、卒業もしているからね」

本を三冊読み終える頃には、雑談を交わすようにもなっていた。

「昔っから体が弱くてね。部屋にいる時間が多かったから、勉強する時間は沢山あったんだよ」

そう言って窓の外をみるハインツは、しかし庭よりももっと遠い場所を見ているようだった。

本を全部読み終えた頃、ハインツは体を起こすのも辛くなり、ベッドの上で横になったままラトゥールと静かに会話をしていた。

「読み終わった本は、君が持ち帰ると良い。まだ、写本が終わっていない物もあるだろう？」

窓の外から入る日がオレンジ色に染まる頃、もうすぐ夕食と言うことでラトゥールが部屋を辞そうとしたところで、ハインツがそんな事を言い出した。

「貴重な本だって……」

最初に、貴重な本だからここで読めと言っていたのをラトゥールは忘れていない。

「この城には、騎士に憧れてやってきた若者や、詩集や裁縫に夢中な女の子しかいないんだよ」

魔導書や魔法関連書を有効活用するような人が居ないということだ。ラトゥールの目の前に横たわっている老人以外には。

「カイン君に感謝だな。この年になって魔法について語り合える新しい友人が出来たのだから」

そう言ってハインツは、ラトゥールの手に自分の手を重ねた。しわだらけで、カサカサとした老人の手だったが、ラトゥールには今まで触れたどの手よりも温かいと感じたのだった。

夏も盛りに入り、夏休みも折り返しという時期に、王兄殿下は静かに息を引き取った。
元々、もう長くはないだろうと言われていたのもあって王妃殿下はアルンディラーノを連れてアイスティアに視察に来ていたのだ。
先代国王と王太后によってその存在を隠され続けていた王兄は、葬儀もひっそりと行われた。しかし、アイスティア領騎士団の団員や領主館の近くに住む領民達、王妃殿下とエリゼ、そしてリベルティとティアニア。近しい人達から、心から惜しまれて送り出されていることがわかる、良い葬儀だったとカインは思った。

「穏やかなお顔でしたわ」

「そうだね」

涙をこらえて、笑顔を作ろうとしているディアーナの肩を抱き頬を寄せてカインも頷いた。

ゲームには出てこない、画面の外の人物。カインからしたら王兄殿下はそういった認識の人であった。それでも、イルヴァレーノの姉貴分であるリベルティを通じてその不遇な人生を知り、ビリアニアやティアニアと接している時の言葉遣いや態度から優しい人柄を知った。

カインは王兄殿下とは会うのが今回で二回目という程度の顔見知りでしかない。今夏はひと月ほどアイスティア領主館に滞在していたが、やはり体調不良の日が多いせいか顔を合わせた回数は少なかった。

それでも、その程度でも顔見知りの人物が亡くなるというのは悲しいものだった。

カインとディアーナの祖父母はカインが生まれる前に馬車の事故で亡くなっている。曾祖父母は諸国漫遊の旅をしていて会った事も無い。

ディアーナは初めての死別、葬式を体験したことになる。ディアーナが体験する初めての『永遠の別れ』が、この穏やかな別れで良かったとカインは思った。

青空に響き渡る弔慰の鐘に、カインは深々と一礼をした。

淡々と、粛々と受け入れていたつもりのカインだったが、頭を下げた視界の先、自分の靴にぽつりぽつりと水の玉が落ちるのが見えた。

思ったよりもあの穏やかな老人のことが好きだったのだと、その時カインは気がついたのだった。

レディー達のお茶会

王兄殿下の葬儀後、あとはこちらでやりますので、とビリアニアが申し出たのを受けて、カイン達は王都へと戻ることになった。

王妃殿下はアイスティア領から王都へ戻る途中、

「もう、遠慮する必要がなくなりましたわね。……ぶっつぶしますわ」

と、とても良い笑顔でつぶやいていた。

時期を考えれば誰に遠慮をしていたのかは想像が付くし、その遠慮をしていた人の受けた理不尽を思えば、王妃殿下が誰をぶっ潰すつもりなのかは想像に難くない。

「王妃様コワっ。近寄らんとこ」

と、カインは震えながら食卓のテーブルで離れた席に座っていたが、王妃殿下の隣に座る母も同じ顔をして笑っていたのを見てしまい、逆に何があったのかが気に掛かってしまった。

しかし、ふふふ、ほほほ。と二人で黒い笑顔を交わす王妃殿下と母エリゼの様子を見れば、二人に直接質問するのは怖い。

「お兄様、帰ったらお父様にお話をうかがってみましょう？」

「そうだね。お母様に直接聞くのはちょっと怖いね」

ディアーナも同じ気持ちだったようで、二人は帰ってから父に『何でぶっ潰されるの』かを聞いてみようと頷きあった。

そんなこんなで三日の馬車旅も終わり、王都に戻ると夏休みも残りわずかとなっていた。

ちなみに、カインとディアーナの質問に対して、ディスマイヤは大変疲れた顔をして
「色々あったんだよ……。学生時代に、色々ね……」

と弱々しい声で言っていた。結局、詳しいことは何もわからないままだった。


留守中、王都のエルグランダーク邸にはディアーナ宛の招待状が何枚か届いていた。ディアーナはまだ未成年なので、招待状と言っても幼なじみや同級生からの昼食会やお茶会への招待状である。

それを見たカインが「僕には？」と問うたところ、パレパントルから「ございませんでした」と無表情で言われてしまった。

冷たい視線から「もっとご学友をお作りになってはいかがですか？」という小言が聞こえてくるようで、カインはさっさと自室へと退散したのだった。

新学期に向けた準備のために、ディアーナは同学年の女の子たちとのお茶会にいくつか参加することにした。母エリゼも、

「低学年のうちは、お友達とのお茶会もとっても楽しいのよ。色んなお家のお茶会に行って、仲良く出来そうなお友達を作ってくると良いわ」

と張り切ってサマードレスを用意していた。

「……高学年になると、お茶会が楽しくなくなるのですか？」

母の言い回しから、ふと疑問に思ってそう口にしたカインだが、「うふふ」とだけ答えた母の顔が怖かったので、自分宛の招待状が来てなくて良かったのかもしれないと思った。


ディアーナが最初に訪れたのは、親友であるケイティアーノの家である。

「ディちゃんと一緒にネルグランディ城にお伺いしたかったですわ！」

開口一番、ケイティアーノはそう言ってディアーナに抱きついた。侯爵家の令嬢として大切に大切に育てられているケイティアーノだが、少し日に焼けているようで柔らかい小麦色の肌になっていた。

「エルグランダーク家の領地へ避暑に行くということでしたから安心してましたのに、王太子殿下もご一緒だったんですってね？　大丈夫でしたの？　何もされませんでしたか？　ちゃんとカインお兄様に守っていただきましたの？　二人っきりになったりしてませんわよね？」

ディアーナを抱きしめたまま、ぐりぐりと肩口におでこをこすりつけながら勢いよくまくし立てはじめた。

「ケイティアーノ様、まずはお座りになって？　ディアーナ様が驚いていらっしゃるわ」

「そうですわ。積もる話は沢山ありますもん。ゆっくりお茶を飲みながらにいたしましょう?」

アニアラとノアリアが仕方ないわね、という顔で笑いながら手招きをしていた。今日のお茶会はいつもの仲良し四人組のみの、気安いお茶会となっている。庭に作られた池の中程に突き出すように作られた四阿（あずまや）にティーテーブルなどがセッティングされていて、とても涼しげだった。

「ケーちゃんのおうち、お庭に池があってうらやましいな」

「我が家は代々水魔法が得意な家系だからでしょうね。家の至る所に水がありますのよ」

ケイティアーノは朗らかに微笑んで、デザートスタンドから焼き菓子を取ってディアーナの皿に載せた。

「うちは家族の魔法属性がバラバラですの。だから普通のお庭なのかしら?」

「関係ないのではないかしら。私の家は土魔法が出やすいみたいですけど、お庭に山なんかないですもん」

「確かに、お父様は火魔法が得意みたいだけどお庭に窯も竈（かまど）もありませんわね」

「結婚相手の条件に、魔力の多少は考慮したとしても、属性はあまり考えないですもんね」

「でも、ケイティアーノ様の家系は水魔法の家系でしょう?　やっぱり婚約者候補は水魔法をお持ちの方ですの?」

「そういえばケイティアーノ様は夏休みの間にお見合いなさったんですもんね!」

「実際、お相手の方はどうなんですの?」

「ええ!　ケーちゃんお見合いしたんですの?」

夏休みの宿題の状況や、新学期に向けて準備すべきもののすりあわせをするためのお茶会だったはずなのだが、庭に池があるという話からケイティアーノのお見合い話へと話題が移っていった。

夏休み中に親友であるケイティアーノがお見合いをしていた、ということにショックを受けたディアーナはサッと血の気が引くのを感じた。

「ええ……。どどど、どうするんですの？　ケーちゃん、お嫁に行っちゃうの？」

ディアーナは動揺を隠すこと無く、テーブルの上で手を落ち着き無く動かしながらケイティアーノに質問をした。

そのディアーナの様子に恍惚とした表情を一瞬だけこぼし、困った様な笑顔に戻したケイティアーノ。その様子を、ノアリアとアニアラは見逃さなかったが、ディアーナは動揺していて気づいていない。

「心配なさらないで。まだ顔見せのお茶会をしただけですのよ。何もお話は進んでいませんわ」

「お相手が領地を持っている方だと、ケーちゃんはいずれ遠くに行ってしまうかもしれないのでしょう？　どなたですの？　卒業までは一緒に遊べる？」

そわそわと落ち着かない様子で、ディアーナがケイティアーノの手を握る。困ったような、すがるような目をするディアーナの肩を優しく撫でると、ケイティアーノはにこりと微笑んだ。

「大丈夫よ、ディーちゃん。ディーちゃんは公爵家ですし、私たち三人は侯爵家ですもの。選ぶ権利はこちらが少し強いんですのよ。ディーちゃんが悲しむような相手とは婚約いたしませんわ」

「そうですの。ディアーナ様はお出かけしてらしたけど、私もお見合いしたんですのよ？」

「私も、お見合いしたんですもん。お見合い即婚約って事ではありませんもん」

ノアリアとアニアラも席を立ってテーブルを回り込み、ディアーナの背を優しくさすったり金色の髪を手で梳いたりしてディアーナをなぐさめた。

「私たちも、せっかく仲良くなれた皆と別れたくはありませんの。領地持ちだとしても、王都でも役職を持ちそうな優秀な方を選びたいですの」

「学園での出会いだってまだまだ期待できますもんね。一組の男子生徒とはまだあんまり接点はありませんし、上級生との関わりもこれからですもん」

「恋愛結婚にもあこがれますわよね」

ディアーナを囲んで、ホワホワと恋バナに花を咲かせ始める三人。カインが後押ししてくれるから、女性騎士だって魔法剣士だって成れるんじゃないかと楽観的に過ごしてきた自分が、少し恥ずかしい気持ちになってきたディアーナである。

「えっと。婚約者様とか恋愛のお相手って、どういう基準で決めるの?」

おずおずと、囲む友人の真ん中で小さく手をあげて質問をするディアーナ。その姿の愛らしさに、三人の小さなレディー達は「きゃー」と小さく叫ぶとスキップをしながら自席へと戻っていった。

「お茶会らしくなってきましたわ！」

「ディアーナ様も恋愛に興味をお持ちになりましたの！」

「ディアーナ様もお年頃ですもんね！　気になりますもんね！」

恋バナするには、砂糖をたっぷり入れて甘くしたお茶とデザートがかかせないの！　とケイティ

アーノがベルを鳴らしてメイドを呼び、お茶を新しくいれさせた。ノアリアがケーキスタンドから一種類ずつを取って載せた小皿を右回りで皆に回していく。アニアラが砂糖代わりの小さな綿菓子をティーカップの上にのせて、満足げにため息をついた。

「改めまして、本日はサラティ侯爵家の秘密のティーパーティにようこそ！　楽しいお話をして、素敵な時間をすごしましょうね！」

本日の主催であるケイティアーノが宣言をして、令嬢四人の小さなお茶会が始まった。

ディアーナが公爵家令嬢、ケイティアーノとノアリア、アニアラの三人が侯爵家令嬢なので、全員アルンディラーノの婚約者候補になる可能性がある。それでも王家からの通達を待っているばかりでは行き遅れになる可能性もあるので、ただ待ってもいられないのでまずは顔合わせから。ということで、軽いお見合いをし始めているのだとディアーナの幼なじみ達は説明をした。

「なので、魔法学園や刺繍の会では縁を持つことの出来ない方達とお友達になる機会。ぐらいの認識ですの」

「領地をお持ちの家門の嫡子ですと、王立経営学校の方に進学している方もいらっしゃいますもんね」

ディアーナ達は現在十二歳。まだデビュタント前なので夜会や大規模な昼食会で他家と交流するという手段がない。正式な宴会となると、招待客同士でもめ事があったときになぁなぁで済ませることが出来なくなるため、子どもは参加させないのが不文律となっているのだ。

不特定多数が参加するようなパーティで粗相をすれば、不利な噂となって貴族社会に広がってしまう可能性もある。

　そこで、親同士が友人だったり親戚だったりといった関係を通じて行われる「仲良し家族同士のホームパーティ」というていの小規模な茶会や食事会で子ども達は交流する。ディアーナ達が幼い頃から参加している王妃様主催の刺繍の会も、表向きは仲良し奥様が子連れで参加してるだけ、という事になっている。

「さて、恋愛のお相手の基準ですわよね」

　お茶を一口飲んで、ケイティアーノが口火を切った。

「やはり、優しい方が良いですもんね。いつも微笑んでいらして、気を遣ってくださって、声を荒げない方が良いですわ。厳しい方は怖いですもん」

「あら、アニアラ様。優しさにも色んな種類がありますのよ。宿題が終わらないとおやつ抜き！という厳しさは、優しさに含まれるってお母様が言ってますの」

「優しさと甘やかしの違いですわね。ノアちゃんはどのような方がよろしのかしら」

「私、怖がりなところがありますの。ですから、逞(たくま)しい方がいいんですの。でも、ムキムキ過ぎるのも嫌ですわ。ほどよく逞しい方って素敵だと思いますの」

「じゃあ、騎士の方が良いのかしら？　ノアちゃんはお兄様がいらっしゃるからお嫁にいくんですものね」

「若い頃は騎士団に所属して、後々家門を継ぐ方もいらっしゃいますの。ケイティアーノ様は？」

「お爺さまからは、水魔法が使える事は譲れないと言われてますから、それ以外でいうと……」

「そ、それ以外で言うと？」

ディアーナがゴクリと喉を鳴らした。

「結婚後もディーちゃんと遊ぶことを許してくださる方かしら？」

ディアーナが見守る中、ケイティアーノは頬をうっすら染めながらそんなことを言った。

「ディアーナ様は？　私たちの恋愛のお相手基準を聞いて何か思いつきましたの？」

「ディアーナ様にはカインお兄様がいますもん。きっと、カインお兄様が素敵な人を見つけてきてくださいますわ」

頬を染めてくねくね身をよじるケイティアーノを、いつものことだからというように放っておいて、ノアリアとアニアラがディアーナへと話題を振ってきた。

「え。えっと。私の結婚相手の条件は、私と一緒にお兄様をお支えしてくれて、私がお兄様を優先しても嫉妬しない方かしら……」

しどろもどろに、漸く条件を口に出したディアーナだったが、友人達はキョトンとした顔をしてお互いの顔を見合わせた。

「ディーちゃん。それは、好みではないわ。私で言うところの『水魔法が出来る方』という部分にあたる、最低限の条件ですわよ」

ケイティアーノが真面目な顔でディアーナを諭して来たが、

「私、ケイティアーノ様の『ディアーナ様と遊ばせてくれる方』も好みとは違うと思いますの」

「ディアーナ様とケイティアーノ様は、ある意味そっくりですもんね……」

ノアリアとアニアラはあきれ顔である。

「こほん。私たちは、おうちの為にも将来は結婚しなければならないんですもの。どういう方と結婚したら、幸せになれるのか。というのを、考えてみるのはいかがかしら」

ノアリアとアニアラの視線を受けてケイティアーノが空咳をひとつ。居住まいを正してディアーナに向き合った。

「私は……」

ケイティアーノの言葉に、少しうつむいて真面目な顔で考えるディアーナ。

自分の幸せって何だろう。

絵本を切っ掛けに、女性騎士になることに憧れた。その為の体力作りとコッソリ練習もしている。でも、サッシャを味方に付けるために本を書いたのも楽しかった。あの後しばらく、絵本作家になるのも良いかなと思っていた。サッシャと一緒に見に行った女性ばかりの歌劇団で、男装の麗人が剣を振るう姿も格好いいと思い、騎士がダメなら偽物だけど男装女優になって騎士の役を演じるのも楽しそうだと思った。イルヴァレーノの身軽さや投げナイフも格好いいと思っていて、ニンジャになるにはどうしたら良いか真剣に考えたこともある。

どれもこれも、ディアーナが「なりたい」「やってみたい」と言えばカインは否定しなかった。親から叱られそうな未来なら、こっそり力を付ける方法をカインは考えてくれた。いつだって、カインはディアーナの味方だった。将来法務省の役人に就職して、ディアーナがなりたいものになれるように法律だって変えてくれると言っていた。カインの口癖は「ディアーナを幸せにするのが僕の幸せだよ」だった。

「お兄様が、女性騎士でも、絵本作家でも、なりたいものになって良いって言ってたの。お嫁に行くのではなく、やりたいことを、やるのが幸せだってお兄様が……」

ディアーナが、自信なさそうにぽつりぽつりとつぶやいた。

ケイティアーノやノアリア、アニアラが当たり前のように結婚を考えていて、その相手をどう選ぶかという話題で盛り上がっている中、自分の将来について自分の幸せについて考えてみたら、結婚という選択肢が出てこなかったディアーナ。

「ディーちゃんの騎士姿はきっと格好良いと思いますわ。うちは辺境領じゃないので騎士団を持てませんが、ディーちゃんがどこかの領騎士団に入団するのであれば、その領地の方と結婚するのも良いかも知れませんわね。ディーちゃんが絵本作家になるのでしたら、私はお父様にお願いしてディーちゃんの絵本ばかりを売る本屋さんを作っていただきますわ」

「カインお兄様なら、きっとディアーナ様の夢を叶えてくださいますもんね」

「カインお兄様は、ディアーナ様の絶対的な味方ですの。きっとディアーナ様を幸せにしてくださいますの」

友人の三人のレディー達は、ディアーナの言葉を肯定してくれた。少し自信の無かったディアーナは、ほっとして胸をなで下ろし、カップを持ち上げてお茶を飲んだ。とても喉が渇いていた。

「でも」

ディアーナがゆっくりとお茶を飲み、カップを置くのを待ってケイティアーノが声を掛ける。

「でもね、ディーちゃん。ディーちゃんの努力とカインお兄様の努力で、きっとディーちゃんは騎士になれると思うわ。でも、周りの女性が一人もいない職場で頑張らなくちゃいけなくなるわ。貴族の大人達からは『女性のくせに騎士なんて』って陰口を言われてしまうかもしれないし。エルグランダークのおじ様とおば様からはとても怒られて、嫌われてしまうかもしれない。ディーちゃんの味方は、カインお兄様と私たちだけになってしまうかも。私たちも、ディーちゃんの味方でいたいけど、お父様やお爺さまの意向によっては、表だっては仲良く出来なくなってしまうかもしれない」

ケイティアーノはゆっくりと、できるだけ優しい声になるように気をつけて発言をした。ディアーナの顔は、困惑している。

「ねぇ、ディーちゃん。ちゃんと考えて？　カインお兄様の考えるディーちゃんの幸せと、ディーちゃんの考える自身の幸せは、きっと似ているようで違うと思うの。私は、ちゃんとディーちゃんが考える、ディーちゃんの幸せ。ディーちゃん自身が幸せだなって感じる、そんな風に幸せになってほしいのよ」

「ケーちゃん……」

ディアーナは、今まで見たことのない真剣な顔のケイティアーノから視線が外せなかった。

ノアリアとアニアラは、そんな二人を温かい目で見守っている。ケイティアーノがちょっと厳しいことを言ったところで、実際にディアーナが変な未来を選んだとしても全力で応援するに決まってる。そんな確信が二人の心の中にはあるからだ。

なんだかんだ仲良し四人組と周りからは思われているが、ケイティアーノのディアーナ愛についてはマネできないし間に入れないのだと、それなら二人が繰り広げるドラマを一番前でみられる傍観者であろうと、ノアリアとアニアラはもうずっと前から達観していたのだった。

さわさわと、四阿の下にある池の水が風に吹かれて小さく波立つ音が過ぎていく。無言でお茶を飲むノアリアとアニアラ。そして、見つめ合うディアーナとケイティアーノだったが、パシャンと小鳥が池に飛び込んだ音を切っ掛けに、ケイティアーノがふっと息を吐き出して肩を下ろした。

「さて、恋愛話はここまでにして、夏休みが終わった後のお話をいたしましょう？」

努めて明るい声をだして、ケイティアーノがにこやかに笑う。

「後期の最初の月は何の行事があるのでしたっけ？」

「学園内にある畑で、魔法薬の材料になる野菜や薬草を収穫するんですの」

「あら、それは再来月じゃありませんでした？」

「夏休み明けにあるのは、魔法の実技テストですもん」

「体力測定もあるんじゃなかったかしら」

ケイティアーノの一声でお茶会の空気が変わり、いつも通りに四人で会話が弾み出す。

ほっとしたディアーナも、何も無かったように薬草の収穫や体力測定が楽しみだ、と会話に混ざった。エルグランダーク家でお披露目した綿菓子も、高位貴族の家ではお茶にいれる砂糖代わりに出すところが増えていて、ケイティアーノのお茶会でも出されている。

メイドが新しくいれてくれたお茶の上に、ディアーナは桃色の小さな綿菓子をぽんと乗せる。じわじわと溶けていく綿菓子を眺めながら、ディアーナは「カインが思うディアーナの幸せと、ディアーナが思う本人の幸せは違うかもしれない」というケイティアーノの言葉について考えていた。


一方その頃、カインは父ディスマイヤに連れられてあちこちの貴族と顔合わせをさせられていた。

「おまえ、サイリユウムに留学する前言っていたよな？」

「はい……」

「学校とは学ぶばかりでなく、縁をつなぐ場所だって」

「言いました」

「それで？　留学から帰ってきて魔法学園に入学して前期が終わったわけだが」

「はい」

「狩りやボート遊びやゲーム会、何でも良いが友人からの招待が一個もないってどういうことだ」

「でぃ、ディアーナに来ていた招待状も、ケイティアーノ達幼なじみからだったじゃないですか！」


馬車の中、カインは向い合わせに座っている父に言い訳をした。学園入学前からの友人だから、学園で作った友人じゃないから、自分と同じだ！　という主張である。それが通るとは、カインも思ってない。念のため言い訳してみただけである。

「ディアーナには、学園に入ってから出来た友人からも招待状は来ていたぞ」

「あぁ～」

やはり言い訳が通じなかった事に、カインはわざとらしく頭を抱えてみせた。午前中にディスマイヤに連れて行かれた貴族家の令息はカインと同じ組の生徒だったのだが、あまり関わりが無かった為にお互いにギクシャクとした会話しか出来なかったのだ。招待状が来ないどころか、同級生と仲良く出来ていない事が父親にバレてしまったのである。

「まぁいい。午前中の家門で同級生がいたのはたまたまだしな。今日はエルグランダーク家としての仕事のついでだ。取引先の当主と後継者にお前の顔と名前を覚えてもらうのが目的だからな」

「法務省の方の仕事は連れて行ってもらえないんですか？」

カインは将来法務省に勤めたいと思っているし、ディスマイヤもそれを知っている。法務省の事務次官は世襲制ではないため跡継ぎとしてという側面はないが、カインはコネが作れるなら作っておきたいと思っていた。

「法務省の方は機密事項も多い。家の仕事じゃないから、家族にも明かせないことが多いんだ。連れ回すことは出来ない。法務省に入りたければ、学園の勉強を頑張りなさい」

「はぁい」

気のない返事をして、馬車の外を眺める。高い塀と、鉄格子の様な立派な門扉。門の隙間から広い庭とその奥にお屋敷が見える。そんな家ばかりを何軒か通り過ぎ、目的の家へと馬車は入っていく。

「ディアーナは今頃、きゃっきゃうふふの女子会なのになぁ。僕は将来お付き合いするおじさんに顔を売りに行くお仕事……」

カインはぼそっとつぶやいたつもりだったが、入った屋敷の石畳の手入れが行き届いていた為か、馬車内はとても静かだった。

「私だって、カイン宛ての招待状が来ていれば、仕事に連れ出さずにそちらに行きなさいと言ったさ」

呆れたようにディスマイヤに言われてしまった。ディアーナやラトゥールにかまけて自分の交友関係を広げていなかったカインの胸に、グサリと刺さる言葉だった。

「何にしろ、お前はもうサイリユウムの貴族学校を卒業しているんだ。それにアンリミテッド魔法学園の勉強も座学分は全て卒業分まで終了しているんだろ。魔法学園は成績さえ維持できていれば出席日数による留年はないんだ。ぼちぼちエルグランダーク公爵家の仕事を覚えてもらうぞ」

「出来る事は少しずつやってるじゃないですか」

カインは領地から届いた陳情書の内容を確認し、他の領地の資料や過去の陳情書などを参考にして、妥当で受け入れるべき陳情であるかどうかを判断する、という仕事を請け負っている。休息日や学校から帰ってきた後に少しずつだが、パレパントルに教わりながらこなしていた。もちろん、パレパントルとディスマイヤがダブルチェックをしていて、カインが「不許可」としたものが「許可」に変わったり、その反対になることもある。

「今日は、隣の領地との諍い事に関しての話し合いだ。多分揉めるから、後々国王陛下へと裁定のお願いに行くことになると思う。どんな風に話し合うのかちゃんとみておけよ」

カインは面倒くさいなぁと思いつつも、「はい」と短く答えておいた。

広い庭をぬけ、馬車が止まったのでカインとディスマイヤが降りる。恰幅の良い高そうな服を着た貴族のおじさんが出てきて、にこやかにディスマイヤと握手を交わしていた。

「やあ、ようこそエルグランダーク公。今日こそ話し合いに決着が付くとよいですなぁ」

「歓迎ありがとうございます。こちらこそ、いい加減話をまとめたいのですがね」

お互いににこやかに見えるが、よく見ると目が笑っていない。カインが父の手元に視線を落とせば、握手している手はお互いにぎゅうぎゅうと力一杯握り合っていた。

これから「勉強のため」という理由で見せつけられる、貴族家当主同士の会談という名の舌戦を思うとカインは胃が痛くなるようだった。

その後、やはり話し合いは決着が付かず、王城へ行くことになった。一時的に領地の境目に王国の騎士団を派遣して様子見、ということで話が付いた。

その後、相手貴族が帰った後に謁見室とは別の応接室へと通され、

「アイスティア領とネルグランディ領の間にある領地であるが、もうどうにもならん。今の領主から没収するつもりなのだが、隣地のよしみでネルグランディ領に接収して一緒に管理してくれんか」

と王様からぶっ込まれたのに、カインは気が遠くなりそうになった。もともとネルグランディ領は広い土地なので、さらに広がるとなると色々と調整が難しくなる。今の領主がダメダメで〜ということなら、エルグランダーク家であらたにその地域を管理する代官を任命しなければならない。

陳情書などを裁いていてある程度領地の問題に目を通していたカインは頭が痛くなる思いだった。

地域毎に置いてある代官に対する、領民のクレームというのは案外多いモノなのだ。

新しく下賜される土地の代官にふさわしい人物を探すところから始めなければならない。まさか、まだ学生の自分にその辺の仕事振ってこないよね？　とカインはうかがうように父の顔を見た。

「有り難いお言葉ですが、現在頂いている領地でも手一杯でございます。私の領地が広がれば南や西の諸侯が黙っていないでしょう」

ディスマイヤが、貴族間のパワーバランスを理由にいったん断りを入れた。カインは、「王様の依頼って断れるんだ？」とちょっと驚いた。

「うーん。そうだ。いっそカインに爵位を与え、カインの領地として収めてみるのはどうだ？」

良いことひらめいた！　みたいな顔して何言ってんだ！　カインは思わずツッコみそうになるのを必死でこらえ、下唇をぎゅっとかみしめて声が出るのを抑えた。

「新たに爵位を頂かなくても、卒業後には余っている侯爵の位を譲る予定です。あと、まだ学生のカインにいきなり荒れ放題の領地を収めさせるのは無謀ですよ、陛下」

きちんと断ってくれた父に、カインは心の中で感謝の言葉を連呼した。ディアーナの破滅フラグを折りまくるという仕事がカインにはあるのだ。今はまだ休息日や帰宅後になんとか回せている仕事も、領地の運営となれば学校を休まざるを得ない時が増えることが予想される。

そんなこととしたら、ディアーナと一緒にいられる時間が減るじゃないか！　カインは、自分の頭上で交わされる父と国王陛下のやりとりを、無事に断る方向で終われ！　と心の中で念じ続けた。

結局、領地をネルグランディ領に合併する話はカインの卒業までは保留とすることになり、ネルグランディ領から代官を一人出すことで話は終わった。

貴族当主になったら、毎日こんなことをやらなければならないのかと思うと、前世の安月給サラリーマン時代が懐かしくなるカインであった。

女性向け恋愛シミュレーションゲーム『アンリミテッド魔法学園〜愛に限界はありません〜』は、基本的には「心に隙間や闇のある男の子達がヒロインに癒され、惹かれていく」ストーリーになっている。

メイン攻略対象者であるアルンディラーノは王太子という立場の重責や孤独を抱えていて、役割ではなくアルンディラーノ自身を見てくれるヒロインに心惹かれることになる。ゲーム上では「王太子ではなくアルンディラーノに対して向き合っている」「失敗してもやり直せば良い」と言った方向の選択肢を選んでおけば好感度が上がるチョロキャラクターである。

ジャンルーカは隣国からの留学生という立場に孤独と不安を感じ、また第二王子という立場から兄に遠慮して存在感を消して生きていており、同じく学園の異分子として存在していたヒロインに共感してもらう事で心惹かれていく。ゲーム上では「一緒の立場であること」「実力を出し切ることで兄を助ける事もできる」といった方向の選択肢を選ぶと好感度が上がる。ただし王族なのであまり下品だったりなれなれし過ぎたりすると好感度が下がる点がアルンディラーノよりはチョロくない難易度のキャラクターとなっていた。

マクシミリアンは非常にプライドが高く、侯爵家の三男であるが故に兄が家を継げば自身が平民になってしまう事に恐怖し、さらに魔導士団の入団試験に落ちたトラウマから魔法学園の教師という立場に納得いっていないところに、平民出身なのに明るく前向きに頑張っているヒロインが現れ、もう一度魔導士団の入団試験にチャレンジする勇気を貰うことで心惹かれていく。「感情に身分は関係ない」「やり直せない事など無い」といった選択肢を選んでいくと好感度が上がる。プライドを刺激するような選択肢を選んでしまうと好感度が下がるので、「感情に身分は関係ない」系の選択肢の中に地雷があったりする難しいキャラクターでもあった。

ラトゥールは代々騎士を輩出してきた家門に生まれたにもかかわらず魔法に傾倒したことで家族仲が疎遠になっていたこと、魔法で家族を見返すために病的に魔法にのめり込んでいた事が心の隙間になっていた。コミュニケーション不全の自分に対して根気よく関わろうとし、魔法を褒めてくれるヒロインに心惹かれる。「一緒に行動しよう」「魔法すごいね！」系の台詞を選ぶと好感度が上がっていくが、ツンデレ気味な台詞に対して素直に引き下がってもノリツッコミしても好感度が下がる難しいキャラクターであった。

カインは筆頭公爵家の跡継ぎということで、アルンディラーノと似た傾向があった。公爵家の跡継ぎという立場の重責と、妹ほど愛されなかった故に感じた孤独である。アルンディラーノと同じように立場ではなく本人を見てくれる、結果を出したときに素直に認めてくれるヒロインに心惹かれていく。「カイン本人を評価する」「家族の温かさを伝える」系の選択肢を選ぶと好感度が上がりやすい。ただし、責任感が強いためにアルンディラーノのように「失敗してもやり直せば良い」といった方向の選択肢だと好感度が下がる。学年が違うため接点が少なく、好感度を上げるチャンスが少ないという点も難易度の高さをあげる要因だった。

そしてクリスだが。

「ゲームでは、特に心の隙間とか抱えた闇とか無かったんだよな」

カインはぼそりとつぶやいた。

夏休みが終わり、最初の水曜日。夏休み前と同じように使用人控え室として借りている部屋にあつまって、放課後の魔法勉強会をしているところである。

カインは窓際の椅子に座って部屋の様子を眺めている。

部屋の真ん中にはテーブルが置いてあり、それを囲う用にしてソファーが配置されている。今は、三人掛けのソファーにディアーナとアウロラとラトゥールが座り、『水魔法で温度の違う水を出せるなら、水と風の複合魔法である氷結魔法を覚えなくても水魔法で氷が出せるのではないか？』という事について議論を交わしていた。テーブルの上にはメモ書きされた紙が散らばっている。

テーブルを挟んで向かい側にあるソファーは空っぽだが、その後ろでアルンディラーノとクリスとジャンルーカが魔法剣について議論を交わしていた。室内で魔法剣の実戦をすれば学校に怒られてしまうので議論だけなのだが、どこから拾ってきたのか木の枝に魔法を通してみたり構えてみたりしながら話し合っている。

「クリスって素直だよなぁ」

「そうですか？　結構生意気だと思いますけど」

カインの独り言に、側に控えているイルヴァレーノが相づちを打った。本人達は議論に夢中なので聞こえる心配は無い。

「素直だからこそ生意気なんだと思わないか？」

「うーん。見方を変えれば……？　そうかな……？」

イルヴァレーノが腕を組んで首をひねる。一生懸命カインの言葉を理解しようとして考え込む姿に、くすりと笑いがこぼれた。

イルヴァレーノと軽い会話をしつつ、カインは魔法剣について議論するクリスに目を向けた。

幼い頃から近衛騎士団の訓練に一緒に参加していたクリスのことを、カインはずっと見てきた。アルンディラーノとクリスは攻略対象者なので、ゲーム開始までに心に闇を抱えさせない。健全に育っていくように見守っていたとも言える。

そんなカインがずっと見てきたクリスの姿は、元気いっぱいでちょっと生意気だけど素直な男の子だった。

クリスは両親共に健在で、父であるファビアンは近衛騎士団の副団長を務めている。副団長をまかされるぐらいなので、人柄は立派でカインから見ても尊敬できる人間だった。近衛騎士団での訓練中にクリスに対する態度や言葉遣いを見ても愛情を感じるし、クリスも父を慕っている様子だった。母親についてはカインは会ったことは無かったが、昼食を共にした時に漏れ聞こえてくる分には愛情深く、騎士である夫や騎士を目指す子ども達を心配する良い母親であるようだった。兄のゲラントとも仲が良く、家族仲に不安要素は見つからない。父を尊敬し、騎士になりたいという明確な目標もあって、それにまっすぐ努力して進んでいける、健全な男の子だった。カインが何か特別なことをするまでもなく、健やかに成長していたと思っている。ここまで、クリスに心の闇や隙間といったものは見当たらなかった。

「ゲームの方向性から言って、クリスってちょっと異質なんだよな」

イルヴァレーノにも気づかれないほど小さな声で、カインがぼそりとこぼした。

ディアーナがカインの側に来て、議論していた魔法について質問をする。カインがそれについて答えれば、納得したディアーナはまたソファーに戻って議論に加わった。

ディアーナとアウロラとラトゥールは、空のカップに水魔法で水を注いでは口に含み、不要な分は簡易キッチンの流しに捨てる、と言うことを繰り返している。水魔法で氷を出すことはまだ出来ていないようだ。

「そういえば、なんですが」

ディアーナが悪戦苦闘している姿を見ながらニヤニヤしているカインに、隣に控えているイルヴァレーノが話し掛けた。カインはチラリと横に立つイルヴァレーノを見上げて、視線だけで先を促した。

「この国にも聖騎士ってあるんでしょうか？」

「夏休み開始直後の、ジャンルーカ様の話の事？」

「はい」

珍しいね、とカインはイルヴァレーノに先を促した。

「王宮騎士団、王都騎士団、各辺境領の領騎士団。王宮騎士団の中から特に王族を守るために選抜されたのが近衛騎士団。この国ってこの四つの騎士団しかありませんよね」

「アイスティア領は辺境じゃないけど騎士団があるね」

「あそこは……特別でしょう」

夏休み中に訪れたアイスティア領についてカインが言及すれば、イルヴァレーノは渋い顔をつくった。あえて数に入れなかったらしい。

「騎士団に詳しいサッシャさん？　聖騎士ってこの国にもいたことある？」

カインから椅子一個分離れた窓辺で編み物をしていたサッシャが、突然話を振られてビクッと肩をふるわせた。サッシャは、エルグランダーク家に侍女として働きに来る前に王城の騎士団で勤めていた時期がある。ディアーナとは別の意味で騎士に憧れ、嫁ぎ先探しを兼ねての就職だったのだが、臭い・ゴツい・でかい・怖いという現実を知って退職した。華やかな歌劇団の舞台上での騎士道精神は美しいが、実際は荒事をやる集団なので荒々しい男が多いのは確かだ。

「お芝居の題材に、たまに出てくる事はありますが……。実際にいたかというとわかりません」

「聖騎士が出てくるお芝居って、どんな内容なの？」

カインが聞けば、サッシャは編み棒の先にキャップをかぶせると籠へと戻し、カインへと向き合った。

「長くなりますが」

サッシャの目が光る。カインは自分の失敗を悟った。これは、オタクがオタク語りをする時の目だ。同じく気がついたらしいイルヴァレーノが、迷惑そうな目をカインに向けてくる。

「最初にお断りしておきますが、私とて王都にて演じられている全ての演劇を見に行けているわけではございません。見に行けないものについても気になるものはパンフレットを取り寄せるなどしておりますが、それでも漏れている演目がある可能性は否めません。何しろ王都内には劇場が大小八つもございますし、演目は早いモノで二週間で入れ替わる劇場もございます。また小さな劇場の小さな劇団ではそもそもパンフレットを作らない所もございます。また、休息日に中央広場や王城前広場などで行われる即興劇などはたまたま行き会わないと見られない奇跡のようなモノですので私といえども網羅することは難しいのです。そのような、完璧ではない観劇経験からのご説明となりますので、ご承知おきくださいませ」

カインは、聖騎士が出てくる物語をちょこっと教えてもらえれば良いというつもりで聞いたのだが、完璧侍女を目指す観劇オタクのサッシャはそういうわけにはいかないらしい。まずは、自分の知識が完璧でない事から話が始まった。

イルヴァレーノの目はすでにうつろである。

サッシャの話によれば、演劇で出てくる聖騎士というのは大きく分けて三つに分類できるらしい。最初から聖騎士として登場し、悪役をバッタバッタと倒していく勧善懲悪ものの主人公タイプ。こちらは、話からすると騎士団に所属していないフリーの騎士という意味合いが強く、「聖」であるのにたいした意味は無いことが多いらしい。二つ目のパターンは、落ちこぼれ騎士が物語の途中で神の啓示を受けて聖騎士になり、世界を救うタイプ。こちらは古典と呼ばれる物語に多いらしく、リムートブレイクで信仰が強かった時代のものらしい。前世の創作物で「神殿騎士」「教会騎士」などという呼ばれ方をしていたものに近そうだとカインは理解した。最後のパターンは、トリックスター的に要所要所で一瞬だけ出てきてその場の問題だけを解決して去って行くタイプ。コレは物語上で便利な問題解決システムとして導入されてるだけで、聖騎士という名前にはあまり意味がないとサッシャは分析していた。実際、同じ物語なのに脚本家によっては守護天使様だったり通りすがりの冒険者だったりに置き換わっていることがあるらしく、サッシャ曰く「キャスティングする役者にあわせて変えているのでは」ということだった。美少女戦士を助けるタキシードの人や、少年探偵に必要な証拠をまっとうじゃない手段で入手してくれる白い怪盗みたいなものか、とカインは理解した。

「とにかく、聖騎士誕生を題材にしたお芝居については寡聞にして観たことがありません。お役に立てず申し訳ございません」

長い長いサッシャの話は、そうして閉じられた。イルヴァレーノは虫の息である。

「いや、わからないということがわかっただけでありがたいよ。ありがとうサッシャ」

カインが礼を言えば、サッシャは小さく一礼をして編み物を再開した。

「聖騎士の話をしていましたね」

サッシャから目を離し、部屋の中へと視線を戻したカインの顔をのぞき込むように、ジャンルーカが声を掛けてきた。後ろにはディアーナやクリスが立っている。

「夏休みはじめに、国境へ私を送ってくれる際に聖騎士の話をしていましたよね。アルンディラーノやクリスが気にしていたので、調べてきたんです。カインも気になっているのなら一緒に聞きますか？」

そう言ってジャンルーカは部屋の真ん中にあるテーブルセットを指差した。テーブルの上のカップには相変わらず氷は入っていなかったし、空いたソファーの上には木の枝が無造作に放り投げられていた。

一年生組はもう魔法の議論に飽きてきたらしい。ちょうど良くカインとサッシャが聖騎士の話をしていたので、興味がそっちに移ってしまったんだろう。

「お茶をおいれしますね」

休憩の空気を読んで、サッシャが再開したばかりの編み物を中断して腰を上げた。

三人掛けのソファーには、カインとディアーナとアウロラが座り、向かい側の三人掛けにはアルンディラーノとジャンルーカが座った。お誕生日席にあたる一人掛けソファー二つは、それぞれラトゥールとクリスが座っている。

「国に帰って調べてみたんだけど、うちの国でも『聖騎士』っていう固定の称号は無いんだ。勲章もない。ただ、過去に一人だけ『聖騎士』を名乗ることが許された騎士がいただけだったんだ」

全員の前に暖かいお茶の入ったカップが行き渡ったのをみてジャンルーカが話し出す。

「騎士の叙勲および報奨勲章について定めた書っていうのがあるんだけど、そこには一応『聖騎士』っていう称号が載ってたんだ。『魔獣の上位存在である魔族・魔王を倒し国を守った事を称える称号』『聖騎士の称号は、騎士としてであればどんな爵位よりも優遇される』って解説が書かれていたよ」

一番最後におまけみたいにね。と言ってジャンルーカはお茶を一口飲んで口を潤す。

「じゃあ、その過去に一人だけいた人も、魔族か魔王を倒したってこと？」

冒険譚の読み聞かせをねだるような、ワクワクが止まらない顔でアルンディラーノが続きをねだる。ジャンルーカはそこで、カインの顔を見た。

「魔女の村って覚えてる？」

「ジュリアン様の遷都計画の予定地にあった、おっきな魔方陣ですよね」

「そう。むかしあそこには魔女の村があったんだけど、とある一人の騎士がその村に潜んでいた魔族を倒したらしいんだ。そして、魔女の村に隠されていた魔の国とつながった通路をあの魔方陣で塞いだ。魔族討伐と、今後の魔族侵入を防いだという事で勲章を贈ることになったんだけど、その人は凄い人でさ。すでにエリーズ勲章を持っていたんだって。あ、エリーズ勲章っていうのはサイリユウムの騎士に贈られる最高の勲章のことね」

「すでに最高の勲章を持っていたから、臨時でそれを上回る称号を作ったって事か」

「そう。そしてそれ以降、エリーズ勲章を授与された騎士がさらに上を行く功績を残すなんてことなかったもんだから、聖騎士と呼ばれる騎士は過去に一人だけなんだ」

もはや伝説だよねー。とジャンルーカはカラカラと笑って話を締めた。

ジャンルーカの話が終わる頃には時間も頃合いになっており、その日の魔法勉強会はお開きになった。

クリスとディアーナが、それぞれ考え込むような顔をしていたのだが、カインはディアーナの様子にしか気が回っていなかった。カインの中でクリスは光属性の少年だったから。

魔法学園からの帰り道。馬車の中でディアーナはうとうとと船をこぎ始めていた。水魔法を温度指定で使う事で氷が出せないかの実験で大分魔力を消費して疲れたのだろう。

自分の肩に頭を預けて半分目が閉じているディアーナを愛おしげに見つめていたカインは、今度過冷却水について教えて上げようかな、とぼんやり考えていた。

水の状態で出現して、カップに落ちる衝撃で氷になる。理屈の上ではコレで「水魔法で氷を出す」が実現出来るはずだ。カインは、見せる前に実験してみないといけないな、と帰宅してからのやることとリストに心の中で書き足した。

「不思議だったんだよね」

誰にいうという訳でもなく、カインが話し始める。馬車の中にはディアーナの他にサッシャもいるが、静かに本を読んでいる。イルヴァレーノは御者席にいるので外だ。

「聖騎士って言葉、いつ出てくるんだろうってずっと思っていたんだ」

「言葉自体はどこかでお聞きになったことがあったんですか？」

サッシャが相づちを打ってくれた。

「うん」

カインが素直に首を縦に振る。

前世でプレイしたゲームで、クリスが「聖騎士になる」といって魔王を倒しに魔の森に行くから知っていた。聖騎士ルートと呼ばれる攻略ルートがあったから知っていたのだが、それは言わない。

「七歳の頃から近衛騎士団の訓練に参加させてもらうようになって……。そこで、騎士団の組織がどうなってるのかって言うのがなんとなくわかってくると、聖騎士って役職がどこにも見当たらない事に気がついたんだ」

カインの肩に頭を置いて、すっかり居眠りをしているディアーナの頭を優しくなでる。

カインがいつも「魔法使いも最後にものを言うのは体力」と言っているように、魔力を消耗すると眠くなる。

今日のディアーナは派手に動いたり派手な魔法を使ったりはしていないが、カップ一杯の水を何度も魔法で出すと言うことを繰り返していた。

「クリスは、ああいうヤツだから演劇とか読書とかをするタイプじゃないからさ」

だから、ゲームでは何故「聖騎士ルート」だったのか、転生してからずっと不思議だったのだ。ゲームをプレイするだけだったら、この国の騎士の組織図なんてわからないから「聖騎士」という役職があるんだろうなぁ〜ぐらいの気持ちで流していられたのだけれども。

「ジャンルーカが話の出所だったんだな」

カインの言葉に、そうですねとサッシャがまた相づちを打ってくれた。クリスは、父親が騎士爵で、その前の代々騎士の家なので家名がある。しかし騎士爵というのは一代貴族なので、クリスは成人後に自分も騎士にならなければ平民となってしまう。元々名のある貴族出身の騎士と比べれば、近衛騎士までの道のりは長くなるだろう。

「きっと、早く出世してアル殿下の護衛騎士としておそばにいたいのだろうな」

クリスが聖騎士の話題に食いついていたのは、それが理由だろうとカインは思う。

「クリス君と王太子殿下は仲がよろしいですものね」

魔法勉強会の様子を思い出したのか、ふふっとサッシャが柔らかく笑った。

「頑張るつもりだけど、今の僕の力ではディアーナを女性騎士にしてあげるには大分時間がかかってしまうだろうね……」

クリスが近衛騎士になり、さらに王族護衛騎士になるのだって多少時間は掛かるだろうが、すでにある道筋である。ディアーナを女性騎士にするには、法律や常識から変える必要がある。カインが卒業して、王城勤務の文官になり、法務省に配属され……法律を変えるには何年かかるだろうか。

「サッシャは、このままディアーナの侍女でいいの？　結婚とか……」

とりあえず、年上の女性の意見を聞いてみることにしたカイン。サッシャはエルグランダーク家に来る前は嫁ぎ先探しを兼ねて騎士団に勤めていたのだから、結婚願望が無いわけではないのだろう。

「今は、ディアーナお嬢様のお世話をするのが楽しいので、このままで良いかしら？　と思っております。まぁ、奥様の侍女には既婚者の方もおられますし、もし結婚したとしても引き続きお仕えさせていただきたいとは思っております」

「誰か良い人いる？　エルグランダーク家の高級使用人の未婚男性とか……あ、学園の高学年に良い感じの男子生徒がいればチェックしておいても良いのかも？」

「先ほども言った通り、今はお嬢様と一緒にいるのが楽しいので結婚は考えておりません。まぁ、この人ならば……という人との出会いがあれば別ですが、結婚するぞと気合いを入れて相手を探すようなことは、今のところ考えておりませんよ」

それと、とサッシャは一旦言葉を区切る。

「好みとしては年上の包容力ある穏やかな方が望ましいと思っておりますので、年下の学生はちょっと……」

頬に手を添えて、困っていますという顔をサッシャが作った。遠回しだが、カインも対象外だと言っているのだろう。カインも苦笑いをして答えた。

「サッシャみたいに、『貴族女性だけど仕事に生きがいを感じていてもおかしくない職業』って高位貴族家の侍女の他に何かあるかな」

「そうですわね。ドレスや装飾品のデザイナーですとか、ドレスショップのオーナーですとか。あとは魔導士団の団員ですわね。あくまでも、デザイナーやオーナーであって職人ではないのがポイントですわ」

なるほど、女性向け商品を販売する組織を運営する側というのは、女性が仕事を生きがいにしていてもおかしくないという事かと、カインも納得した。

確かに、ディアーナやエリゼのドレスを作るのに職人を屋敷に呼ぶと一緒にやってくるデザイナーは貴族女性っぽかった気がした。

「残念ながら、騎士はそういった分類には入ってきません」

いつもは令嬢らしさに厳しいサッシャも、少し残念そうな顔をしてこぼす。

「僕が公爵になれば、大分話は進められるんだろうけど。それで失敗ってなったらその頃にはディアーナはすっかり行き遅れだ……」

カインは、ディアーナの頭を優しく撫でる。自分の肩に乗っているディアーナの小さめの頭に顔を寄せて頬ずりし、そっと鼻を近づけて頭のてっぺんの匂いを嗅いだが。

もう、お日様のような子どもらしい匂いはせず、花のような甘い香りがした。

前世知識を振りかざし、強行突破で女性の主権！　独立！　職業選択の自由！　とカインが叫んでその有り様を偉い人達に認めさせたとして、浸透していない文化の矢面に立つのはディアーナ自身である。

「ディアーナを絶対に幸せにしてくれる人との結婚っていうのが、結局ディアーナの一番の幸せなのかなぁ」

そんなヤツなかなかいないけどな。とカインは自嘲気味に笑った。

エルグランダーク家の馬車は、屋敷の敷地内へと入っていく。

カインの肩に頭を乗せて、うつむき気味に寝ていたディアーナの目がうっすらと開いていたことは、前髪に隠されてカインにもサッシャにも気づかれることは無かった。

魔の森へ

翌日、魔法学園の学生食堂にて。

「魔の森に、魔王を倒しに行こうと思うの」

ディアーナが突然切り出した話に、アウロラが「ブーッ」と飲みかけていた紅茶を吹き出した。

「ディちゃん。何突然。どうしたの。早くない？」

むせつつ、アウロラが慌ててディアーナの袖を掴む。

アウロラの前世の記憶では魔の森へ魔王討伐に向かうのはクリスのルートのみだった。しかも、ヒロインの好感度とスキル数値によって変わってくるが、魔王討伐イベントが発生するのは五年生か六年生の秋のはずなのだ。まだ一年生の夏の終わりだし、言い出したのが悪役令嬢であるはずのディアーナというのは大分おかしい話である。

「魔の森に、魔王いるのか⁉　……いるんですか？」

「多分、いる！」

クリスが話に乗ってきた。

ディアーナは自信満々に魔王はいると言い切り、アウロラは頭を抱えた。

「魔の森は王都の城郭の外だが、徒歩でも行けるような場所だぞ。そんなところに魔王がいたら陛下や王妃殿下のところに話が来ない訳がない」
アルンディラーノは冷静に、パンをちぎりながら反論する。平民に対して箝口令が敷かれていたとしても、それだけの重大事項であれば王子であるアルンディラーノに話が入ってこないはずがない。つまり、アルンディラーノは自分はそんなこと聞いてないぞと言いたいのだろう。

「魔王。そんなの……居ない」

ラトゥールも自分の意見をぼそりとつぶやいたが、声が小さすぎて誰の耳にも入らなかった。

「魔王といえば、魔族を束ねる王でしょう？　その存在が居るとなれば、魔族の国との通路がどこかで開いてしまったということになりますから、凄い大事になりますよ」

自国に、魔族の国に通じる穴を封じたと言われる場所があるだけあって、ジャンルーカは魔王について少しだけ詳しかった。が、肝心の魔族の国や魔族がどういったモノなのかはよくわかっていなかったので、そこで口をつぐんだ。

「これは、私が独自ルートで極秘に仕入れた情報なのだけどね」

ディアーナがテーブルに身を乗り出し、声を潜めた、釣られた残りの五人はディアーナの話を聞こうと同じようにテーブルに身を乗り出した。

「魔の森に、黒いドレスの女性が居たっていう目撃情報があるらしいんですの」

ディアーナのこの言葉に、アウロラ以外の全員が目を見開いた。

夏休みにジャンルーカの見送りを兼ねてネルグランディ領に行った者達は、その話を聞いている。魔獣をけしかけてくる、黒いドレスの女の話だ。

「同じ人物なのか？」

「そんなこと、わからないわ。でも、魔獣が出るような森にドレス姿で目撃されるなんて普通じゃないもの」

「まぁ、そうだけどさぁ」

アルンディラーノが疑うような目でディアーナを見つつ問い詰めるが、ディアーナは平然とした顔で受け流す。

「私考えたんだけど、本来魔獣って人や動物に襲いかかってくるばかりの存在でしょう？　その魔獣を引き連れて、けしかけてくるって事は黒いドレスの女性は魔獣を操れるっていう事なのよ」

ピッと人差し指を立てて、ディアーナが持論を披露する。

「魔獣は魔族ほどではないけれど、魔に寄った生物でしょう？　ということは、きっと黒いドレスの女性は魔族なのよ」

ムフーと満足そうに鼻息をはいてディアーナは顔を上げた。

「つまり、魔族ではありそうだけど王かどうかはわからないから、『多分』なんだな」

アルンディラーノも顔をあげ、乗り出していた身を引いて腕組みをした。ゆっくりと椅子の背もたれに背を預けると、少し上の空間をにらみつけた。

「どっちにしろ、エルグランダーク嬢の領地に魔獣の出現が増えていた原因じゃないかと言われてる女だ。倒しておけば大手柄ってことだよな」

クリスは身を乗り出したまま、さらにディアーナに近づくようにテーブルの上に身を乗せて聞け

ば、

「もちろん。魔族というだけでも倒せばすっごい褒められるに違いないですわ」

クリスの問いに、ディアーナもフンフンと鼻息荒く同意する。

魔獣をけしかけてくるから魔族。すごい短絡的で理屈も理論もあったモノではない。それでも、黒いドレスを着ている女性、という言葉から想像する人物像が、クリスとディアーナそれぞれの中でいかにも魔族という感じのあくどい姿で想像されていた。

「お兄様に知られたら止められちゃうわ。お兄様は……本当は私にお嫁に行ってほしいらしいから……」

「？　嫁とかわからないけど、確かにカイン様はディアーナ嬢に危険なことをやらせたくないだろうな」

「だから、今度の休息日に、このメンバーだけで魔の森に行きましょう。私たちだけで魔王を倒して、私たちのお手柄にするのよ！」

「そうだな！　それだけの手柄を立てればきっと『聖騎士』の称号だって得られるはずだ！」

ディアーナとクリスの中で、白い騎士団礼服を着て王様から勲章を授与される自分の姿が思い浮かんでいる。想像の中ではカインも「さすがディアーナ！　心配いらなかったね！　僕の妹は最強だ！」と絶賛するし、アルンディラーノは「やっぱり僕の護衛はクリスしかいないよ！」と抱きついて喜んでくれていた。

「魔王なんていいない。私は行かないよ。森の中を歩くぐらいなら図書館で本が読みたい」

ディアーナとクリスが盛り上がってる隣で、ラトゥールが小さく手を上げて不参加を表明した。

「……うぅー。うぁあああ。行きます。治癒魔法使える人が居ないとヤバそうなのでついて行きます」

どこから響いてきたのかわからない程の低音でうなったアウロラは、葛藤の末について行くと宣言した。本当は行くのをやめさせたかったが、クリスとディアーナのノリノリな勢いを止められる気がしなかったので、せめて死なせないように、とついて行くことに決めたのだった。

「面白そうだからついて行く。が、僕が行くとなるとエネルかファビアンが付いてくる事になるが」

アルンディラーノがそう言い、アウロラが「希望が見えた！」という顔をした。

エネルとファビアンは、近衛騎士の中でも王太子であるアルンディラーノの警護によく就く二人の名前だ。ファビアンは副団長で、クリスの父である。

「だ、ダメに決まってるだろう！　父上にバレたら絶対怒られるし、そもそも行かせてもらえないぞ！」

「そうよ！　大人が付いて来ちゃうと、大人に手柄を取られてしまうわ！」

「そ、そうか。では、当日は護衛を撒いてから合流しよう。……結局全てが終わった後に怒られる事には変わらないだろうけど……」

クリスとディアーナに勢いよく反対されたアルンディラーノが、若干引き気味に承諾した。撒くことが出来なかった場合は合流を諦める、と言って待ち合わせを切り上げる時間について手早く決めた。

「で、ジャンルーカはどうする？」

アルンディラーノが隣に座るジャンルーカへと話を振る。ここまで黙って話を聞いて、黙々と食事を進めていたジャンルーカ。ぐるりとテーブルに着いている面々の顔を順に見渡していく。

最後に、斜め前の席へと視線が行くと、泣きそうな顔をしたアウロラと目があった。

好感度とスキルレベルが全然足りていない現時点で挑めば、負けイベントとなることが確実だと思っているアウロラは、生き延びるため、とにかく魔王に会ったら体を乗っ取られるより前に逃げ出す事を考えていた。それには、戦力が一人でも多い方が良い。ジャンルーカは騎士の国から来ただけあって剣技は巧いし瞬発力もある。その上、アウロラはジャンルーカの精神年齢がこの場にいる男子達より若干高いと評価しているので、冷静に撤退の判断をしてくれると信じていた。

「私も行きましょう。カインにはお世話になっているし、倒すまで行かなくても正体がわかればネルグランディ領のお役に立てるでしょうし」

アウロラが必死に涙目に込めた懇願は、無事にジャンルーカに届いたようだった。

「よーし。魔王討伐隊は、次の休息日にミッションを実行します！」

「お手柄とって、聖騎士に任じてもらうぞ！」

オー！　と元気よく拳を振り上げるディアーナとクリスとアルンディラーノ。ジャンルーカは控えめに手を上げて、ラトゥールは他人のふりをしてそっぽ向いていたし、アウロラは頭を抱えてテーブルに突っ伏していた。

連帯感の無い魔王討伐隊が、こうして結成された。

魔王討伐隊

ディアーナを中心に食堂で魔王討伐隊が結成されて数日、夏休みが明けて初めての休息日がやってきた。

ディアーナは朝から、

「前期の復習を皆でやってくるね。場所？　ケーちゃんのお家だよ」

と言って出かけている。

「ケイティアーノの家まで送るよ！」

とカインがウキウキで出かける用意をしていたのに、

「お兄様はお仕事が沢山たまっているでしょ？　サボる理由に私を使ってはだめよ！」

とディアーナに叱られてしまい、泣いていた。

イルヴァレーノになだめられ、泣き止んだカインは夏休みをネルグランディ領とアイスティア領で過ごした事でたまっている領地関係の書類整理に取り組んでいた。

「うう。領民や地方官からの嘆願書、エクスマクス叔父様が魔獣騒動で忙しいせいかあんまり整理されてないままこっち回ってきてる……」

今度は仕事の多さに半泣きになりながら、カインが書類を一枚持ち上げてペラペラと振る。窓から入る光に書類を透かしてみたところで、仕事は一向にはかどらない。

「今までがお手を煩わせすぎだったのでしょう。領騎士団長と兼任で領主の代理をしていらっしゃったんですから」

そう言って、イルヴァレーノがドサリと本を置く。

カインはまだ自分用の執務室を与えられていない。その上、自室の勉強机では書類を広げるのには狭いので、父の仕事の手伝いは図書室でこなしていた。

今日も、図書室の一角に資料本と書類を広げて仕事をこなしている。

「ディアーナって、ケイティアーノ嬢のところで昼食食べてくるかな？」

「午前中からお伺いするときはいつもそうでしたから、本日もそうなのでは？」

カインからの問いかけに、シレッと答えつつイルヴァレーノが紙の束をカインに渡す。

「過去五年間のネルグランディ領の穀物種類別の収穫量の記録と、税収の記録です」

「ありがとう、イルヴァレーノ」

渡された紙の束をぱらぱらっとめくって中身を確認するカイン。手元の書類数枚と見比べて、メモを取る。

「ところで、ディアーナの言った『皆』って誰だと思う？　まさか、男の子がいたりしないよね？」

「サラティ侯爵邸なんですから、いつものメンバーなんじゃないですか？」

流すように答えて、イルヴァレーノはカインがメモを取り終わって机の遠い所に置いた書類を拾って元のファイル入れへと戻した。

「うーん。イルヴァレーノ。穀物種類別の収穫量の記録さぁ、もうちょっと狭い地域別のってない？」

「地域別ですか？」

「収穫量の記録と税収の記録は、地方管理官毎にまとめてるはずだからあると思うんだけど」

「必要ですか？」

「ネルグランディ領って広いじゃん。北と南、東と西の端っこどうしでは作ってる穀物の種類の比率が違ったりするじゃん。寒いのが得意なやつとか、夏に強いやつとか。そういうの知りたい」

地域にとって得意分野の農産物の税率をちょっと高めにし、苦手分野の農産物の税率をちょっと低めにする。またはその逆など、地域差を小さくするヒントが拾えるじゃん。とカインは説明した。

「ディアーナ様の事を気にしつつ、ちゃんと仕事してるのは偉いですね」

「頭を撫でてくれてもいいんだよ？」

「このぐらいで俺に頭を撫でられようなんて甘いですね」

ふんっと鼻で笑って、イルヴァレーノはカインに言われた参考書を探す。

図書室の本棚を探していたイルヴァレーノは、

「ここには無いようですね。ウェインズさんに聞いてきます」

と図書室を出て行こうとして、ドアの前で立ち止まった。

「そうだ。ディアーナ様から言付けがありますよ」

「え、何。それを忘れてたらダメだろ？」

「ディアーナ様が出発されてから言うようにって言われていたんですよ。『今日中にお仕事が全部終わったら明日は一日中遊んでさしあげますわ！　お兄様』だそうです」

「俄然やる気が出てきたね！　ちょっと夕方まで掛かりそうだけど頑張ろう！」

椅子の上で、ガッツポーズを取るカインの姿を見てクスリと笑い、イルヴァレーノは今度こそ図書室を出て行った。

学園は週休二日制なので、休息日は二連休だ。カインは仕事を二日にわけて午前中だけで片付けて、どちらの日も午後からゆったり過ごそうとしていたのだが、ディアーナの伝言で予定は変更である。

「うーん。前世営業だからなぁ……。知識チートってわけにいかないねぇ」

一人になったことで、人には聞かせられない独り言をぼそりとつぶやくカイン。

もちろん、家庭教師からこの国の税制や土地や人の管理方法については一通り習っているし、学園の一般授業でも教えている。後継者教育として一部渡されている仕事についても、始める時には父とパレパントルからしっかりとやり方やポイントのレクチャーはされている。前世で営業職だったので経営や経理にはさほど詳しくないカインではあるが、社会人経験があるので書類の整理や作成は出来るし、営業だったからこそ要望のすくい上げなどは得意な方である。

その上、これまでは領主代理として領地をまとめていた叔父のエクスマクスが資料や意見をまとめてから王都に送ってくれていたため、カインの初めての後継者仕事は順調に進んでいたのだが。

「騎士団仕事が忙しくなったせいで、上がってきた要望書がほとんどそのまま届いているんだよなぁ」

一応、叔母のアルディや領地の城を管理している執事のパーシャルが大雑把な分類分けなどはしてから王都へ転送してくれているらしいのだが、やはり以前よりは処理をするのに手間が掛かっている。

「得意分野だったらなぁ。よくある異世界転生、前世知識で内政改革！　みたいな事もできたんだろうに」

頬杖をついて、もういちど書類を窓から差す光に透かす。そうしたところでアイデアが浮き彫りになってくるわけではないのだが、なんとなくぼんやりと眺めてみた。

「商売でブイブイ言わせている家門だったら、もうちょっとお役に立てたかもしれないんだけどなぁ」

コレばっかりは仕方が無い。ド魔学の攻略対象に商家出身のキャラは一人いるが、ゲーム内容をひっくり返すには弱い立場の人間だった。悪役令嬢を不幸にしない。魔王を復活させないといったシナリオの中心になる部分を押さえておくには、カインかアルンディラーノに転生するしかない。なにより、カインというキャラに転生していたからこそ、イルヴァレーノを救えたのだ。

「イルヴァレーノが居て良かった。イルヴァレーノを拾ったのは、本当に幸運だったよな」

「そんなこと言われても、おやつは増えませんからね」

「うわっ」

いつの間にか、イルヴァレーノが戻ってきていた。手には数冊の本が抱えられている。

「俺がいなくたって、カイン様は巧いこと生きていったでしょう」

「何言ってんだ。そういうことじゃないんだよ。……そうだ。イルヴァレーノは将来僕の側近になるんだよな？　お父様とパレパントルみたいな感じで。だったら、今からイルヴァレーノも仕事に慣れておこうぜ！」

自分がいない間、ディアーナを預けておける信頼できる人間、という意味で言ったつもりのカインだったが、口から出た言葉だけだとイルヴァレーノ大好きっ子なだけだと思われそう。そう思って、照れ隠しでカインは書類の半分をズイッとイルヴァレーノの方へ押しやった。

「今やっている分は、カイン様の後継者教育の一環なんですよね。俺が手を付けてどうするんですか。俺は俺で、ウェインズさんから執事の仕事を教わってますから、コレはカイン様がこなしてください」

イルヴァレーノも書類をズイッとカインの方へと押し戻した。そして、さらに押し返されないように、自分の前に持っていた本をドサリと置いた。

「俺とか言っちゃって〜。パレパントルに怒られても知らないよ」

「〝目〟に賄賂を渡してあるんで大丈夫です」

イルヴァレーノはチラリと天井に視線をやって、そして戻した。

「それよりカイン様。ディアーナお嬢様あてにお客様がいらっしゃってるんですが……」

イルヴァレーノが眉毛をハの字にした。困った客なのか？　カインは思ったが、それであればパレパントルが上手いこと追い返してくれるはずである。優秀な執事なのだ。

「ディアーナは今日、ケイティアーノ嬢の家に遊びに行っているだろう？　そう言って帰ってもらったら良いんじゃないか？　急用ならサラティ邸に行くだろうし」

いくらディアーナラブの過保護兄のカインとて、ディアーナ宛の客を黙って接待したりはしない。プライベートはちゃんと守る健全兄を目指しているのだ。

「それが、そのお客様というのが、サラティ侯爵令嬢なんです」

「はっ⁉」

ケイティアーノの屋敷へ遊びに行ったはずのディアーナを、ケイティアーノが訪ねてきた。そんなあり得ないことをイルヴァレーノから告げられ、カインは椅子を倒しながら立ち上がる。

「ケイティアーノ嬢は今どこに？」

「玄関に一番近い応接室にお通ししてます。侯爵令嬢にはふさわしくない場所ではありますが」

「それでいい。イルヴァレーノ付いてきて！」

椅子の背にかけていた上着をとり、羽織りつつ図書室を出る。万が一パレパントルや母の侍女に見つかっても怒られない程度の早足で廊下を進み、玄関前の階段を降りて応接室へと向かった。

いきなりドアを開けたくなる衝動を抑え、カインはドアをゆっくりとノックする。誰何(すいか)があり、カインが名乗れば内側からメイドがドアを開けてくれた。

部屋の中には、応接ソファーにケイティアーノがちょこんと座り、その背後に護衛の私兵が一人立っていた。ドアを開けてくれたメイドが、お茶の用意をしてくれていたらしく、失礼にならない程度にもてなしが出来ていた。

「やあ、ケイティアーノ嬢。夏休みがあったから、久しぶりですね」

部屋へ入り、カインが紳士の礼をする。

「カインお兄様。お久しぶりです。先触れもない訪問で申し訳ありません」

ケイティアーノも立ち上がり、カインに向かって淑女の礼をとる。うしろで護衛も小さく頭をさげていた。

「ケイティアーノ嬢、今日はどのようなご用件で？」

ケイティアーノへと座るように勧め、カインも向かい側のソファーへと座る。イルヴァレーノからディアーナに会いに来たというのは聞いていたが、念のために直接用件を聞いてみる。

「あの……。先日、夏休みの終わりに我が家にお茶会に来てくださったときの忘れ物をディーちゃんに届けにきたんですの。私、朝が弱いせいでいつも学園に持って行くのを忘れてしまうので、休息日ですけど覚えているうちに届けてしまおうって思ったんですわ」

あわよくばディアーナのお誘いでお茶会など出来れば幸運だわ、ぐらいは考えていたケイティアーノだが、それは顔に出さないでおく。

「そうなんだね。ありがとう、ケイティアーノ嬢。ところで、実はディアーナは今留守にしていてね」

ディアーナの忘れ物が入っているらしい箱を、ケイティアーノの護衛からイルヴァレーノが受け取っている。カインの言葉に、ケイティアーノはとても残念そうな顔をしてゆっくりうなずいた。

「お約束のない訪問でしたから、仕方がありませんわ」

「そのディアーナの行き先が、サラティ侯爵邸だって言っていたんだけど、何か知らない？」

「ウチですか？　お約束はしておりませんでしたが、ディーちゃんでしたらいつでも歓迎ですし、そのように使用人にも言い含めておりますから、急に思いついて遊びにきてくださったのかしら」

それなら、入れ違いになってしまったわ。とケイティアーノが小さくため息をつく。

カインは背中に冷や汗が流れていくのを感じた。ディアーナは、「前期の復習を皆でやってくるね」と言って出かけたのだ。

「ケーちゃんとやってくるね」なら、思いつきで出かけた可能性もある。貴族令嬢としてはあるまじき行動力ではあるが、ディアーナとケイティアーノは幼い頃からの親友で屋敷もよく行ったり来たりしているのでいつものことではある。

しかし、

「ディアーナは、『皆で』って言ったんだ」

皆で、ということは他にも友人が集まるということで、約束も無しに複数人で押しかけるというのはさすがに貴族令嬢として度が過ぎている。ディアーナは今では世を忍ぶ仮の姿を完全に演じることが出来る。そんな常識外れな事はしないだろう。

「ケイティアーノ嬢。一緒にサラティ侯爵邸へうかがっても良いだろうか？」

「ええ、もちろんですわ。アイビー、帰りますわよ」

「はっ」

ケイティアーノも話がおかしいことに気がついたようで、急いでディアーナの所在を確認しようとソファーから立ち上がった。

ケイティアーノがやってきた馬車と、エルグランダーク家の馬車でサラティ侯爵邸へと到着してみれば、やはりディアーナはいなかったが、白くて大きなディアーナの馬車と御者のバッティがそこには居た。

「バッティ！　ディアーナは？　ディアーナはどこに行ったの？」

カインが詰め寄ると、慌てたように一歩下がるバッティ。困ったようにイルヴァレーノへと視線で助けを求めるが、イルヴァレーノは首を横に振って拒否した。

「えぇー。えっとですねぇ。ディアーナお嬢様は学園へ行きましたよ」

「じゃあ、なんでバッティはここに居るの！」

焦るカインが、さらに一歩バッティに詰め寄り、その腕を掴んだ。

「学園までお送りした後、お帰りの時間にお迎えに上がりますって言ったら、お家には帰らずにサラティ侯爵家で待機していてって言われたんですよ。『ケーちゃんなら、良いって言ってくれるから』って言われまして」

「まぁ」

バッティの言葉を聞いてケイティアーノが後ろでくねくねと体をくねらせて照れていたが、カインはそちらを気にしていられない。

「イルヴァレーノ、学園へ行こう。ケイティアーノ嬢、慌ただしいですがコレで失礼いたします」

「ええ、ディちゃんを見つけてあげてくださいまし」

とりあえず、サラティ侯爵邸にはディアーナは居ない。アリバイ作りなのか時間稼ぎなのか、ディアーナが馬車を隠したのだから、何かあるに決まっている。

カインは急ぎ足で自分が乗ってきた馬車に乗ると、学園へと向けて走らせた。

「何か、何かあったんだったらどうしよう。ディアーナが僕に嘘をついて出かけるなんて」

「カイン様だって、昔王太子殿下を連れてこっそり出かけようとしたじゃないですか。そういうお年頃なのかもしれませんよ」

激しい貧乏揺すりをしながら、白くなるほど手を握りしめているカインを落ち着かせるため、イルヴァレーノが昔話を振った。

「アレは……。結局副団長にバレて一緒に出かけたじゃないか」

「ディアーナ様はカイン様の血のつながった妹って事ですよ」

だから、そんなに心配しなくて良いと、イルヴァレーノはカインを励ました。

しかし学園に到着し、休息日でも生徒が入れる場所を巡ってみてもディアーナはいなかった。最後に向かった図書室には、ラトゥールや寮生活をしている数人の生徒が本を読んでいたが、魔法鍛錬所や運動場には誰も居なかった。

「ラトゥール！　ディアーナ見なかった？」

広い図書室をぐるっと回り、ディアーナの姿が見つからなかったカインは読書中のラトゥールへと駆け寄った。学園に来たがさらにどこかへ出かけたのか、バッティを巻き込んで学園に来たというのがそもそも嘘なのか。とにかく何でもいいからディアーナの居場所のヒントが欲しかった。

「……。午前中に、来てた。皆と待ち合わせて、……出かけました」

読みかけの本から顔をあげ、迷惑そうな顔を隠しもせずにラトゥールがそう教えてくれる。学園には一度来たようだが、さらに出かけたという。

質問に答えたから、と本に視線を戻そうとしていたラトゥールの頬を、カインが両手で挟んでグイッと顔を向けさせた。真剣な顔でラトゥールの目をのぞき込み、必殺の『美少年顔でおねだり』を炸裂させる。

「誰と？　どこに？　行き先聞いてる？」

「……。かお、ちかい」

「誰と、どこに？」

「……」

ほっぺたを淡く染めつつ、ラトゥールはカインの手に逆らって顔を背けようとするが、カインがグッと手に力を入れてそれを阻止している。

「もしかして、口止めされてる？」

「……」

図星らしい。口止めされて、それを守る程度にはディアーナや『皆』と友情が深められているらしい。そのことにカインは一瞬ほっと胸をなで下ろすが、緩みそうになった気を引き締めて問い詰める。

「話してくれれば、僕の師匠にあたる魔法使いを紹介してあげる」

「……」

「魔導士団で結構偉い人だよ？　現場の最前線で働く人に魔法について教わりたくない？」

「……」

「ティルノーア先生っていうんだけど」

「享楽の魔法使いティルノーア！　本当に？　本当に、その人に師事できるのですか？」

いきなり乗ってきた。カインはティルノーアの二つ名を初めて聞いたが、享楽というのは確かに自分の師に合ってそうな名前であった。

「忙しいからべったりとは行かないだろうけど、水曜日の魔法勉強会に来てくれるようお願いしてあげるよ」

「ディアーナ嬢や王太子殿下、アウロラ嬢は魔の森に行きました。魔王を倒すって張り切ってましたよ。魔王なんかいるはずないのに……」

ラトゥールはあっさりと口を開いた。ラトゥールは、魔王なんか居ないと思っているし、魔の森も騎士団が定期的に魔獣の間引きをしていることを知っているので、深いところまで行かなければさほど危険は無いと考えていた。魔の森は広いし、日暮れまでに帰ろうとすれば深いところまではいけない。小さな魔獣を相手にするなら友人メンバーなら問題ないだろうし、遊んで帰ってくるだろうと考えていたのだ。

しかし、カインは違う。ゲームのシナリオとして魔の森には魔王が出ることを知っているからだ。

イベント自体は五年生か六年生で発生するものだが、好感度やスキルが十分あればそれ以前でも発生する事があるのを知っているのだ。伊達にオールクリアはしていない。

「行かなきゃ」

カインはラトゥールのほっぺたから手を離すと、図書室のドアへと駆け出し、そして戻ってきた。

「ラトゥールも来てっ」

カインは座っていたラトゥールの脇に手を突っ込んで抱き上げるように強引に立たせると、抱え込むようにして一緒にあるかせる。

「なんで？」

「戦力がいるんだよ！」

図書室から出たくないラトゥールは、カインに引きずられないように足を踏ん張ってみるが、最後はカインに担がれて馬車へと放り込まれてしまった。

「魔の森へ！　急いで！」

カインとイルヴァレーノも飛び込むように乗り込むと、馬車は学園の正門から大通りへと進んでいった。

一方、魔の森へと入り込んだディアーナ達は順調に森の奥へと進んでいた。

森の奥の方から獣のうめき声のような音や、遠吠えの様な声が時折聞こえてくるものの、こういった森に入れば出くわす角ウサギや牙タヌキといった小型の魔獣が全然姿を現さないのである。

「魔獣が全然出てこないねぇ」

「騎士団の定期見回りの直後なのかも知れないな」

「父上が、魔の森の見回りは月末だと言っていたから、前回見回ってからひと月弱経っていると思う」

「じゃあ、もう少し居てもよさそうなものだが……居ないなぁ」

ネルグランディ領での騎士団の手伝いで小型の魔獣退治を経験しているクリス、アルンディラーノは気持ちに余裕がある。

サイリユウムで幼い頃から兄の魔獣退治に付き合わされているジャンルーカは逆に警戒心を解くこと無く緊張したまま後ろを歩いていた。

「そろそろ、時間的に折り返し地点じゃないですかね？　黙って来ているのですから、引き返す頃合いじゃないでしょうかね」

女の子だからと、ディアーナと一緒に真ん中の位置で歩いているアウロラは、ことある毎に「帰ろう」と提案している。その度にアルンディラーノとクリスに笑いながら却下されているが、平民であるが故にそれ以上強く言うことが出来ていなかった。

「アーちゃん、そんなに怖がらなくても大丈夫だよ。森を歩くのは学園内の魔法の森を探索したことだってあるし、私たちはこの夏休みに領地で魔獣退治のお手伝いだってしてきたんだから」

「そうだぞ。角ウサギや牙タヌキの他に、白魔狼も倒したんだ！」

グッと拳を振り上げて、アルンディラーノが振り向きながら声を上げる。その顔は自信に満ちていた。

「ちゃんと後ろに領騎士と近衛騎士が控えていたからね」

後ろから、ジャンルーカが苦笑気味にツッコミをいれるが先頭を歩いているアルンディラーノとクリスには聞こえなかったようだ。

（違う違う。倒すとか倒せないとかってことを心配してるんじゃないの。この中の誰かの体が乗っ取られることを心配してるのよっ）

ゲームのシナリオを知っているからこそ、アウロラは必死に帰ろうと声を掛けているのだ。

ゲームでは、五年生か六年生の秋に聖騎士ルートに入っていると発生するのが魔王討伐イベントだ。その時はクリスとヒロインとコッソリ付いてきたディアーナの三人で森に入り、魔王に体を乗っ取られたディアーナと対峙することになる。つまり、クリスとヒロインの二人だけで魔王を倒すことになる。

イベント発生フラグが立っているのであれば、スキルが十分に上がっているはずなので二人でも倒すことはできる。それを考えれば、まだ一年生ではあるが人数が五人も居る上に、本来悪役令嬢であるはずのディアーナも戦闘力として数えることができる現状なら、魔王に勝つことも可能かもしれない。

だが、問題は魔王が倒せる事ではないのだ。アウロラが心配をしているのは『誰かの体が魔王の魂に乗っ取られてしまう』事であり、それを『仲が良い同級生達で倒さなければならない』事である。まだ十二歳の子どもに、人殺しの、それも級友殺しなどというトラウマを植え付けるわけにはいかないのだ。

「お、お腹空きませんか？」

「さきほど休憩したときに食べたでしょう？」

「も、物忘れのひどい人みたいになってしまった……」

どうにもこうにも、夏休みの経験を糧に謎の自信にあふれてしまっている少年二人、という無敵の存在には適わない。

「多分、小型の魔獣が出てこないのは奥の方に大型の魔獣がいるせいじゃないかな」

「大型の魔獣ですか？」

ジャンルーカが、少し距離を詰めてアウロラとディアーナの会話に入ってきた。

「遠吠えや、うなり声が時々聞こえるでしょう？　あれを聞いて小型の魔獣が隠れてしまっているんだと思う」

ジャンルーカがスッと立てた人差し指を空に向けると、タイミング良く「オォーン」という遠吠えのような音が聞こえてきた。

「やっぱり帰りましょう。アル様もクリス様もジャンルーカ様もお強いのはわかってますが、もし多勢に無勢ってことになっちゃったら対処しきれないと思うんです」

「アーちゃん。私も強いよ」

強いのはわかっている、のメンバーに自分がいなかったことに異義を唱えるディアーナに、アウロラは「そうですね、すみません」と小さく頭をさげつつ、話を続ける。

「一頭一頭が相手なら楽勝でも、三頭同時に飛びかかられるようなことになれば苦戦します。遠吠えの声やうめき声、先ほどから結構な数が聞こえてきているじゃないですか。ね、今のうちに帰りましょうよ?」

アウロラは必死に説得をする。

時々奇声を発したり、意味不明なことを言っていたり、よくわからないところに忍んでいたりするアウロラが、大真面目に説得する姿にアルンディラーノとクリスは漸く戸惑いを感じた。

何かと言えば「良いぞもっとやれ!」「けしからん、もっとやれ」等とけしかけるような事も言いうし、かと思えば必要がなければ積極的には話し掛けてこない控えめなところもあるのがアウロラだ。本人としては、聖地巡礼スチル回収のつもりでコソコソしつつ、貴族の攻略対象にはなるべく近寄らないようにしているだけなのだが、それがアルンディラーノ達には控えめな女子生徒という風に映っていた。

「うーん。そうだな、何も一度で魔王を見つけて倒す必要も無いか」

「森の入り口からここまでの道すがらでは魔王は見かけなかった、というのも成果の一つとはいえますもんね」

アルンディラーノが諦めるようにため息とともに吐き出したのを受けて、ジャンルーカもほっとした顔で同意した。

「えー。せっかくここまで来たのに」

「ここに来るまでに、分かれ道も何度があったし、今度来たときには別の道を探してみれば良いよね」

　クリスは帰るのを渋ったが、ディアーナも出直すことに賛成したので、渋々きびすを返した。

　その時。

「あら、帰ってしまうの？」

　後ろから、しっとりとした女性の声が聞こえてきた。びくりと肩を揺らしつつ一斉に振り向いた魔王討伐隊たちは、目の前に黒いドレスの女性が立っていることに気がついた。

「さっきまで居なかったのに」

　ぼそりとクリスがつぶやく。黒いドレスの女の後ろには、大きな狼の姿をした魔獣が二匹侍(はべ)っていた。

「みんな子どもばかりねぇ。もうちょっと大人の男性が良かったんだけど……。一番魔力が大きい子は女の子二人ね……」

　黒いドレスの女性は舐めるような嫌らしい目つきでディアーナとアウロラを見つめた。視線に気がついたクリスとアルンディラーノがかばうように前に立つ。

「あら、可愛いナイトさんたちだこと。でも、ごめんなさいね。貴方達はちょっと魔力が足りないかしら」

「お前は、何者だ！」

　クリスが、大きな声で叫ぶ。帰ろうと振り替えった瞬間に現れた女性、従えている二匹の大きな魔獣。人間とは思えなかった。

学園の食堂で、ディアーナが「魔王じゃないか」と言っていた、黒いドレスの女性が目の前に現れた事で、魔王討伐隊の緊張感は一気に膨れ上がった。

クリスは腰の剣に手を置き、左足を下げる。

アルンディラーノも剣の握りに手を添えて黒いドレスの女性をしっかりと視線に捉えている。

ディアーナは口の中で呪文を唱えはじめ、ジャンルーカは前方以外を警戒している。

「展開が……ちがうじゃない」

アウロラは、この状況で一番パニックに陥っていた。ゲームでは、魔王が潜んでいそうな洞窟を発見したところで藪から黒い塊が飛び出してきて、それを避けきれなかったディアーナが体を乗っ取られる。そして、短いイベントムービーと簡単な選択肢が表示され、その後戦闘に入るという流れなのだ。

（黒いドレスの女が魔獣を引き連れて現れるなんて聞いてない！）

できるだけ早く森から撤退して、出来なかったとしても最悪藪から飛び出してくる黒い塊さえ気をつけてれば良いとアウロラは考えていた。

しかし、ここに来てまさかの知らない展開が始まったのである。

「アーちゃん。落ち着いて。あの大きさの魔獣なら領地で二匹ぐらい倒した。一人じゃなかったけど、四人いるからなんとかなるよ」

「アウロラ嬢、深呼吸して。とっさの時にちゃんと駆け出せるように、冷静に」

ディアーナとジャンルーカから声をかけられ、アウロラは深呼吸して心を落ち着かせた。

「そうだ。治癒魔法が使えるのは自分だけなのだから、落ち着いて。怪我をしたらすぐに治せばいい。ヒーラーの役目は全員生存させること。全体を見なきゃ」

前世ライトオタクでゲーマーだった血が騒ぐ。アウロラは「パァン」と小気味よい音を立てて自分の頬を叩くと、しっかりと目を開いて周りを見た。

「ディアーナ様、ジャンルーカ殿下。落ち着きました。大丈夫です。でも、牽制しつつ逃げる方向で行きましょう」

「そうだね。私もそれが良いと思う」

「倒せそうなら、倒そうね」

後方三人組は会話を終わらせると、改めて黒いドレスの女に向き合った。全員の戦闘態勢が整ったのを確認したアルンディラーノは、目に力を入れて黒いドレスの女性をにらみつけた。

「後ろの魔獣は、そなたが操っているのか？」

「そうよ。私の可愛い使い魔たち」

「ネルグランディ領で魔獣をけしかけていたのもそなたか？」

「さぁ？　この国の地名には詳しくないの」

アルンディラーノが、外向き用の王子として言葉を発している。舐められないために、自分を大きく見せる為に。

「何故このようなことをしているのだ」

「あなたに言う必要はないわね……お話はもう良いかしら？」

黒いドレスの女性は、懐から黒い羽扇子を取り出すとばっと開いて口元を隠した。

「魔王を倒しに来たのでしょう？　貴方達のお話、聞こえていたわ」

扇子で隠れているのに、笑っているのがわかる。声が楽しそうに響いてくる。

「さぁ、倒せるものなら倒してみるが良いわ！　私が魔王よ！」

女性がそう声を張り上げると、後ろに控えていた狼が二匹飛び出してきた。

「クソっ！　クリスは右、僕は左だ！」

「了解！」

アルンディラーノとクリスは即座に剣を抜くが、勢いよく走ってきた魔狼は、近づくにつれて思った以上に大きく見えた。

二人はかろうじて一撃目の爪を剣ではじくが、狼が全体重を掛けた一撃は思う以上に重く、踏ん張りきれずに足がよろめいた。

「光を遮る闇よ！　我が手に現れ、狼の視界を奪い取れ！　暗転！」

二人の間をすり抜けるように、黒い霧のようなものが飛び出していき狼の顔全体を覆った。突然の闇に包まれた狼たちは、戸惑うようにその場でうろつき、前足で一生懸命闇を振りほどこうと顔をこすり始めた。

「あら！　あなたは闇魔法が使えるのね！　どちらにしようか迷っていたけど、あなたにしようかしら！」

「クリス、アルンディラーノ！　今のうちだ！」

黒いドレスの女性が嬉しそうな声を上げ、ジャンルーカが前衛二人に攻撃の指示を出す声で台詞の後半がかき消された。

女性の言葉を聞き、アウロラはディアーナを女性の視線から隠すように前に立つ。何をするつもりなのか知らないが、もし何らかの方法で体を乗っ取ろうとしているのであれば、今の台詞はディアーナに乗り移ると取れる。

「させるか」

クリスとアルンディラーノがふらつく狼に斬りかかっている。ジャンルーカは最後尾から全体を見渡しつつ伏兵に備えている。

「カードゲームには、本体を直接攻撃できるルールもあるんだよ！」

アウロラは右手を鉄砲の形に握ると、人差し指の先から風の弾丸を撃ち出した。まっすぐに黒いドレスの女性へと向かっていったそれは、しかし扇ではたき落とされてしまった。

「うそでしょ。刀で弾丸切り落とす侍かよ！」

二発、三発と風の弾丸を撃ち込み、その度にパシンパシンと扇子ではたき落とされた。合間にディアーナも小さな炎の玉を打ち込んでいるが、そちらは扇子で扇がれて地面に落とされていた。

「ハァッ！」

ディアーナとアウロラの魔法を相手にしていた黒いドレスの女性に、クリスが斬りかかった。不思議な動作でぬるりとその剣を避けた黒いドレスの女性は、チラリとクリスの後方を見た。魔狼は地面に横たわっていた。

「あら、思ったよりも強いわ」

次々に切りつけてくるクリスの剣を、ぬるりぬるりと最小の動作で避けていく女性。合間に風の弾丸と火の玉が襲いかかってくるがそれも扇子でたたき落としていく。全く歯が立っていない。

「隙を見て撤退だ！」

アルンディラーノが叫んだ。アルンディラーノの足下にも倒れた狼が寝そべっている。

「撤退だ、なんて敵にも聞こえるように言っちゃだめよ」

そう言うと女性は鋭く扇子を振り抜き、クリスの首筋を叩いた。

「がぁっ」

クリスがその場で地面に叩きつけられ、動かなくなる。

「クリス！」

クリスに駆け寄ろうとするアルンディラーノを、開いた扇子を振って風圧で吹き飛ばした。

「あぁっ！」

アルンディラーノは木の間を抜けていき、五十メートル程離れた下草のあたりに落っこちた。

前衛二人が潰れた事で、ジャンルーカは女の子二人の前に出て剣を抜いた。

「時間を稼ぐので、逃げてください」

ジャンルーカが振り向かずに言うが、アウロラとディアーナは動けない。クリスとアルンディラーノを置いて行く訳にはいかなかった。

「王太子殿下を置いて行く訳にはいきません」

「じゃあ、二人でアルンディラーノが落ちた方へ走って、回収してそのまま逃げて。私はなんとかクリスを拾ってから逃げます」

出来るかどうかはわからないが、そうすれば少なくともディアーナとアウロラとアルンディラーノは逃げ出せる可能性がある。

「カインから教わった魔法剣を使います。それを合図に走って！」

ジャンルーカは振り向かないが、後ろで頷く気配はしっかりと感じ取れた。

じりじりとすり足のようにしてクリスに向かって移動するジャンルーカは、じっと黒いドレスの女性から目を離さない。視線は女性に固定したまま、グッと腰を落として上半身をねじる。

「女の子二人を逃がす気ね？　すてきね、騎士の鏡だわ。でも、私はそっちの金髪の子に用があるの」

黒いドレスの女性が、すっと手をあげて指をさした。その瞬間、ジャンルーカが勢い良く剣を抜く。

「ジャンストラッシュ！」

抜刀すると同時に、ねじっていた体を戻して大きく剣を振り抜いていく。剣の長さからすれば到底届かない距離ではあるが、ジャンルーカの剣からは衝撃波が刃の様に鋭く飛び出していた。

それと同時にアウロラとディアーナが走り出す。ジャンルーカもクリスに向かって重心を下げて駆けだした。

「くっ！　このっ！」

襲ってきた衝撃波を避けるため、大きくバックステップした女性は扇子を下から上へとふりあげ、衝撃波を空へと流してしまう。

「クリス、しっかりしろ！」

衝撃波を避けた為に、女性とクリスの間に距離が出来た。ジャンルーカは麻袋のようにクリスを肩に担ぐとアウロラとディアーナの後を追う。

「逃がさないわ！　あの人の依り代だけはいただくわ！」

黒いドレスの女性は胸の谷間に手を突っ込むと、小さなネズミの姿をした黒い塊を取り出した。ネズミを扇子の上に乗せると、思い切り振りかぶってディアーナへ向かって投げつけた。

アウロラとディアーナでは、ディアーナの方が足が速かった。クリスを拾った上に担いで走るジャンルーカでは猛ダッシュしているディアーナには追いつけない。アウロラはとっさにかばうにも位置取りが悪かった。

ディアーナの背中に向かって黒いネズミが飛んで行く。

「ディアーナちゃん！」

「ディアーナ！！！」

アウロラの悲痛な叫びと、もう一つ。その場に居る皆が聞き慣れた声が重なった。

走るディアーナと手を伸ばすアウロラ。

その間を走り抜け、ディアーナを背後からかばうように抱きしめたのは。

アウロラの目の前で、金色の三つ編みが背に揺れた。

カインだった。

「あ、あ、ああああああああああああ」

カインの背中に張り付いた小さなネズミは、そのままその身を囓るように体の中へと入っていく。

痛みと嫌悪感にカインの口からはすさまじい叫び声がもれた。

「お、お兄様！」

「カイン！」

ディアーナはカインにがっちりと抱きしめられており、身動きが取れなくなっていた。頭だけで振り向くと苦痛にゆがむ兄の顔が間近に見えた。

草むらに落ちていたアルンディラーノも立ち上がって駆けよろうとしたが、足首でもくじいたのか片足を引きずりながら向かってくる。クリスを担いでいたジャンルーカも追いつき、そっとその場にクリスを下ろした。

「あああ。なんで、どうして。避けられなかった。だから言ったのに、だから言ったのに」

アウロラはよろよろと駆け寄るとカインの背中に手を乗せ、魔力を込めた。

「止まるな。諦めるな。振り向くな」

それは、アベンジリベンジストレンジの主人公の口癖だった。

「ここならコマンド外のことが出来る。選択肢にない選択が出来る。出来る出来る。やれるやれる」

カインの背中が、黒いネズミが入り込んだところからじわじわと黒くなっていっているのが破れた服の隙間から見えた。アウロラは集中し、試せることを試していった。

「痛いの、痛いの、遠いおやまにとんでいけー！」

アウロラの手のひらが淡く光り、カインの背中にその光が吸い込まれていくが、何も変わらなかった。

「体をむしばむ異物よ、そこから退け！」

またアウロラの手のひらが淡く光り、カインの背中に吸い込まれていくが、やはり何も変わらなかった。

「体をむしばむ病魔よ、そこから退け！」

「体に潜む悪意よ、霧散し主の元へ帰れ！」

次々に呪文を唱えていくが、どれもカインには効果が現れなかった。

「あらすごい。治癒に解毒に解呪まで出来るのね。優秀だわぁ」

一人離れた場所から様子をみていた黒いドレスの女が、驚いたように弾んだ声で賞賛をした。

「い、痛い。痛いよお兄様」

ぎゅうぎゅうと締め付けるようにディアーナを抱きしめるカインは、キツく目をつぶっていて痛みをこらえるようにしている。まるでデイアーナの声が届いていないかのように、返事がない。

「カイン様！　しっかり！　……ディアーナ様、今腕を剥がしますからじっとしていてください」

カインと一緒に到着し、とっさの場面で飛び込めなかったイルヴァレーノはアウロラがあらゆる回復系魔法を使っている間、カインの頬を叩いたり肩を揺すったりしながら名前を呼び続けていた。

カインの様子がおかしいことはわかるが、イルヴァレーノの位置からは背中にネズミがぶつけられた場面が見えていなかったので、何があったのかわかっていなかった。

「カイン様！　カイン様！」

カインの手首を握り、力を込めて腕を開く。少し緩んだ隙にディアーナはサッとしゃがんで腕の中から抜けると、イルヴァレーノの足下にしゃがんで咳き込んだ。胸が圧迫され続けて呼吸が出来ていなかったのだ。

「あああああ。ダメ……だ。うぐぎぎぎぎ。イル、離れろ」

腕の中からディアーナがいなくなったことで、カインの腕は自分自身を抱きしめるように自分の体に回された。

「カイン……髪が……」

足を引きずりながらも、近くまでやってきたアルンディラーノが目を見開いてカインを見つめている。つられてイルヴァレーノもカインの髪に目をやれば、明るく綺麗な金色の髪が、毛先から徐々に黒く変色し始めていた。

「うぐぅ。頭がっ」

体を抱いていた腕を振りほどき、カインは頭を抱えてその場に蹲った。腕を振り払ったときにはねつけられたイルヴァレーノは、蹲ったカインにすがりつき、肩や腕をさする。

「カイン様！　どうしたんですか、カイン様！」

「離れ、ろ。……ディアーナを……みんなを、つれて、はなれ……ろ」

荒い息の合間に、カインが途切れ途切れに言葉をつなぐ。イルヴァレーノは大きく頷くと、カインの肩を抱いたまま顔だけで振り返った。

「カイン様の様子がおかしいっ。皆さんはいったん離れてください！」

緊迫したイルヴァレーノの声に、いち早く反応したのはジャンルーカだった。いったんおろしたクリスをまた肩に担ぎ、片足を引きずっているアルンディラーノに反対の肩を貸して草むらの方へと向かって歩き出した。

「ほら……きみも」

カインの背中に向けて、一生懸命に回復系の魔法を使っていたアウロラの肩を叩いたのはラトゥールだった。半年間剣術の補習を受けていた甲斐があったようで、息切れはしているものの少し遅れるぐらいでちゃんとカインとイルヴァレーノに付いてきていた。

アウロラの腕を引いて立たせると、ラトゥールもジャンルーカの後を追って歩く。一年生組が十分に距離を取ったのを見届けたイルヴァレーノは改めてカインに向き合った。

いつの間にか、カインはうめき声を出さなくなっていた。

「……カイン様？」

「……」

「大丈夫ですか？」

「……ああ、大丈夫だ」

返ってきた言葉に、ほっと胸をなで下ろしたイルヴァレーノ。

「大丈夫だよ、少年」

頭を抱えて蹲っていたカインが身を起こして顔を上げた。痛みでぎゅっとつむられていた目が、ゆっくりと開く。

そこには、金色の瞳があった。

「！」

イルヴァレーノがとっさに距離を取った。支えられていたイルヴァレーノの手が離れることで、カインは一瞬態勢を崩すが、その後ゆっくりと立ち上がった。

髪はすでに全てが真っ黒になっており、開いた瞳は金色に光っている。そして、こめかみの上から黒く捩れた角が生えていた。

「……カイン様！」

「我は、カインではない」

「そう、この方はあの少年ではないわ」

いつの間にか、黒いドレスの女性がすぐ近くまでやってきていた。カインの隣まで来ると、しなだれかかるように身を寄せて、肩に頭をそっと乗せた。

「馴染むまでにまだ時間がかかりますわ。あちらにちょうど良い隠れ家を見つけておきましたの」

「そうか」

「いかがです？　そのお体」

「魔力量は十分にあるな」

「私としては、もうちょっと年上の男性が良かったんですのよ」

「そうか」

黒髪になったカインと黒いドレスの女性は、もはや子ども達には興味が無いと言わんばかりに二人で会話を交わしている。やがて、くるりとイルヴァレーノに背を向けると、森の奥へと向かって歩き始めた。

「カイン様！　どこに行くんですか、カイン様！」

「我は、カインではない」

引き留めようと手を伸ばし、しかし訳もわからぬ恐怖で動けないイルヴァレーノが精一杯の勇気を出してカインの名を呼んだ。

「カイン様！」

二人は、イルヴァレーノ、そしてディアーナ達へ背を向けて歩いて行く。

そして、このまま去って行ってしまうかと思ったその時。急にカインが振り返り、黒いドレスの女性を突き飛ばして叫んだ。

「イルヴァレーノ！　ディアーナ達を連れて森を出ろ！　俺はまだ飲み込まれてない！」

「カイン様！」

「ぐあっ……近づくな！　俺に近づくな！　良いから、今日は一旦家に帰れ！　ディアーナが駄々をこねても連れて帰るんだ！」

黒い髪、捩れた角、そして金色の目をしたカインだが、その表情はいつものカインと同じように見えた。

「あんた……。さっさとその体譲りなさいよ！」

今まで余裕の態度を貫いてきた黒衣の女が、突然ヒステリックに叫んでカインにつかみかかってきた。

「やなこった！」

カインは難なく黒衣の女性の腕を払って突き飛ばす。黒衣の女性がコロンと転がったのを見て、改めてイルヴァレーノやディアーナ達の方へと顔を向けた。

「まだ負けてない！　諦めてない！　仕切り直すだけだ！　怪我したアル殿下と気絶してるクリスを抱えてちゃ何も出来ないだろ？　僕も考える。元に戻る方法を考えるから、今のところはいったん引き上げてくれ」

距離を置いて避難していたディアーナやアルンディラーノ達にも聞こえるように、カインはゆっくりと大きな声で、しかし優しい声音で話した。

「させないわよ！　見逃そうと思ったけど、体を譲らないというのなら譲らざるを得なくしてあげるだけよ！」

そう言って、立ち上がった黒いドレスの女性はカインには見向きもせずにディアーナ達の方へと歩き出した。素早くカインが足払いを掛けてまた女性を転ばせると、その上に腰を下ろした。

「重いわ！　どきなさい！」

「イルヴァレーノ！　早く！」

いつもの、強気なカインの顔。その中に、悔しそうな、だけど悲しそうな表情をみつけてイルヴァレーノは大きくうなずいた。

カインに背を向けて、イルヴァレーノが走り出した。

「失礼」

そう言うとイルヴァレーノはディアーナとアウロラを左右に抱えて走り出した。

「殿下と魔法使いも早く！」

元々撤退の意思があったジャンルーカと、訳もわからず付いてきただけのラトゥールは素直にうなずくとイルヴァレーノの後について走り出した。

「いやぁー！　やだあああ！　お兄様を置いていかないでっ！」

女性を尻にしいてくつろぐように座っているカインに、しばらくディアーナの泣き叫ぶ声が聞こえていた。

考える魔王様

「はぁ〜？　ここが隠れ家ぁ？」

「何よ、文句でもあるの？」

ディアーナの泣き叫ぶ声が聞こえなくなった頃、カインは黒衣の女性とつれだって『ちょうど良い隠れ家』にやってきていた。そこは、頭を下げなくても通れる程度に天井が高い洞窟だった。

「なんか自信満々にお誘いしていたから、山小屋かなんかを整えてくれていたのかと思ったのに」

「そんなところに潜んでいたら、見回りの騎士に見つかってしまうじゃない。バカなの？」

「そこは、なんか凄い魔法で隠遁するとかなんか出来ないのぉ？」

カインは馬鹿にするような口調で話しながら洞窟の中程まで進んでいき、座るのにちょうど良さそうな岩を見つけたのでそこに腰を下ろした。

「はぁー」

盛大なため息を一つ。体の中にある疲れを吐き出すかのように息を吐ききると、パンと両手で自分のほっぺを叩いた。

「間に合って良かった！」

自分の膝を握りしめ、顔はうつむいているがカインの声は明るかった。

「ディアーナが魔王に乗っ取られるのを防げて良かった。クリスが気絶していたおかげでその場で魔王として退治されなくて良かった。アウロラ嬢が居たからアル殿下の怪我も心配ない。今のところ僕の意識もはっきりしている」

「キミ？」

「まだ最悪じゃない！」

ガバリと身を起こしてカインは叫んだ。洞窟の中に声が響いていく。

「なあ、あんた。ずっと昔、神渡りの日に広場と王城の前庭をつなぐ通路であった人だろ」

「あら。そんなことあったかしら」

「ここではない、別の世界があるって知ってるかって俺に聞いただろ」

「どうだったかしら」

「あの時は、神渡りの日だったから神様の世界のことを言っているのかと思ったんだけど」

「……」

カインは黒いドレスの女性を見上げた。

「魔族の国の事だったんだな」

カインの言葉に、黒いドレスの女性は肩を竦めると、やはり座るのに良さそうな岩に優雅に腰を下ろしてカインと向き合った。

「何を、どこまで知っているのかしら?」

カインに転がされて砂だらけになっているが、そんなことは気にしないで女性は優雅に微笑んだ。


カインは、自分の考えをツラツラと話した。

まず、サイリユウム留学中に『魔女の村』と呼ばれる場所に行った事があること。そこには草も生えない巨大な魔方陣と、その周りだけ増えた魔獣がうようよいたこと。

その後、ジャンルーカからサイリユウムの『聖騎士』の話を聞いたこと。

「後は、魔獣は魔脈の近くや魔石鉱山の近くなんかの魔力の濃い場所によく出没するっていう領騎士団の知識だね。それで、旧魔女の村には魔族の国へつながる出入り口があって、それを聖騎士が魔方陣で塞いだ。魔法陣は魔力を遮断するモノだからその上には魔獣は入ってこない。でも、魔法陣のフチ？　隙間？　から漏れ出る魔力に惹かれて周りには魔獣が沢山集まる。これだと、つじつまがあうだろう？」

昔は森や山ではなく、平野にも魔獣が出たという。コレも、合唱祭で先生から聞かされた『昔は空気中に漂う魔力が濃かったから、歌魔法という魔法があった』という話とも合致する。魔族の国との通路がつながっていれば、おそらく空気中の魔力も濃くなるのだろう。

「体が乗っ取られかけているとき、イルヴァレーノやディアーナ達がうっすらと光っていて、なのに胸のあたりに影が渦巻いているのが見えた。そして、その渦巻く影が食べたくて食べたくて仕方が無いって衝動に駆られたんだよね」

カインは座っていた岩からおりて、今度は岩を背もたれにして床に座り込んだ。思う以上に疲れているらしく、普通に座っているのも辛くなってきていた。

「渦巻く影が美味しそうに見えて仕方が無いんだけど、もっと大きく暗くしたいって気持ちが湧いた。襲って、脅かして、恐怖心を膨らませたい。切りつけて、貫いて、痛みを与えたい。そうすると渦巻く影が美味しくなる。なんか、そう感じたんだ」

床に座ったことで、さらに高い位置になった女性の顔を改めて見上げる。

「おそらく、アレって魔獣の本能だよね。魔獣は恐怖や痛みといった負の感情が餌なんじゃない？

だから、家畜を追いかけ回していたぶって殺すことはあっても、食べる事は無いんだ」

カインの話が終わると、黒いドレスの女性はおざなりにパチパチパチと拍手をすると、また肩を竦めた。

「おめでとう。だいたい当ってるわ。当っていたところで、どうしようもないでしょうけど」

「そんなことない。コレを解決したら、騎士団や領地の叔父に報告して対策してもらうし」

「帰れると思っているのね」

「もちろん！」

カインは今、強い眠気に襲われていた。森の入り口から全力疾走で走り続けていたり、ディアーナを心配しすぎたストレスだとも考えられる。

「多分、この眠気って魂が体を取り合ってるからとか、そういうアレだよね」

そう言って自分の胸を軽く叩く。前世で良くあったホラー漫画なんかだと、この展開で寝ると体が乗っ取られる可能性が高い。

「ところで、僕の中に入ってるこの人は本当に魔王なの？」

重いまぶたを必死にこじ開けて、眠気覚ましの為にどうでも良い質問をするカイン。

「魔族の国のことはよくわからないわ。それでも、今こちらの世界にいる魔族はあの人だけだから、魔族の中で一番偉い人って意味では魔王かもしれないわね」

『魔王』という言葉を楽しそうに、異常に期待して口にしていた子ども達を思い出し、黒いドレスの女性はクスリと笑った。森に入った頃から、遠見の魔法で子ども達の様子をずっと見ていたのだ。

「いい加減だな」

「国なんて団体を作って、偉いだとか卑しいだとか身分を分けて生きるのなんて息苦しいもの。いい加減な方が楽しく生きていけるのよ」

「……」

「後から来たもう一人の男の子、あの子も凄い魔力を持っていたからあっちでも良かったかもしれないけど、ちょっと体が弱そうだったのよね」

「……」

「でも、愛しい人ともう一度過ごすためにはやっぱり男の子の方が良かったわね。あの女の子をかばってくれて良かったわ」

「そうだな。我も出来れば同じ性別の体が良かったからな」

「あら、あの子は寝ちゃったのね」

カインの口調が変わり、それを見て黒いドレスの女が立ち上がってカインの隣に座る。しなだれ掛かるようにもたれると、女性は幸せそうに笑った。

寄り添う女性の髪を優しく撫でつつ、カインはニヤリと笑った。いつものカインとは違う、冷ややかな笑い顔だった。


なんか肩が重いな、と思って気がついた。報告書の作りすぎか、パソコンのモニター見すぎたから眼精疲労からくる肩こりかな？　と思ってぐるりと肩を回した。

「きゃっ」

ドスンと隣から音がして、見れば全身真っ黒い女が倒れていた。それを見て、カインはすっかりと思い出した。ここは前世の会社事務所ではなくド魔学の世界で、自分はカイン・エルグランダークだということを。

「やべ、寝ぼけてた」

そう言って寝癖を確認しようと手を上げて、その様子に思わず声が出た。

「ひっ。なんじゃこりゃ！」

カインの手は、ひどく汚れていた。青いネバネバとした何かと、赤い血のようなものが半乾き状態でこびりついている。

「寝ている間に、あの方がお食事に出かけていただけよ。気になるなら表に小さな小川があるから洗ってらっしゃい」

カインが肩を回したせいで、寄りかかっていたらしい女が転げたみたいだった。床に寝転んだまま、ふてくされた顔で洞窟の外を指差している。

「僕が逃げるとか考えないの？」

「そのすっかり変わった姿で、森の外に出られるとは思っていないわ」

女の言葉に、カインは慌てて洞窟の外へ出た。言われたとおり近くに小川があったのでまずは手を洗った。この小川に来るまでに、魔獣と野獣の死体がいくつか転がっていたので、『昨夜の食事』とやらだったのだろう。カインの披露した推理が当たっているのであれば、殺しただけで食べてはいないはずである。

「生肉食べたら腹こわしそうだしな」

つぶやきながら小川をのぞき込む。底が浅くて流れもそこそこ早い小川だったので、姿を確認しようにも鏡のようにはいかなかった。しかし、髪が黒くなり角が生えている事は確認できた。

「ゲームでは、なんかモヤモヤーっとした闇の集合体みたいな魔王になっていたんだけどな、ディアーナ」

魔王戦は、魔法の授業のミニゲームと同じ作りで相手が訓練用のかかしではなく魔王になっているだけだった。その時のグラフィックがディアーナのミニキャラの色替えバージョンだったので、導入の立ち絵はモヤモヤだったのに、ドット絵だとディアーナなのかよ！　とプレイヤー達はツッコミをいれたモノである。

カインは小川の水を少し飲むと、とぼとぼと洞窟へと戻っていった。途中に転がっている魔獣の死体は見ないふりをして。

「あの方を代表とする魔族の方達は、あなたが推理したとおりに人間や動物の負の感情をエネルギー源としているの」

そう言ってふふふっとおかしそうに笑って扇子で口元を隠す。

「魔族の国では何もせずとも存在することができるのに、こちらの世界では実体を維持するためには魔力が必要なの。私たち魔女は魔族と契約を交わし、自分の負の感情や自分に対する負の感情を捧げる代わりに、魔力と魔法を授かるの。私と契約しているのが、あなたの中にいるあの方よ」

カインが体を明け渡さなければ、黒いドレスの女性もやることがない。せいぜいカインを疲れさせて眠らせて、体を乗っ取りやすくするぐらいしか出来ない。

「実体を保てなくなってきたあの方は、だんだん小さい黒い影になっていってしまったわ。最初は大型犬ぐらいの大きさはあったのだけど、最後はネズミになってしまったわ」

焦ったのよ。と座り込んでいるカインをお茶目に睨む。

「だから、これ以上弱らないように負の感情が必要だったのよね。王様の寝所に忍び込んで暗殺未遂してみたり、偉そうな坊ちゃん達と同時に付き合って仲違いさせたりして、負の感情を作り出したのよ」

女のこの話に、カインは聞き覚えがあった。おそらく父ディスマイヤが言っていた隣国がきな臭くなっている、という話の実情がコレだったのだろう。

「神渡りの日のこと、思い出したわ。神渡りなんて言葉知らなかったけど、皆で鐘を鳴らす冬の行事のことでしょう?」

「ああ」

「冬の真ん中に生まれる子はね、魔力を多く持っている子が多いって聞いたから体候補を物色しに来ていたのよ、あの時。昨日来ていたあのピンク色の髪の子、あと金髪の女の子。……それと、あなたと一緒に来た気弱そうな方の男の子ね。あの子達に狙いをつけていたのよね。でも、幼い子の体を乗っ取っても不自由でしょう?　育つのを待っていたのよ」

それでも本当はまだ早かったんだけどね、とクスクスわらう。

「それで五年も早かったのか……。森に入り込んだばっかりに」

ゲームでは五年生か六年生で発生するイベントが一年生のうちに、しかもほぼフルメンバーで発生するなんて思いも寄らない話だ。

「カイン様ー」

その時、洞窟の外から遠くでカインを呼ぶ声が聞こえた。昨日の戦闘があった場所から移動して洞窟にいるので、この場所がわからないのだろう。

「おーい！」

洞窟の入り口から声を出す。気がついたのか、ガサガサと草を踏んでこちらへ向かってくる音がだんだんと近づいてきた。

足音が近づくにつれ、カインは胸が苦しくなってきた。やたらと喉が渇き、胃がきゅるきゅると空腹を訴えて鳴いた。

「カイン様！　ご無事でしたか」

草をかき分けてやってきたのはイルヴァレーノだった。左手には食べ物が入っているらしいバスケットが握られている。

「ストップ！　イルヴァレーノそこでストップ！」

手のひらを突き出して、カインがイルヴァレーノの足を止めた。とにかくカインの様子が知りたいイルヴァレーノだったが、納得いかないような表情を作りつつもその場で立ち止まった。

「カイン様は、大丈夫なんですか！」

「ああ、大丈夫だ！　ディアーナは？」

「こんな時までお嬢様優先なんですね！　お嬢様は泣き疲れてお眠りになっていますが、アウロラ様のおかげで怪我や傷などは何もありません」

「僕が何のために生きてると思っているのさ。ディアーナが無事なら良かったよ！」

ディアーナの無事を確認したカインは、にこっと嬉しそうに笑った。それがイルヴァレーノの琴線にふれたようで、ブチッと何かが切れる音がした。

「良かったよじゃない！　どうするんだよ、その角！　その髪！　その目！　人の事ばっかり心配してないで、自分の事も心配しろよ！」

叫んで、イルヴァレーノは一歩足を踏み出した。途端に、カインが胸を押さえて跪く。

「ダメだイルヴァレーノ、近づくな！　僕は今、動物や人間に近づくと襲いかかりたくなる病に掛かっているんだよ！」

「はぁ!?」

カインの叫びに、イルヴァレーノは虚を突かれ、しぶしぶ三歩ほど後ろへ下がった。

「そういうわけだから、他の人にも『今のカインに近づくな』って言っておいて」

「またそういう無茶振りを……」

いつも通りの感じで伝言を頼んでくるカインに、イルヴァレーノは指先で眉間を揉む。頭痛がしそうだった。

「ついでと言っちゃなんだけどさ、ギリギリの境界線を計りたいから協力して〜」

「境界線ですか？」

そう言ってカインは、イルヴァレーノにゆっくりと近づかせたり、バックさせたりしながら『カインが理性を保てるギリギリの距離』を図った。

「じゃあ、そこに目印になるようなもの置いておいて」

「石を並べておきます」

距離を測ったときに木の枝で印を付けて、地面の印に沿って明るい色の石を置いていく。森なのであまり石は落ちていないのだが、それでも境界線がわかる程度に目印を置くことが出来た。

それからしばらくの間、夕方になると目印の場所までイルヴァレーノがやってきて、飲み物と食べ物を置いていった。そうして、ディアーナの様子や両親の様子などを聞き、カインも黒いドレスの女から聞き出した情報などをイルヴァレーノに託した。

時々、睡魔に負けて眠ってしまい、朝起きると手と足が魔獣の体液や森の動物の返り血で汚れている事もあった。

カインは眠気に負けないように会話し続けようとした結果、聞きたくもない魔女と魔族のあの方との馴れ初めや、二人で行った楽しいこと（という名の悪逆な行為）についてのろけたっぷりに聞かされる羽目になった。

体の中に魂が二つ入っているせいか、気力の減りが早くてカインは疲れやすくなっていた。それでもうとうとしがちな脳みそをフル回転して、なんとかこの状況を打開する方法が無いか思考し続けていた。

大人と子どもの対立

公爵家の嫡男が行方不明となった状態で、平穏無事な日々が送れるはずもない。

なんとかごまかそうとしたイルヴァレーノとディアーナだったが、どこからか情報が漏れて大人達の知ることとなってしまった。

一体だれが大人に漏らしたんだ⁉　と魔王討伐メンバーはお互いに疑いの目を向け合っていたのだが、真犯人はエルグランダーク家の御者であるバッティだった。

「申し訳ないね、俺のお頭はウェインズの兄貴で、雇い主は旦那様だからよぉ」

いつも仲良く和気藹々と遊んでいた子ども達が、疑心暗鬼でお互いを疑い合う姿をみて、ディアーナの御者であるバッティが告白した。カインを連れて馬車で魔の森の入り口まで来ていたバッティは、そのままカインの後を付けていたのだ。

ディアーナは私室に謹慎を言い渡され、部屋へはサッシャとイルヴァレーノだけが出入りを許可されていた。他の子ども達も、それぞれの家で謹慎処分になっているらしいが、ジャンルーカだけは他国の王族なので通常通りの寮生活を許されていた。

カインが戻らなくなってから三日目。

ディスマイヤと国王陛下、近衛騎士団長と副騎士団長、魔導士団長とティルノーアがエルグランダーク邸の応接室に集まった。対策について話し合うためである。王宮の会議室では、どこから話が漏れてしまうかわからないため、エルグランダーク邸が会場として選ばれたのだ。

「そちらで囲っている、カインの侍従が毎日様子見にいっているそうだな」

「はい。食事と着替えを届けに行かせています」

王が聞き、ディスマイヤが答える。

「大人しく、カインの意識が魔族の意識を押さえ込めているうちに始末してしまえばどうだ」

厳しい表情のまま、騎士団長がディスマイヤに向かって言い放つ。常に国王陛下の側に侍り、国王陛下の身を守り続けてきた近衛騎士団長である。国王が速やかに安全を確保できる方法を提案するのは彼の仕事である。

「あぁ〜あ〜。こぉれだから棒振りはノータリンって言われるんだよねぇ」

大げさに肩を竦めてお手上げだと言わんばかりに手を上げ下げして、ティルノーアが騎士団長を馬鹿にした。騎士団長のこめかみがピクリと動いたが、表情はそのままで黙って立っている。

「一直線に最終手段を取ろうとするなんてさぁ。手抜きしすぎなんじゃなぁい？」

「黙れ」

「王様ぁ。王様ぁ。って、王様大好きなくせに、王様のことぜぇんぜん考えてなぁい」

「何を言うか。陛下の安全をいち早く確保できる方法を提案したまでだ」

「だぁからぁ〜。その王様の可愛い可愛い息子さんであらせられる、王太子殿下はカイン様と大の仲良しなんだよねぇ。知ってたぁ？　近衛騎士団の練習サボってたから知らなかったかなぁ？」

「このっ」

「他のアイデアも試さないでカイン様殺しちゃった〜なんて言ったら、王太子殿下泣いちゃうかもヨ？」

「黙れ！」

のらりくらり、馬鹿にするようなロ調でしゃべるティルノーアに、ついに騎士団長が声を荒げた。

しかし、ティルノーアは気にしたそぶりも見せずにソファーに身を沈める。

「ティル。礼儀正しくしなさいと言ったでしょう。ちゃんとしないなら、詰め所に帰しますよ」

ティルノーアの隣に座っていた魔導師団長は、長いひげをしごきながらのんびりとティルノーアを注意した。ティルノーアは、従順に従うふりをして、ファビアンにだけ見える角度でベロを出した。

「魔導士団の。そなたには何か案があるというのか」

国王陛下がティルノーアへと視線を向けて話し掛けた。ここまで騎士団長を煽ったのだから、代案がないとは言わせないという目でティルノーアを見つめてくる。

「色々な方法を考えて来たんですけどねぇ。転移魔法を使うのはどうかと思いますねぇ」

「転移魔法？」

「はい。ボクも使えますけど、おっかない魔法なんでめったに使いません」

国王陛下は、続きを話せとティルノーアに向かって手を振った。ティルノーアは、まずは転移魔法の仕組みを解説した。

「転移魔法って言うのは、土魔法で新しい自分の体をつくりだし、風魔法で自分の魂を移動させ、魂の抜けた古い体を崩す事で完成する魔法です。でも、あまり遠くへは転移出来ないので使い勝手の悪い魔法なんです」

「どこにでも移動可能なのであれば、とても便利な魔法なのではないか？　何故普及してないんだ」

ファビアンが至極当然の質問をしてきた。ティルノーアは待ってましたとばかりにニヤリと笑った。

「例えばですけど、今隣の部屋に転移するとします。でもボクはこのお屋敷の中を知らないので家具の配置なんかはわかりませんよね。それでとりあえず隣の部屋の真ん中に『転移！』なんてしちゃうと、ボクとテーブルの合体生物ができあがっちゃってる可能性があるんですよ」

ティルノーアの言葉を想像したのか、魔導士団長以外のメンバーが皆顔色を白くした。

「距離が開きすぎると、魂の移動距離が長くなりすぎて魂の摩耗が起こるとも言われています。こちらは、仮定で実践した記録がないのでなんとも言えませんが、実験する場合は自分の命が掛け金になりますんでね、なんとも研究がすすまない訳ですヨ」

魂がすり減る、という恐怖を上乗せすることで騎士団長までが無表情で身震いしたのを横目にみて、ティルノーアは鼻で笑った。

「まぁ、自分の見える範囲で、邪魔な物が無いのを確認した上でやる分には何にも問題ありません。

ボクもカイン様も何度もやってますんで、それについては実績あるんで安心してくださいヨ」

そう言ってニヤニヤと笑った。

「そういう事ですんで、カイン様が転移魔法を使って自分の魂だけを新しい体に引っ越しさせて、元の体を魔王の魂ごと崩しちゃえば良いんじゃないかなって作戦です」

ボクの提案は以上です。とティルノーア締めた。

「そんなことが本当に出来るのか？」

「魂がすでに癒着を始めていた場合、魔王の魂も一緒に移動してしまい意味が無いのではないか？」

「魂の入った体が二つできあがり、カインは助かるが魔王もそのまま存在し続けるのではないか」

そんな意見が魔導士団長や騎士団長、ディスマイヤから出され、その場合の対応作などについても意見交換がなされたが、全て憶測に過ぎないためやるかやらないかの判断は出来なかった。

「今のところは、カインも元気で魔王の魂を押さえ込めているようだからな」

ということで、結論は翌日に持ち越しとなった。万が一体の主導権が取られてしまった場合に、王都内に居れば大変なことになる。ということで、カインの帰宅は許されなかった。

「という感じでした。いやぁ。ウェインズの兄貴に見つからないかとヒヤヒヤでしたよ」

ディアーナの私室、バッティが席に着いてお茶を優雅に飲んでいた。大人達の会議を盗み聞きしてきてほしい、というディアーナのお願いを聞いた見返りである。テーブルには甘いお菓子がたんまりとのっかっている。

「お兄様には、早く暖かいベッドで寝ていただきたいわ……」

しょんぼりとうつむき、力なくつぶやいたディアーナ。痛ましい目でそれを見守っているサッシャである。

「そうだ！　お兄様をコッソリ連れ帰れないかな？　バッティ！」

「勘弁してください。それはさすがに無理ですわ」

断られて、またしょんぼりと肩を落とすディアーナ。

ディアーナは、自分が魔王退治に行こう！　と言ったせいでカインが魔王に体を乗っ取られたのだと自責の念に押しつぶされそうになっていた。

「ティルノーア先生は転移魔法を使えばお兄様と魔王様を分離出来るかもしれないって言っていたのよね？」

「そうッスね。なんか、色々難癖付けて却下されてるみたいでしたけど」

「反対されてるの……」

バッティの言葉に、またうーんとうなりながら考え込むディアーナ。

「私は、ティルノーア先生の提案は良いと思う。本当に出来そうかどうか、危なくないかをもっと掘り下げてちゃんと考えなくちゃだめだけど、ダメっぽい理由があったらそれに対処できる別の方法も用意すればいいんだし」

「その通りだよぉ。ディアーナお嬢様ぁ」

ノックも無しに、小さく開けたドアからするりとティルノーアが入り込んできた。

「やぁやぁ、そちらの真っ黒なキミは初めましてかなぁ？　さっき天井に居たよねぇ？」

「ティルノーア先生！」

ディアーナは立ち上がってティルノーアに駆け寄った。

「お久しぶりですねぇ、ボクのことちゃんと覚えていてくれて嬉しいですヨ」

「ティルノーア先生！　お兄様を助ける方法を一緒に考えて！」

ティルノーアの魔法使いのローブにしがみつき、ディアーナが一生懸命な顔でティルノーアを見上げてくる。

「エクセレント！　ボクに『助けて！』って言うんじゃなくて『一緒に考えて』って言うのは素晴らしいねぇ！　さっすがディアーナお嬢様。美少女魔法剣士はそうでなくっちゃね！」

すがりつくディアーナの肩を優しく叩き、ティルノーアはウィンクを一つして見せた。


翌日の放課後、学校で魔王討伐部隊のメンバーが使用人控え室に集まっていた。ディアーナが招集を掛けたのである。

「よくこんな短期間に謹慎が解けたな」

「一週間は出さないからなって父上にゲンコツ落とされたのに」

アルンディラーノとクリスが納得いかない顔でディアーナの顔をのぞき込んだ。

「お兄様の状態を隠したいのなら、私たちが謹慎されているのはおかしいって言っただけよ」

カインが魔族に乗っ取られそうな危機であり、見た目も魔族になってしまっている、というのを隠すのであれば、ディアーナ達の謹慎理由も正直に言うわけには行かなくなる。普段からよくつるんでいるメンバーが一気に謹慎扱いになっているとなれば、誰に何を勘ぐられるかわかったものではないのだ。

「なるほどね。ディアーナ嬢は賢いですね」

「へへ。それで、今日は皆に相談があります」

ジャンルーカに褒められ、一瞬顔が緩んだディアーナだが、キリッと顔を引き締めて皆を見渡した。

「お父様や国王陛下、騎士団長達はお兄様を生かすか殺すかで迷っているみたいなの」

「そんな！」

ディアーナの言葉に、アルンディラーノとクリスが驚いて立ち上がった。アウロラはうつむいて、組んだ指を唇に当てて考え込んでいる。

「一旦は保留になったみたいなのだけど、助かるかもしれない方法だと不確定要素が多すぎて認めにくいって話になって、お兄様がお兄様でいられるうちに……。しょ、処分するって意見が優勢になってきてるみたいなの」

ディアーナの言葉に、みなが沈痛な面持ちで黙り込んでしまう。

その時、コンコンとドアがノックされ、イルヴァレーノが入ってきた。その後ろに、魔法使いのローブを着た大人が一人付いてきている。

「やぁ〜やぁ〜。こんにちはとはじめましてだねぇ。ボクはティルノーア。魔導士団で結構偉い人だよぉ」

両手をひらひら振りながら部屋の中程まで入ってくると、一人分の隙間が空いていたラトゥールの隣にどかりと座った。

「カイン様は、ボクにとっても大事な大事な愛弟子なんだよネェ。ぜぇったいに助けたい」

ひらひらと手を振って、立ち上がっていたアルンディラーノとクリスに座るようにジェスチャーで指示した。魔導士団員という王宮勤めが王太子殿下に対してする態度ではないが、あまりにも堂々としていたので思わずアルンディラーノもストンとソファーに座ってしまった。

「だから、カイン様には転移魔法を使っていただく」

そう宣言したティルノーアは、転移魔法でカインを救える理屈と、予想されるメリットデメリットを皆に説明した。

「というわけで、なるべくデメリットを潰していきたいんだよネェ。アイデア募集中だヨ」

そう言ってティルノーアはバサリと長い髪をソファーの背もたれの向こうへと投げると、背もたれに体を預けて足を組んだ。王族の前でする態度ではなかった。

恐る恐る手を上げて、質問をしたラトゥールを皮切りに皆が意見を出し合った。鋭い意見もあれば、他愛も無い意見もあり、それでも皆真剣に何をすれば危険をなるべく排除してカインを助けられるかを検討した。

みんな、カインが大好きだったので、どうしても助けたかったのだ。

放課後の魔法勉強会の会場となっている魔法学園の使用人控え室。

カイン救出作戦の作戦会議は白熱していたが、時々アイディアが行き詰まり皆の口が止まる瞬間があった。熱気を帯びた議論をしていた最中に、一瞬シーンと無音になる瞬間はその場にいる者みんなが気まずい表情になった。

「そもそも、何故魔の森に行こうなんて思ったの」

議論が途切れた隙に、ティルノーアが何気なく放った言葉に、ディアーナとクリスがびくりと肩を揺らした。

「……」

「……」

気まずそうな顔をするアルンディラーノとジャンルーカとアウロラ、無表情のラトゥール。それらとは明らかに違うとわかる程に、ディアーナとクリスはしょんぼりと落ち込んでうつむいてしまっていた。その様子から、ティルノーアは主犯が誰で、巻き込まれたのが誰なのかを把握した。

「別にぃ、怒ろうって思って聞いたわけじゃないからねェ？　もう、他の大人に怒られてるんでショ？」

ティルノーアはしれっとした顔で、慰めるでもなく怒るでもなく、いつもの調子で言葉を続けた。

「単純に、何でだろうって。森を探検したいだけなら学園内にも魔法の森があるでショ？　あそこだって奥の方まで行けば小型の魔獣は出てくるし」

わざわざ、郊外の魔の森まで行った理由が知りたかっただけだとティルノーアは説明した。

「……。魔王をやっつけたくて」

「なんでまた、魔王をやっつけようとか思ったんです？　女性騎士じゃなくて英雄になる事にしたんですか？」

ティルノーアは、ディアーナが女性騎士になりたがっていることを知っている。時々、冒険者だったり探偵だったり、読んだ本に影響されて夢が変わっている時期はあったりはしたものの、女性騎士になりたいという夢はずっと変わらずに持っていたのを知っている。

「……」

ディアーナが答えないのを見て、ティルノーアは視線をクリスに向けた。

「君は？　ファービーの下の息子君だよネ。君も何で魔王倒そうと思ったの」

「……。俺は……」

つぶやいて、クリスがちらりとアルンディラーノを見た。

「俺は、アル様の護衛騎士になりたかったんだ」

「僕の？」

突然、話の矛先が自分に向いて驚いたアルンディラーノが、自分の顔を指差して目を丸くする。

「なるだろう？　クリスの実力なら、卒業する頃には入団試験は余裕だろうし、正騎士に任命されれて王宮騎士になって近衛に抜擢されれば、僕の幼なじみであることが考慮されるはずだから、僕の護衛騎士になるはずだ」

「それは！　何年後の話ですか！」

アルンディラーノが、当然のようにクリスは自分の護衛騎士になるのだと説明するが、クリスはそれが気に食わなかったらしい。大きな声を出した。

「卒業するまであと五年半、一般的な騎士見習い期間は三年～五年。正騎士に任命されて王宮騎士団に入れても近衛に任命されるまでにまた何年もかかってしまう」

クリスは拳をぎゅっと握りしめ、自分自身を落ち着かせるために大きく息を吸い込んだ。

「兄上はもう来年から騎士見習いです。騎士学校卒業だと見習い期間も短くなります。夏休みの時、近衛騎士達からも沢山ほめられていたし……。なにより、アル様が護衛騎士は兄上が良いって言っていたし」

「え、僕そんなこと言った？」

「言った！　ネルグランディ領でジャンルーカ殿下の送別会した時に！　そうじゃなくても、いつも兄上と比べて、俺は友人枠だからって言って護衛させないし。俺のこと、頼りないって思ってるんだろ？　だから、だから、だから……」

だから、魔王討伐という功績を得て一足飛びに護衛騎士に任命されようと思った。

クリスは口に出さなかったが、その場にいる皆が「だから」の後に続く言葉を容易に想像することができた。

「クリス！」

アルンディラーノが、クリスの名を大声で叫んだ。

「まず、僕とクリスは友だちだ。それは、絶対だ」

「……ああ」

真面目な顔で、アルンディラーノはクリスの顔をまっすぐに見ている。

「クリス、ここに座れ」

そう言って、アルンディラーノは自分の隣を指差した。三人掛けのソファーの真ん中に座っていたアルンディラーノの右側。左側にはジャンルーカが座っている。

別のソファーに座っていたクリスは、静かに立ち上がるとテーブルを迂回してアルンディラーノの右隣に浅く座った。

「ここが、友人の位置だ」

そう言って、ポンポンとクリスの太ももを軽く叩く。

アルンディラーノは振り向くと、ソファーの後ろ、三歩下がったあたりに立っているイルヴァレーノを指差した。

「そして、あそこが護衛の位置だ」

カイン不在の今、イルヴァレーノはディアーナの使用人として学園に付いてきている。カイン救出作戦に参加はするが、使用人という立場なのでソファーには座らずに使用人の立ち位置に立っていた。もし、学園にアルンディラーノの護衛騎士が付いてきていれば、まさにその位置に立っていただろう。

「護衛するには最適な場所だけど、あの位置じゃ内緒話もできないし生意気な事を言ったときに小突いたりも出来ないじゃないか」

「アル様……」

「僕は、クリスが僕の護衛騎士になるって信じてるんだよ」

イルヴァレーノから視線を戻し、クリスの顔をのぞき込む。アルンディラーノの顔は穏やかだ。

「信じてるからこそ、今はまだ……学園生のうちは、ここに……隣に座っていてほしいって思ってるんだよ。夏休みに、僕が何をクリスに言ったのか覚えていないけど、きっとそういう意味で言ったはずだよ」

「アル様」

アルンディラーノは、太ももに置いていた手をあげて、今度はクリスの肩を強く叩いた。

「陛下だってまだまだお元気だし、僕が王様になるのはまだずっと先だ。僕は王太子として勉強することが沢山あるんだよ。護衛騎士を引き連れて外遊なんて卒業後だってまだまだ先だよ。慌てなくって良いんだ。僕は、クリスと友だちでいたいんだよ」

「アル様……」

夏休みのネルグランディ城で、アルンディラーノの言葉に期待されていないと思ったクリス。

「急がなくて良いよ」と言う言葉は、どうでも良いよという意味じゃなかったと言うことが、アルンディラーノの口から語られた。

「隣に、います。学園生のうちはずっと隣にいます」

「ああ、出来れば来年は一組に上がってきてくれよ」

「がんばりますっ」

「大人になったとしても、プライベート時間はまた隣に座ってくれ」

「座ります……アル様が王妃殿下をお迎えするまでは、お隣に座らせてくださいっ」

クリスの顔は、涙でべちょべちょになっていた。

「僕が結婚するより早く護衛騎士にならないと、卒業後は隣に座れないぞ」

「がんばりますっ」

アルンディラーノは、笑ってクリスの頭をぐしゃぐしゃと撫でた。クリスが自分の護衛騎士になる未来を全く疑っていなかったアルンディラーノは、クリスが護衛騎士になるのは大前提として「ゆっくりでいい」と言っただけだった。


クリスのしゃくり上げる声が落ち着いた頃、ティルノーアが「パンッ」と小さく空気をはじかせた。

「ファービーの二番目の息子君。ボクからも一個面白い話をしてあげようねぇ」

音を立てて皆の注目を集めておいて、そう語り出した。

「ボクとファービー。君のお父さんは、この学園の卒業生なんだよ。知ってた？」

「父上が、魔法学園の卒業生？」

クリスの父親は、クリスが物心ついたときにはすでに近衛騎士団副団長だった。身分と年齢を考えれば騎士学校卒業した上で早い出世をしなければ到達できない位置である。

「てっきり、騎士学校を卒業したんだとばかり思っていました」

「デショー。でも、ボクと同級生だったんだよネ」

にやにやと笑いながら、ティルノーアは腕を組んでソファーの背もたれに体を預けてずるりと深く座り込んだ。とてもだらしない座り方である。

「三年生ぐらいまではね、ふっつーの学生だったヨ。ボクは超優秀だったんで、テスト前にいっつも泣きついてきててさぁ。魔法剣だけはピカイチなのに、普通の魔法がてんで下手くそ！」

思い出したのか、ティルノーアは話しながらハハハと声を上げて笑い出した。クリスは、自分も普通の魔法がちょっと苦手で、魔法剣は特別講師に来ている王宮騎士に褒められる事を思い出し、父との共通点があることに嬉しくなった。

「だけどねぇ。四年生になったとき、新しく入学してきた女の子に一目惚れしちゃったんだよね。ファービーが」

「一目惚れ……それが、母さんだったりする？」

「残念だけど、今の奥方とは別の方だ。侯爵家のご令嬢だったんで、親が一代貴族の騎士爵をもってるだけのファービーには高嶺の花だったんだよねぇ」

ティルノーアが、ソファーの背もたれに頭を乗せて、天井を見上げた。懐かしい何かを思い出しているようで、穏やかに小さく笑っている。

「だけど、正騎士とかになればワンチャンあるかもよ！　って事で頑張り始めたのね、ファービー。高位貴族なんかは、騎士団は持てないけど身の回りを護衛する私兵として少人数の騎士を雇うことは出来るからね」

ティルノーアの話に、ジャンルーカもうんうんと頷いていた。サイリユウムでも騎士の就職先としてそういう道があったので、一目惚れした令嬢の護衛騎士に、という考えに理解を示したようだ。

「だけど、卒業間近って頃になって事態が一変しちゃう。その一目惚れしたご令嬢がね、王太子殿下……今の国王陛下に見初められちゃったんだよねェ」

「母上⁉」

アルンディラーノが変なところから声を出した。

「こうなると、話は別になっちゃうよねぇ？　貴族家の身辺警護の騎士には正騎士に任命されていればなれるけど、王族の護衛ってなれば話は別だよね。近衛騎士団に入って、さらに護衛に抜擢されなきゃならないんだから、茨の道だよ」

普通に騎士になる為の努力では、足りない。

「そっから先はすんごーい。鬼気迫るっていうのはああいうのを言うんだって思ったねぇ。同級生の中では伝説だよぉ」

ケラケラと笑いながら、ティルノーアが身振り手振りでファビアンの奮闘ぶりを説明した。

「卒業後、見習い期間を一年で終わらせたんだ。サボり癖のある見習い仲間の穴を積極的に埋めて街の巡回に出かけたり、みんなが通りを流すだけの巡回をしているのにファービーは路地裏までのぞき込んで回ったり。とにかく手柄を上げ続けて、あっというまに見習いを卒業しちゃった。所属騎士団を決める組み手でも、わざわざ近衛騎士を指名して……あれは指名じゃなくて挑発だったけどねぇ。挑発して、ボロボロになりながら勝ちをもぎ取ったんだよぉ。顔の形かわっちゃってて、爆笑しちゃったよね！」

　そう言いながら、思いだし爆笑を始めたティルノーア。

「さて、クリスティ君」

「クリスです」

「君のお父上は、今何をしているかい？」

「……近衛騎士団の副団長で……王妃殿下とアル様の護衛騎士」

「その通り！　しかも、君が生まれたときにはすでにそうだったでしょ！」

　ティルノーアは、パチンと指を鳴らしてクリスを指差した。

「棒を振るしか能の無い騎士団連中の中で、ボクが騎士と認めるのは彼だけさ！」

　学園卒業後のスタートでは間に合わない。二年早く生まれて、三年早く卒業する兄にどうしたって追いつけない。そう諦めて、魔王を倒すという近道をしようとしていたクリス。

　あきらめず、まっすぐに正規の道を最短距離で走り抜けたお手本が身近に居たことを教えてもらったことで、目の前の景色が明るくなった気がした。

「四年生になってからちょっと本気を出して、卒業間際からすごい本気を出してアレなんだヨ？　君は一年生の後半から本気が出せるんだから、さらに上をいけると思わないかい？」

　そういって、ティルノーアはパチンとウィンクしてみせた。

「だから、魔王退治は独り占めしないで、皆でがんばろーネ！」

　面白いってのは、重要だよ。とティルノーアはまた笑った。

「えーと、それではここまでの意見をまとめますね」

アウロラはそう言ってメモを持ち上げた。しゃべりすぎたのか、皆がお茶のおかわりをサッシャにお願いしている。

「まずは、カイン様を助けるためには転移魔法をカイン様に使ってもらう」

「新しい体を作って魂を移動する魔法だから、……今回の魂の分離には最適だと……思う」

アウロラの読み上げた項目に、ラトゥールが補足する。

「次に、カイン様の魂と一緒に魔族の魂がくっついてこないように、魔族の魂を疲れさせる」

「その為に、魔族が表に出ている状態で戦闘を仕掛ける。なるべく魔法を使わせる」

「カイン様が転移魔法を使う魔力まで無くならないように気をつける」

次の項目に対しては、クリスとアルンディラーノが注意事項を再確認の為に口にする。

「最後に、転移元の体に魔族の魂が残ったまま体が消滅しなかった場合は……」

「皆で攻撃してボッコボコにする！」

ディアーナが拳を握りしめ、アウロラの言葉を引き継いだ。

「ちょっと姿は変わっているけど、カイン様の顔してるんだけど大丈夫？」

「そうしたら、闇魔法で顔のあたりを隠しちゃうよ！」

「そ、そうね」

方針がきまれば、ゴールが見えてくる。もう進むだけ、となればディアーナは元気を取り戻す。

今度は最初からラトゥールも参戦するし、ティルノーアも付いてきてくれることになっている。

大人達がカインの処分を決定するより早く、カインを助け出さなくてはならない。

ディアーナがバッティを間諜（スパイ）に使って大人達の会議の進捗を確認しつつ、皆で必要な準備をしていく。魔王版カインを疲れさせるための攻撃の連携方法や交代の順番、タイミングなどを練習して、本番に備えた。

その夜。イルヴァレーノはいつものようにカインの食事を持って森に行き、転移魔法で魂の分離を試してみてほしいこと、その為にディアーナ達がやろうとしていることをコッソリと伝えた。

「わかった。皆にありがとうって伝えておいて」

と笑ったカインは、少し痩せていた。

カイン救出作戦

再び、ディアーナ達は森の中へとやってきた。

カインの居る洞窟の場所はイルヴァレーノしか知らないので、先頭はイルヴァレーノである。

「いやぁ、なんで俺まで」

「共犯共犯」

「一蓮托生（いちれんたくしょう）」

イルヴァレーノのすぐ後ろには、ディアーナの馬車の御者をしているバッティが歩いていた。魔の森の入り口までは、ディアーナの馬車に皆で乗って来たのだ。屋根裏の散歩者で、そこそこに強いということを知っているディアーナは、持久戦の一角として仲間に連れ込んだのだ。

大人達に秘密で行動する必要があるため、アルンディラーノはカインに教わった秘密の通路で城から脱出し、街中でディアーナの馬車に拾ってもらってやってきている。他メンバーも、それぞれ目立たない場所まで出てきてディアーナの馬車に乗り込んでやってきた。

「カイン様ー！」

洞窟の近くまで来て、境界線の目印の前で立ち止まるとイルヴァレーノは大きな声でカインを呼んだ。

「あらぁ。いつかのお子様達じゃないの」

先に出てきたのは、黒いドレスの女だった。

「私たち、カインお兄様を呼んだんですのよ！」

「あなたはお呼びじゃありませんから、引っ込んでいてくださいませんか」

ディアーナとジャンルーカが黒いドレスの女を邪険にして追い払おうとした。ディアーナはシッシと手を振って追いやる振りまでしている。

「……大人を怒らせるんじゃないわよ？」

ドスの利いた低い声でそう言うと、黒いドレスの女は羽扇子をパチンと閉じた、地面がむき出しの場所なので足音はしないのだが、石畳の上なら甲高くコツコツと音がなるであろうビシッとした歩き方で、ディアーナとジャンルーカの方へ向かって歩いてくる。

「守りの風！」

アルンディラーノが黒いドレスの女に向かって魔法を放つ。いつか、自分とカインとイルヴァレーノを守るために使った魔法で、カインがすごく褒めてくれた魔法だった。

うっすらと緑がかった薄いベールのような風が黒いドレスの女を半球状に包み込む。

「防御魔法？　私を防御してどうしようって……」

自分を包む魔法を眺め、馬鹿にするように鼻で笑った女。風の結界魔法は、中からは外に出られるが、外からは中に入れないという魔法である。攻撃を防ぎつつ、必要があれば中から攻撃する事ができる魔法だ。

中からは外に出られる魔法。そう認識しているからこそ黒いドレスの女は余裕を見せているのだ。

「反転！」

魔法を掛けるために伸ばしていた手を、叫ぶと同時にぎゅっと握った。アルンディラーノの宣言に応えるように、黒いドレスの女を包んでいた緑の膜がくるりと反転した。

「！」

「これで、そなたはそこから出られぬ！　指をくわえて見てるが良い！」

アルンディラーノが、威厳を持って宣言した。魔法が反転したことで、外からは入れるが中からは出られない魔法に変わったのだ。

「よし、コレで邪魔は入らない。魔法維持のために僕は少し下がるから、クリス、ジャンルーカ頼んだ！」

「頼まれた！」

アルンディラーノとクリスがハイタッチして立ち位置を交代する。

クリスとジャンルーカが剣を構えて前へ出る。魔法で補助、援護をしつついざとなったら剣も振るうディアーナとイルヴァレーノとバッティはその後ろ。魔法援護のティルノーアとラトゥール、回復要因のアウロラは後方へと陣取った。

「カイン様！　作戦開始です！」

イルヴァレーノが声を掛けると、洞窟の奥からカインがゆっくりと出てきた。洞窟の入り口ギリギリに立つ。あの場所から皆が立つ境界線の手前までが、カインが理性をたもてるギリギリの距離だ。

「良いか皆！　ダメそうだってなったら構わず逃げるんだよ！」

「わかってる！」

「もうちょっとかも！　でも自分もギリギリかも！　って時も逃げるんだ！」

「わかってるってば！」

「今日がだめでも、出直してやり直せばいいんだからね！」

「分かってますわお兄様！」

カインは、自分が助かることより皆が怪我をしないことばかり願っている。カインは今日がだめでも出直せば良いと言ったが、そんな時間は無かった。

明日には、魔導士団と近衛騎士団が秘密裏にこの場所へとやってきて、カインを魔封じの施してある檻に入れて移送する事になっている。大人達は、すぐには殺さないが飼い殺しにするという事に決めたのだ。

でもそれをここで言って、カインを不安にさせる訳にはいかない。最後の最後、疲れ切った体からの脱出時には気力が必要なのだから。

「さぁ、お兄様！　こちらへいらっしゃって！」

ディアーナが手を広げてカインを呼ぶ。胸に飛び込んでおいで、とでも言うように。

ふらふらと、カインが洞窟からゆっくりと出てきた。一歩外に出る度に、手で胸を押さえて苦しそうに背を丸め、さらに一歩進むと反対の手で眉間を押さえて目をぎゅっとつぶった。そうして三歩進んだところで、急に姿勢が良くなった。

「我が最愛を、閉じ込めたのは誰か？」

声に温度があれば、真冬の空気よりも寒そうな声だった。声そのものはカインの時と変わらないのに、冷え冷えとした響きはとても低く感じた。

「また、その方らか。命がいらぬと見える」

金色の目を細め、対峙している一同をぐるりと睥睨(へいげい)した。ぐっと力を込めたかと思えば両手が肥大していき、黒い鱗のようなモノで覆われていく。爪がギシギシと伸びていき、鋭く長い刃の様になった。普段のカインを知っていれば、非常に奇妙に感じるバランスの悪い姿だった。

「死ね」

一言、何の温度感もなくつぶやいて、黒カインはダッシュした。風の盾を作っているアルンディラーノめがけて爪を振り上げていたが、回り込んだクリスが剣をすくい上げるように振り上げて爪をはじき飛ばした。

爪をはじかれたことでほんの少し態勢を崩した瞬間を見逃さず、ジャンルーカが懐に飛び込んで剣の柄を力の限りで腹にたたき込んだ。

「うぐぁ」

しっかりと胃にヒットしたようで、黒カインは胃液を吐きながら咳き込んでいる。金色の目がぎょろりと光り、怒りにメラメラと燃えていた。

「地面よ凍れ〜氷結〜」

ティルノーアの気の抜けたような呪文で、黒カインの足下がみるみるうちに凍っていく。踏み出そうとした黒カインは足下がつるつると滑ってまともに前に進めない。

「闇よ。我が手から現れ、あのものの視界を塞ぎなさい。暗転！」

続いてディアーナが闇魔法で黒カインの視界を塞ごうとするが、大きな手で魔法を払われて霧散してしまった。

「あれぇ？」

「おそらく、アレも、闇属性持ち。たぶん。だから、相性悪い」

「おー、よく見抜いたねぇ。偉いぞぉ」

「水よ！　我が指先に集まり、かの者の足下を濡らせ！」

ティルノーアの褒め言葉を無視し、ラトゥールが黒カインの足下に水の塊を落とす。無視したように見えて、ラトゥールのほっぺは真っ赤になっている。

凍った地面にさらに水が落ちたことで、黒カインは足が滑りすぎて一歩も動けなくなってしまった。足を少しでも動かすと転びそうになってしまうのだ。

「はぁああ！」

足止め成功かと思いきや、黒カインは硬く長い爪で地面を思い切り殴った。ピキピキと氷がわれ、粉々になってとけていった。

「クソがぁっ！　殺す！」

再び、爪を振りかぶって飛びかかってきた黒カインに、ジャンルーカとクリスが交互に剣で受け止め、剣の腹で斬りかかる。距離が近くなりすぎると、イルヴァレーノが投げナイフを足下に投げて牽制し、距離を取らせた。

常に二人がかりで黒カインに対峙し、体力を温存するために余裕があるうちに「交代！」のかけ声で攻撃役を交代する。少しでも怪我をしたら「交代」して下がり、アウロラやイルヴァレーノの治療を受ける。

そのルールを徹底して守ることを決め、交代のタイミングや仕方についても徹底的に練習した。

猛練習した甲斐もあり、一時間ほどは連携もうまく行って黒カインと付かず離れずの距離を保ち、殺さない程度に少しずつダメージを与える事ができていた。

黒カインも服はボロボロになり、あちこちには青あざなども浮き出始めている。時々足がふらつくことも出てきたが、まだまだ疲労困憊までは到達出来ていなさそうだった。

「ディアーナ様、ラトゥール様、ボクちょっと休憩。魔力足りなくなってきた……」

そう言ってティルノーアがその場にしゃがみ込んだ。魔導士団の団員で、魔法が上手く魔法で色んな事ができるティルノーアだが、ディアーナやラトゥール程の魔力量は無い。

最前線で戦う子ども達が怪我をしないように、魔法でフォローするディアーナとラトゥールの隙間を埋めるように。ティルノーアは徹底してフォローに回っていたのだが、ついに魔力がそこをつき始めた。

決してティルノーアの魔力量が少ないわけではなく、ディアーナとラトゥールとアウロラが膨大過ぎるのだ。

「ぐあっ！」

「交代！」

クリスが受け方をミスし、爪を腕に受けてしまった。イルヴァレーノがとっさに「交代」を宣言し、前に躍り出た。ナイフを握ってクリスの位置に立ち、代わりに腕を浅めに切りつけた。

「今、回復しますからね」

イルヴァレーノと立ち位置交代したクリスに、アウロラが治癒魔法を掛ける。じわじわと皮膚が塞がり、元から怪我などなかったようにピカピカの肌になった。

「目の前ではじけろ！　スパーク！」

「足下、へこめぇ！」

闇魔法では目隠しが出来ない相手とわかってから、ディアーナは雷魔法を目の前ではじけさせて、まぶしさによる目潰しを試みている。ラトゥールも土魔法で黒カインの足下を陥没させ、バランスを崩させた。

黒カインを攻撃し、黒カインからの攻撃を受け止めている最前列のアタッカーに当たらないように魔法を使うには、補助的な魔法を使わざるを得なかった。

前列の交代タイミングを狙って直接攻撃魔法を打ち込むには、まだ一年生の二人では精度が足りなかった。

「ううっ。お兄様……」

ディアーナの足下がぐらりと揺れた。

魔法は、基本的な攻撃魔法の方が消費魔力も少ないし集中力も少なくて済む。火をぶつける、水をかぶせる、風で切りつける、土を隆起させる。そういった単純な動作をするだけで攻撃になるからだ。

しかし、雷魔法は風属性と土属性の複合魔法なので使う魔力も多いし、敵の目元を狙うといった目標指定を入れるには集中力も必要となる。攻撃の補助として使う魔法は、消耗が激しいのだ。

「くそっ」

「ぐぅっ」

ジャンルーカとイルヴァレーノが爪を真正面で受け止め、その重さに二人とも膝を突いた。

「交代の隙を作るよ！　闇よ！　指先よりいでて、あの者の視界を奪え！」

ジャンルーカとイルヴァレーノのピンチに、ディアーナが闇魔法の目隠しを試みた。相手も闇属性なので効かないことはわかっているのだが、それは闇に覆われても見えるということではなく、闇属性の腕で振り払える、という事なのだ。

「チッ邪魔くさい！」

黒カインは舌打ちをしながら腕を振り回し、顔にまとわりつく闇を霧散させた。

「交代！」

ジャンルーカとイルヴァレーノを押さえつけていた爪がなくなったことによって、二人は後ろへと飛びすさった。

代わりに後ろでは。ディアーナが膝を突いてしまっている。魔力切れが近いのだ。

「立って。まだ、座れないのよ。立て！」

ディアーナが泣きそうになりながら自分のももを叩く。

「まずいね……思った以上に体力と魔力がある。……カイン様は化け物だなぁ」

中盤の位置から戦闘の様子をみつつ、ティルノーアも焦り始めてきた。

想定よりも戦闘時間が長くなってしまっているのだ。前線を維持しているクリスとジャンルーカとイルヴァレーノとバッティの、交代間隔もだんだん短くなってきている。

「交代！」

膝を突いた状態から転がるように後ろに下がったジャンルーカに変わり、バッティが前へと躍り出た。

「俺は本来、ミドルレンジの投げナイフが得意なタイプなんですがねぇ」

「俺もだよ」

バッティが前衛に交代した勢いで黒カインに体当たりをかましてノックバックさせる。距離が開いたことでイルヴァレーノも立ち上がり、ナイフ二本を逆手に持って構えた。

「残業代でますかねぇ」

「出るわけない。ウェインズさんに内緒で来てるんだから……なっ」

硬く尖ったかぎ爪状に変形した足で、黒カインがイルヴァレーノに蹴りを入れてくるのをしゃがんで交わし、イルヴァレーノが振り上げるようにナイフで切りつける。鱗にはじかれて大したダメージが入らない。

「終わったらカイン様にお小遣いねだることにします」

そう言いながら、バッティが地面ギリギリの回転蹴りを繰り出し、カインの足を引っかけようとするが、黒カインはふらつくだけで転ばなかった。

「蹴ったこっちがいてぇとか」

バッティは軽口を言いつつも、だいぶ息が上がってきている。普段は御者として作業し、いざというときには屋根裏に潜伏して隠密行動をするのが主なバッティはこんなに派手な戦闘をするのには慣れていないのだ。

全員、疲れがにじみ出てきていて、交代しても体力を回復しきれていない。人数はこちらの方が圧倒的なのに、じりじりと削られているのはこちらという思いが拭えなかった。

魔力の消費をさせたいのだが、相手は牽制のために数回使っただけである。ずっと前衛として戦い続けているジャンルーカとクリスの体力も大分怪しくなってきた。普段から鍛えている二人なので、少しだけでも休憩出来れば復活できるのだが、それでも長引いてくれば疲れは蓄積していくのだ。

「交代！」

「うあああぁ！」

バッティとジャンルーカ、イルヴァレーノとクリスが入れ替わる。少し休憩出来たとはいえ、ジャンルーカとクリスもその表情には疲労が浮き出てきている。

「……撤退も視野かなぁ」

いつもニコニコニヤニヤしているティルノーアには珍しい、悔しさのにじむ表情でつぶやいた。

「魔法使いの先生！　あとどんくらいっすか！」

バッティがたまらずに大声で聞くが、ティルノーアは苦い顔で答えない。目を細め、カインの魔力の流れを見ようとして、目をパチパチとさせて凝視した。

「……あと、半分ぐらいかな」

ティルノーアの言葉に、クリスとジャンルーカが絶望的な顔をする。絶望は疲労にもつながる。

「さすが私のお兄様ですわ！　でも、こんな時ぐらい空気を読んで弱ってくださってても良いのに！」

ディアーナが声を張り上げた。

そのディアーナも魔法の使いすぎで息切れしはじめているし、足はガクガクと震えている。気力だけで立っているようなものだった。それでも、カインを諦めることはできなかった。

「お兄様なら、いつだって、私の事をほめてくださるから！」

だから、自分もそうするのだ。ディアーナの表情はそう語っていた。

しかし、ディアーナの明らかな空元気に周りは逆に痛々しい気持ちになってしまう。

その時。

ふっと太陽が遮られ、皆の顔に影が落ちた。魔族や魔獣は暗いところでは力が増す。その為に晴天の昼である今日を決行日として決めたのだ。ここに来て曇ったり雨が降り出したりしては作戦続行に支障がでてしまう。

アウロラとティルノーアは慌てて空を見上げた。

「えぇ？」

そこには、信じられないものがとんでいた。

太陽を遮る巨大なものが、魔の森の空を横切っていた。信じられないものを見る目で、ティルノーアとアウロラが空を見上げている。それ以外のメンバーは、よそ見をしている暇が無かった。雲がかかったのかな、ぐらいの気持ちで戦っていた。

空を横切る大きな影から、小さな影が飛び出した。

目の離せないティルノーアとアウロラの目にその影がみるみる大きくなっていくのが見える。空中でくるくると体を回転させ、左手と両足両膝を突いた姿勢で目の前に落ちてきた。

ドーンっと大きな音をたて、土埃を舞あげたその場所に、一人の少年が立っていた
「ふぅはははは！　英雄とは遅れてやってくるものなのだ！　褒め称えよ！　崇め奉れ！」

落下と同時に高笑いをかまし、訳のわからない口上を述べたと思えば、おもむろに腰の剣を抜いて黒カインへと向かう。押さえ込まれていた二人の間に入り、バトンを回すかのように剣をぐるりと回して二本の腕を同時に跳ね上げた。

「よくぞここまで持ちこたえた！　褒めてつかわす！　しばし休め！」

ジャンルーカとクリスに向かってそう叫ぶと、今度は体当たりするように刃ごと黒カインへと向かっていく。そしてまた剣を回転。足払い。そして下から上へと跳ね上げるような大振りで、黒カインの爪をまるで万歳ポーズのように真上まで跳ね上げた。

「兄上！」

「あ、兄上？」

「じゃあ、あの人は」

剣の柄でみぞおちを打ち、その反動を活かして剣をぐるりと回転させて切り上げた。

「私はサイリユウム第一王子ジュリアンだ！　親友のピンチと聞いてはせ参じた者である！」

黒カインがよろけたのを確認し、バックステップでジュリアンは前衛位置まで戻ってきた。そして腰を落として剣を構え、視線は黒カインから外さないままジュリアンはニヤリと笑った。

「アルンディラーノ王太子殿下、お初にお目に掛かる！　魔法の維持も忙しかろうが、しばし俺の

話を聞いてくれまいか！」

「あ、はい」

ジュリアンに懐に入られるとやっかいだと思ったのか、黒カインが魔法を使い出した。しかし、居合いの要領でジュリアンがことごとく魔法を切りつけて霧散させていってしまう。

「実は、国境をすっ飛ばして飛竜でここまで来てしまったのだ！　後で一緒に謝ってくれぬだろうか！」

「はぁ？」

国同士の取り決めで、飛竜はリムートブレイク国内には進入禁止になっている。ジャンルーカをネルグランディ領の国境まで送って行ったのも、そのルールがある為であった。

「一人で怒られるよりは、仲間が居た方が心的苦労が分散されるであろう？　是非みなで怒られてほしい！」

そう言い残して、ジュリアンはまた黒カインの懐へと飛び込んで行く。ジュリアンの剣は、大ぶりだが空振りすることもなく、大ぶりだからこそヒット時のダメージがでかい。何より、外から見ている人を魅了する剣だった。

元気いっぱいで魔法の使用を誘導するように戦うジュリアンが参戦し、休憩も順番に取れるようになったおかげで終わりが見えてきた。

黒カインの息があがり、使う魔法の種類がしょぼくなってきたのだ。

「よし、今だ！」

黒カインの足のふらつきを、魔力ギレの兆候と判断したティルノーアが叫ぶ。黒カインに対していたディアーナ達は、一斉に背を向けるとダッシュして距離を開けた。捕食対象である人間が範囲内からいなくなり、攻撃欲求が急激に下がっていく。

「くそ。譲るか……。譲らぬぞぉっ」

体を二つ折りにし、自分の身を抱える様に腹を抱く姿勢で何かを押さえつけるようにしていた黒カイン。おそらく、表に出てこようとしているカインの魂を魔王が押さえつけようとしているのだ。

だが、その抵抗も長くは続かなかった。

「うああああ」

黒カインが、叫びとともに腕を力強く開いた。

「転移！」

叫ぶと同時に、ほんの三メートル先にもう一人のカインが現れる。自分の中にある自分の魂を体から押し出し、次の体へと入っていく感触を確認する。

「っしゃおらぁ！」

髪の毛も洋服も新品のように新しい姿のカインが、気合いとともにガッツポーズを取る。

「ディアーナぁ～！　イルヴァレーノ！　成功した！　成功したよ！」

スキップする勢いのカインが洞窟と反対側へと走り出す。もう、自分の中に別の何かの存在を感じない。狭苦しい、胸が圧迫されるような不快感も無い。意味のわからない無気力感も眠気も無かった。

「健康ってすばらしー！」

「カイン様！　後ろ！」

小躍りしそうに喜んでいるカインに、鋭い声が飛んだ。

サッと振り向けば、ボロボロの黒カインが迫っているところだった。

「氷の壁！」

とっさに氷魔法で板状の氷を出して盾にし、カイン自身はバックジャンプで距離を取った。

「……元の体が消えないパターンかぁ」

事前にイルヴァレーノから作戦会議の内容を聞いていたカイン。自分でも色々なパターンを考えていただけに、やっぱりなというがっかり感が襲ってくる。

「魂があると体が崩れないっ！　体と魂そして魔力の関係について学説がひっくり返るかもしれないぞぉ！」

一難去ってまた一難。まだ片付いていないというのに、ティルノーアはやけに喜んでいた。ラトゥールも心なしか瞳がキラキラと光っている気がする。

「向かってくるなら好都合ではないか！　ここで倒しておいた方がよいのであろう？」

カインの横をすり抜け、ボロボロカインに向かって思い切り剣を横降りする。もうカインの魂が抜けた後なので、殺しても構わないのだ。

「うーむ。いくら角が生えていようが、カインの顔をしておるとやりにくいなぁ！」

言いながらも、容赦なく腕や足、胴を切りつけているジュリアンである。

「風の弾丸！」

アウロラが、指先から圧縮された空気弾をボロボロカインへと打ち込んでいく。ジュリアンの邪魔にならないタイミングを計っているようで、あたる場所も正確になっている。

「エイム（照準）命！」

「交代！」

さすがに連続の大ぶり剣術は疲れたのか、クリスとアルンディラーノに攻め役を交代してジュリアンが下がってくる。

「ふぅ。ギリギリ間に合って良かったわ」

袖で額の汗を拭きつつ、ジュリアンはカインの隣に立った。

「聞こえておったかわからぬから、もう一度言うておくな。あとで一緒に謝ってくれ。そして一緒に怒られてくれ」

「はぁ。誰にですか？」

国を黙って出てきたとかで、サイリユウムの側妃様とかだろうか？　とカインは気のない返事をした。

「この国の王にだ」

「はぁっ⁉」

「飛竜で越境してしまったのだ。ゆるせ」

「はぁあ⁉」

余裕が出来た途端、軽口を叩くジュリアンに付き合わされているカイン。その時、後ろから鋭く声が掛けられた。

「カイン様！　ジュリアン殿下！」

とっさに左右に分かれて飛び、身を伏せた。

黒いドレスの女が、背中に黒い羽を広げて飛んでいる。どうやら羽織っていたボレロが翼に変形して飛んでいるようだった。その腕の中にはぐったりとしたボロボロ黒カインが抱かれている。

「今日のところは引き上げるわ。ボロボロになってしまったけれど、素敵な体が手に入ったしね！」

「氷の矢！」

「風の刃！」

「風の弾丸！」

対空戦の魔法を一斉に空中へと発射するが、外気はすでに黒いドレスの女とボロボロの黒カインは遙か空の上だった。

こうして、カインの救出は半分成功、半分失敗という結果に終わったのだった。

その日の夜に、みんなが各家庭でしっかりと怒られ、翌日は王宮に呼ばれて皆まとめてめちゃくちゃに怒られたのだった。


王宮の、関係者以外誰もいなかった謁見室から退出し、アルンディラーノとクリスは並んで歩く。

この先の王宮の居室空間へと向かう廊下と、王宮を退出する玄関へと向かう廊下。その分かれ道までが、アルンディラーノとクリスが今一緒に並んで歩ける距離だった。

最後の分かれ道の手前に、ディスマイヤが立っていた。また、さらに怒られるのかと気を引き締めながら歩いた二人の前に、ディスマイヤは跪いた。

「本当はいけない事だったけれども。ウチの子の為に頑張ってくれてありがとう」

そう言ってディスマイヤは、深々と頭を下げた。隣にアルンディラーノが居るとは言え、クリスは立場的には平民に近い立ち位置だ。それなのに、筆頭公爵が頭を下げたのだ。

「どういたしまして。カイン様は俺にとっても大切な友だちだから」

「表をあげよ。カインは友だちだから、当然のことをしたまでだ」

クリスとアルンディラーノ、二人そろってディスマイヤからの感謝を受け取った。玄関側の廊下から足音が聞こえてくると、ディスマイヤは立ち上がり、もう一度小さく頭を下げると謁見室の方へと去って行った。

関係各所への謝罪、そして後処理諸々が終わったのは一週間も経ったあとだった。

「やっとのんびりできるな」

「お湯が湧いております。入浴なさってください」

「うん。ありがとう」

イルヴァレーノに促され、カインは私室の隣にある風呂場へと移動した。着ていた服を脱ぎ、熱めに張られた湯にゆっくりと体を沈めていった。

　洞窟暮らしも一週間程。その間は風呂にも入れず、近くの小川で顔を洗うのがせいぜいだった。前世で日本人だったころも、公爵家嫡男に生まれてからもこまめに風呂に入っていたカインは、一週間も風呂に入れなかったのが、実は一番辛かったことじゃないかと、平和になった今になって思う。

　ふと、浴槽の横に置かれている姿見が目に入った。のぞき込めば自分の顔が写っている。

　転移魔法を使ったとき、新しいからだは黒髪金目で作られたのだ。さすがに角は無かったが、見慣れぬ自分の姿に小さくため息が漏れる。

　ティルノーアの話だと、顔を洗いに通った小川で、毎日黒髪金目の自分の顔と対峙していたせいだろうということだった。流れる水に移してみていたので、角までは意識に残らなかったのだろうが、黒髪金目という印象はしっかりと自分の中で付いてしまっていたようだ。

　謝罪祭りや挨拶回りは、イルヴァレーノに替え玉で代返させるときに使っていた金髪のカツラと瞳の色が変わるメガネを掛けて乗り切った。自分に変装している時には、鏡を見ても自分の顔に見えたのだが、こうして落ち着いて風呂に入り、じっくりと鏡を見ると気持ちが落ち込んできてしまった。

「せっかく、ディアーナとお揃いの色だったのに……」

　ディアーナと同じ明るい金色の髪、ディアーナとお揃いの空色の瞳。もう身長も顔の丸さも全く違ってきたというのに、二人が並べばみながそっくりという。

「大丈夫、おんなじですよ」

「イルヴァレーノ？」

いつの間にか、ついたての向こうにタオルと着替えを持ってきたイルヴァレーノが待機していた。

「そちらに行っても良いですか？」

「別に良いけど、相変わらず自分でできるよ」

カインは、入浴は全部自分でやる。着替えとタオルの用意だけイルヴァレーノがやってくれるが、入浴も洗髪も体を洗うのも自分でやる。単純に恥ずかしいからなのだが、カインの命令なのでイルヴァレーノも深くは追求せずにいつもついたての外で待機していた。

ついたてを回ってやってきたイルヴァレーノは、浴槽のすぐ側に膝を突き、浴槽の縁に手を置いてカインの髪をひとつまみ持ち上げた。

「この髪は、夜空の色です。まるで神渡りの日の夜空のように真っ黒です」

そうして、髪をぱらりと手から落とすと、今度はカインのほっぺたをぷにっとさわり、そこから指を滑らせてカインのまぶたを優しく触った。

「この瞳は、満月の色です。特に大きくて低い位置にあるときの満月にそっくりです」

「イルヴァレーノ……」

「覚えていますか？　俺のこの髪を夕焼け空みたいだって言ってくれたの。この瞳を、夕日みたいだって言ってくれた事」

イルヴァレーノの顔は泣きそうにゆがんでいた。

「昼の空の色と真昼の太陽の色をしたディアーナ様。夕方の空の色と夕日の色をした俺、そして夜の空の色と満月の色のカイン様。みんな空の色ってことでお揃いですよ」

お揃いです。と小さく繰り返した。

「そっか。お揃いか」

カインは、イルヴァレーノの慰めに落ち込んでいた心が浮かんでくるような気がした。

闇堕ちして、ヒロインに触る者みな皆殺しというイルヴァレーノの皆殺しルート。

魔王になったディアーナを退治してしまうクリスの聖騎士ルート。

ディアーナの破滅ルートのうち命を失うルートを両方とも潰せたのは確かなので、髪色が変わってしまうくらいのことは許容範囲って事にするか！　と気分が軽くなったカインなのであった。

友人との距離感

カインが体を取り戻してから数日後、エルグランダーク邸まで一年生たちがお見舞いにやってきた。

「黒い髪のカイン様、見慣れないなぁ」

「せっかくの綺麗な金髪だったのに。なおらないんでしょうか？」

「髪の毛に回復魔法かけてみますか？」

それぞれが、それぞれにカインに気を遣ってくれていた。

「お見舞いどうもありがとう。体はもう元気いっぱいだから心配しないで」

カインの言葉通り、もう体はなんともないのでベッドに寝たきりにもなっていない。本来ならば応接室で対応する予定だったが、カインの今の姿をあまり人目にさらすのは良くないということで、カインの私室に皆であつまっていた。

「ただ、この姿で外に出るわけにはいかないから当分学校は休むことになりそうかな」

「……すみませんでしたっ」

カインのしばらくお休み、の言葉を聞いてクリスがその場で土下座した。

「く、クリス？　どうしたんだよ。何をそんなに謝ってるんだ」

「俺が……俺が、聖騎士になりたくて魔王を倒そうなんて言ったから、カイン様が……」

おでこを床に擦り付けるようにして、クリスがカインに謝罪する。声は震えていて、泣き出しそうに弱々しかった。

「大丈夫だよクリス。結果的に皆無事だったんだから、それでいいんだよ。クリスも一生懸命魔王の体力削ってくれたじゃないか。僕が助かったのは皆が力を合わせてくれたおかげだよ」

カインは椅子から降りてクリスの前にしゃがみ込み、その頭を優しくなでてやる。

「僕の方こそ悪かったよ。クリスがアルンディラーノの護衛騎士になるのに焦ってた事に気がついてやれなかった。いつも明るくて元気いっぱいなクリスをみて、安心しちゃってたんだ。僕がもっと相談に乗ったり出来ていれば良かったよね」

ごめんね、というカインの言葉にクリスがガバリと体を起こした。

「何でカイン様が謝るんですか！　カイン様は、俺の家族でも教師でもないんだから、俺の悩みを解決する必要なんてないんだ！」

「でも、僕とクリスは友人だろ。アルンディラーノとセットで弟みたいにも思ってる。なんでも、とまでは言わないけど、悩み事があれば一緒に解決してあげたいと思うのは自然なことじゃないか」

カインの本音としては、心の闇を先回りして晴らしてやってディアーナの破滅エンドを回避したいだけである。しかし、七歳の頃から面倒を見ていた年下の子ども達に、愛着が湧かないはずはないのだ。子ども達は可愛い。子ども達の可能性は無限大だ。

「僕にとってはディアーナの幸せが一番だけどさ。だからって他の人が不幸になるのをなんとも思ってない訳じゃないんだよ。だから、今回の件についてあんまり罪悪感を持たないでほしい。なんにしろ、本当の言い出しっぺはディアーナなんだろ？」

そう言ってクリスに向かって綺麗にウィンクして見せた。その美貌に一瞬心を奪われて、クリスの頬が赤く染まった。

「そそそ、そんな顔してても！　だまされませんから！」

慌てて距離をとり、ソファーに座り直したクリスはやたらと首の後ろを触って「あちぃ」と言って手で冷やしていた。

「さて。それはともかくクリス君や」

「はい。なんでしょうカイン様。罰なら何でもお受けします」

「だから、罪とか罰とかは良いんだって。えーっと。僕は今ここに座っていて、侍従のイルヴァレーノはあっちにいるだろ？」

そう言って、カインがソファーの斜め後ろを指差した。侍従のイルヴァレーノはカインの斜め後ろに立って待機している。

「はい。えーと。主人と護衛の距離感の話でしょうか？　それは、アル様から先日聞きましたが」

隣に座れる友人と、後ろに立つしかない護衛の話は先日の作戦会議でアルンディラーノから語られたばかりだった。

「うん。まぁ、その続きだと思って聞いてよ」

といって、カインはポンポンとソファーの隣の座面を叩いた。

「イルヴァレーノここに座って」

「……嫌ですが？」

「空気読めよ」

「空気は透明なので、読み解くことは出来ませんね」

カインの私室ではあるが、見舞客として大勢集まっている場である。公私で言えば「公」にあたるこの場所で、主の隣に座るなんて侍従からしたら出来ない相談だった。

「はぁ～。ここにいるのは、みんな友人ばかりだよ。放課後の魔法勉強会のメンバーばっかりじゃないか。公私で言った『私』だよ。わかったら座れ」

そう言って、さらに隣の座面をポンポンと叩いた。

イルヴァレーノは渋々といった様子で嫌そうにゆっくりと歩くと、カインから精一杯離れた、ひじおきギリギリへと腰を下ろした。

「……そんなに嫌わなくても良くないか？……コホン。クリス、見てみろ。すでに主人と侍従の関係になっている僕とイルヴァレーノだけど、プライベートな場所では友人として過ごす事ができるんだよ。これが、その距離感だ」

いつかは主従関係になるのだから今だけは、少しでも長く友人関係でいたいと言ったアルンディラーノ。自分に期待していないのではなく、友人として大切にされているからこその言葉だったと理解したクリスはもう焦っていない。

しかし、カインはさらに「主従関係になってからも友人で居続けることはできる」と言っているのだ。

「微妙に遠いですね」

ぷっと笑いながらクリスが言えば、今度はカインがムスっとした顔でイルヴァレーノをにらみつけた。

「ほらっ！　ここはクリス達に『主従の関係を超えて友情は育める』って見せつける良い場面なんだから、ちゃんとやれよ！」

そう言ってカインは、今度は自分の太ももの上を叩いた。

「……本気ですか？」

「僕が本気じゃなかったことがあったか？」

カインとイルヴァレーノはしばしにらみ合ったが、根負けしたのはイルヴァレーノだった。大げさにため息を吐きつつ、カインの膝の上に横向きに座った。

「ほら、どうよ！　この仲良しっぷり！　主従関係の忠誠心と、友人同士の友情はどっちかしか選べない物じゃない。主従関係になった後だって、プライベートな場所でなら友人の距離感で付き合ったっていいんだよ」

ニコニコと高説を垂れるカインだが、膝の上に乗っているイルヴァレーノは恥ずかしさに手で顔を覆ってしまっている。

「……あー。クリス、乗るか？」

そう言ってアルンディラーノが自分のももを小さく叩いた。

「乗らねぇよ！」

「僕はクリスが膝にのらないからって、友情を疑ったりはしないからな」

「当たり前だ！」

部屋の中の空気はすっかりと明るいものに変わり、クリスの表情も晴れ晴れとしたものになった。

ディアーナがさらにイルヴァレーノの膝の上にすわり、カインの太ももが爆発しそうになったり、なぜかアウロラがギラギラとした目でカインとイルヴァレーノを見ながら興奮していたり、カインのお見舞いお茶会は楽しい雰囲気のままお開きとなった。

帰り道、馬車で送るというアルンディラーノの誘いを断ってアウロラは寮へと向かって歩いていた。

「今回の件で、はっきりしたことがあるわ」

顎に手を当て、有名な推理アニメのキャラクタと同じポーズをとる。

「転生者は、ディアーナちゃんじゃなくてカイン様だわ」

前世で悪役令嬢に転生する、というのはライトノベルや縦読み漫画では定番だった。その上、暗殺者になっていないイルヴァレーノが悪役令嬢の家で侍従をしていたり、天真爛漫で性格が良くなっている悪役令嬢だったりを見れば、転生者はディアーナだと思うだろう。アウロラは思っていた。しかし、ア・リ・スの脇役の口癖に反応しなかったり、年相応に迂闊だったり考えが浅かったりするのはおかしかった。

「学園の魔法の森では、わざとキャラクターと同じ台詞を言ったのね。転生者であることがバレないために」

悪役令嬢が転生者で、心を入れ替えた為に兄に溺愛されたのかと思ったが、逆だったのだ。ゲームを知っていたからこそ、破滅エンドしかない妹を溺愛していたのだ。

魔の森に入り、ディアーナが魔王に体を乗っ取られるのを知っているのは転生者だけだ。とっさに、黒いネズミの形をした影からディアーナを守ったのはカインだった。きっと、知っていたのだ。聖騎士ルートの破滅エンドを。

「……そして、きっとカイン様の前世は……」

掛けてもいないメガネを持ち上げる仕草をするアウロラ。おそらく、何かの探偵物のキャラクターのマネなのだろう。

「カイイルかイルカイ推しの腐女子に違いないわ」

場の空気を和ませるために、お茶目な冗談のつもりでやったカインの行いがアウロラに盛大な勘違いをさせていた。

エルグランダーク家の逸事Ⅴ

Reincarnated as
a Villainess's
Brother

茶番劇場

アンリミテッド魔法学園が夏休みに入った一日目は、ジャンルーカが王宮へ帰省の挨拶に行ったり、ポケットにミニ図鑑だけ入れてやってきたラトゥールの旅行の準備をしたり、カインが父親の仕事手伝いに強制連行されたりして終わった。

明けて二日目の早朝。エルグランダーク家からネルグランディ領へ向けて二台の馬車が出発した。王都の東側にある大門から出たところで、王宮からやってきた二台の馬車と合流。そこで、荷馬車の荷物を積み替えて馬車一台にまとめたり、馬車に乗るメンバーを入れ替えたり、エルグランダーク家の護衛騎士と近衛騎士で旅程の打ち合わせをしたりした後、再出発。三台になった馬車はのんびり気味に東へ東へと向かって進んでいった。

途中、ゲラントをうらやましがったアルンディラーノやクリスが騎士達にねだり、馬車を護衛する際に必要な技術を騎士見習いとして練習させてもらえる事になった。

訓練は最初のうちは順調に進んでいたのだが、課題が難しくなるにつれうまく出来ない事が増えてきて、繰り返し同じ事をするのに飽きてきてしまい、集中力が切れかかってきた。

そんな時に、カインが「ごっこ遊びしながら訓練したらどうか」と提案した。

王都を囲む城壁がそろそろ見えなくなってくる頃合いに、三台の馬車を猛スピードで追いかけてくる者がいた。

石畳が敷かれた道に蹄の音を響かせて、まっすぐに馬車を追いかけてくる。

「お待ちください！　お待ちくださいませ！」

蹄の音、そして馬車の車輪の音にも負けないよく通る声を響かせながら、ゆっくりと走る馬車にぐんぐんと近寄ってきた。

「もし、そこの護衛の騎士様。この馬車にお乗りになっているのは太陽の様に金色に輝く美しい髪のお嬢様に相違ないか？」

馬車に追いついた少年は、馬のスピードを落として併走すると、護衛の騎士にそう問いかけた。

「怪しい奴め！　名を名乗れ！」

馬車を護衛している騎士達の中でも、一番体格の小さなふわふわ金髪の少年騎士が答えた。

「怪しい者ではありません。わたくしは王都に暮らす貴族の令息。先ほど、歌劇場から出てきたご令嬢に一目で心奪われ、この世に愛というものが真に存在することを知った愚か者でございます。どうか、この馬車に乗っているのがかの方なのかだけでもお教えください」

「確かに、この馬車には先ほどまで歌劇を鑑賞されていたお嬢様が乗っていらっしゃる。だからといって身元不明の者を近づけるわけにはいかないのだ！　諦めて帰れ！　っとと。危なっ」

今度は、藍色の髪の少年騎士が恋する少年に応え、帰れと言いながら手を振って「シッシッ」というジェスチャーをしたのだが、馬上で片手を振ったことで一瞬バランスを崩して馬の首にしがみついた。

「だ、大丈夫か？　クリス。……ゴホン。お嬢様にお会いしたければ、先触れの手紙を出して正式におたずねください」

藍色の髪のもう一人の少年騎士が、丁寧に断りの言葉を述べる。

「どうか、どうか。この花だけでもお贈りさせていただけないでしょうか？　今このとき、ご令嬢の名も知らぬ今だけが、身分がわからぬ今だけが思いを告げるチャンスかもしれないのです！」

馬上の少年はそう言うと片手に持った小さなブーケを少年騎士達に見せた。ささやかな、野花を集めた小さな花束を騎士達に突き出しているので、手綱を片手で持っているのだが、恋する少年の体幹は全くぶれていない。

「お嬢様のお名前がわかってしまえば、そして私の名前を告げてしまえば。そしてそこにもし身分の差があったならば！　私は思いを告げることすら出来なくなってしまうでしょう！」

大仰に、わざとらしくシャツの胸元を掴んで空を仰ぐ。ついに手綱を両方とも手放しているのだが、やはり馬は安定して歩いているし、乗っている恋する少年の体幹もぶれていない。

「いや、カイン坊ちゃんすげぇな」

「なんだ、あの体幹の強さ」

馬車から少し離れ、見守るように護衛をしていたネルグランディ領騎士達がひそひそとささやき合っている。

「ぶふっ。みんな、こんなに情熱的な令息はそうそういませんよ。花を渡すぐらいなら見逃してあげたらいかがでしょうか」

「仕方が無いな、俺はしばらく馬車の向こう側を見張ることにしよう」

「じゃあ、私は御者と馬の様子を見てきましょう」

恋する少年の熱意に負けた少年騎士三人は、微妙に笑いをこらえつつ、わざとらしく「やれやれ」といった仕草をとりながらそれぞれ馬車から離れていった。

「おお神よ！　そして心優しき騎士達よ！　感謝します！」

空を仰いで感謝を捧げた恋する少年は、改めて馬の手綱を掴むと馬車へと馬体を寄せていき、花束を握った手でその窓を軽く叩いた。

「コンコン」

ノックの音に反応して、カーテンが開き、続いて窓が開く。中から顔を覗かせたのは、日の光をキラキラと反射させて光る金色の髪を耳の下でリボンでまとめた美少女だった。

「初めまして、美しいお嬢さん！　劇場から出てきた天使のようなあなたの姿に一目惚れした哀れな私に、あなたへの思いを告げる栄誉をお与えください！」

ささやかな花束を窓の前へと差し出し、反対の手を胸に当てて一礼する。馬車の窓越しにみれば、片膝をついて愛を請うているようにすら見えた。とても馬上の人のやることとは思えなかった。

「はじめまして、見知らぬお兄様。綺麗な花束をありがとう。でも、ごめんなさい。きっとあなたの気持ちを受け入れる事はできないわ」

馬車内の美少女は、差し出された花束をそっと受け取りつつも、憂いを帯びた顔で悲しそうにそう告げた。

「わたくしは、やんごとなき身分の者なのです。たとえ心を交わしたとて、きっと報われることはないでしょう。その時になって悲しい思いをするよりも、最初から出会わない方が良いのです」

「ああ！　なんて悲しいことを言うのですか！　会わねば良かったなどとそのような事を言わないでください。今、このときは。私はあなたの名を知りません。あなたも私の名を知りません。であれば、今この一時だけは、ただの男と女として気持ちを伝えさせてください！」

芝居がかった口調でやりとりするディアーナとカインに、ついに騎士達の我慢の限界が来てしまった。

「わはははははははは。なんだそれ！　どんな設定なんだ⁉」

「プクククッ。お坊ちゃんもお坊ちゃんだが、お嬢様もお嬢様だ」

「ノリノリ過ぎでしょ。ひひひ。腹が痛い。馬から落ちそう」

ディアーナの白い大きな馬車の周りに、笑い声が響く。

馬車の中で花束を握っていたディアーナは、半分笑って半分むくれたような表情をしていた。

「もう！　最後の台詞まであとちょっとだったのに！」

「いや、馬車の護衛訓練にこんな凝った小芝居いらないでしょう」

「結局、どんな設定だったんですか？」

笑いが起こったことで、姿勢を戻して普通に手綱を握り直したカインに、ジャンルーカが近寄ってきて声を掛けた。

「歌劇場から出てきた令嬢に一目惚れした令息が花屋で花を買ってから大急ぎで馬車を追いかけ、馬上から花束を渡しつつ愛の告白をするって設定だよ」

「追いかける設定だから少し後ろに行くって言ってたけど、花まで摘んできたのか」

「お芝居をする上で、小道具ってのは大切だからね」

アルンディラーノからの質問にも、カインはしれっと真顔で返事をする。が、それを聞いたネルグランディ領騎士の一人に頭を小突かれた。

「この辺はまだ治安がいいからって、一人隊列から離れて馬まで降りるとか勘弁してください。稽古を付けるって言いましたけど、カイン坊ちゃんは本来要警護対象なんですからね」

「以後気をつけます」

カインは素直に反省し、馬車の中へと戻っていった。そして窓を開けて顔を出すと、アルンディラーノとクリスに向かってニカッと笑った。

「って感じで、お芝居感覚でやれば楽しいから飽きないし、やる気も出るんじゃゃない？」

「でも、カインみたいに歯が浮きそうな台詞言うのいやだよ」

馬車の護衛訓練にお芝居を取り込むこと自体には抵抗がなさそうだったが、恋愛劇をやるのが恥ずかしいようで、クリスやジャンルーカも後ろでウンウンと首を縦にふっている。

「何も、馬車をノックするのは護衛や恋する少年じゃなくてもいいんだよね。馬車を襲いに来た盗賊役とかどう？」

ようするに、訓練が上手くいかず飽きてきちゃったアルンディラーノ達の興味を引ければいいいだけなので、役回りなどは何でも良いのだ。

「それいいな！　じゃあ俺は盗賊の頭領役！」

クリスが一番に手を上げた。

「え、じゃあ僕はクリスの手下ってことになるの？」

「ごっこ遊びならいいんじゃないか？　でも、私はいったんお休みということで……」

「盗賊役はちょっと……馬車の反対側からお嬢様を助ける護衛役をやります」

アルンディラーノ達は、それぞれで自主的に役割分担を決め始めた。ディアーナも、

「じゃあ、私とお兄様は盗賊に狙われそうなお金持ちの貴族役ね！」

とノリノリで楽しそうである。

「カイン坊ちゃんって、あんなだったっけ？」

「昼間の裏庭警護とかしてると、割とあんな坊ちゃん見かけるよ」

「さすがに、正門あたりではあんなことしないんだな。坊ちゃんも」

元の警護位置に戻ってきた騎士達がひそひそとしゃべりながら、こっそりとカインの事を盗み見していた。


その日の夜。

宿に到着したところでディアーナから『馬車の護衛訓練でごっこ遊びをしていた』事を聞き、カインが「令嬢を馬で追いかけて馬車と併走して告白する少年」をやったことを知ったサッシャは、

ハンカチを握りしめて悔しがった。

それはサッシャがファンクラブに入会してまで追いかけている歌劇団の有名演目のワンシーンなのだという事と、いかにそのシーンが素晴らしいものであるのか、敬愛するご主人様兄妹の演じるそのシーンを見逃したのがいかに悔しいことであるかを、寝支度を手伝ってもらいながらディアーナはこんこんと聞かされることになったのだった。

魔王様のお世話係

夏の終わりとはいえ、まだまだ暑いはずのお昼時。勢いよく生い茂った木の葉が日光を遮っているので空気は涼しい。とはいえ、森の入り口についてからずっと走り続けているので体温はどんどんあがっており、シャツが汗でべっとりと肌に張り付いて気持ちが悪い。それでも、目の前を走っていく主人を放って自分だけ休むわけにもいかず、揺れる金色の髪を目印に自分も走り続けている。

ラトゥールの話ではディアーナは一人で森に入ったのではないらしい。魔の森は、確かに魔獣が出ると言われている危険な森ではあるが、定期的に王国騎士が巡回して間引きしているとも言うし、領地では騎士見習い達と小物相手とはいえ実践をこなしていたメンバー達だ。慎重なジャンルーカ王子も一緒だというし、引き際もわきまえているだろう事を考えれば、カインの慌てぶりは尋常ではなかった。イルヴァレーノの知るカインは、ディアーナを溺愛しつつもちゃんとダメなことは理由を添えてダメだと注意し、そしてディアーナの行動を信頼して見守れる兄だった。

そんなカインが、ディアーナが友人達と魔の森に入ったぐらいでここまで慌てるのはらしくないと思った。六歳の頃から一緒に過ごしてきて、ずっと見てきた自分の主人。もしかしたら、自分（カイン）に黙って出て行ったことに怒っているのかもしれない。追いかけられないように、夕方まで家から出ないように仕事を片付けるように伝言まで残していったディアーナを叱る為に急いでいるのかもしれない。そうであれば、少しだけカインらしいかもしれないと、イルヴァレーノはいったん納得することにした。

いつもの、カイン様の溺愛と過保護が暴走してるだけ。そう思って少しだけ足を緩めたその時。

「ディアーナ！」

カインが叫んで走る速度を上げた。とっさのことで、緩めたばかりの足をまた踏み出すのに一歩遅れた。

その直後、カインがディアーナを背中から抱きしめ、そして叫び声をあげながら真っ黒に染まっていった。

自分の手は、届かなかった。

「カイン様！」

叫んでガバリと身を起こすと、そこはイルヴァレーノの自室だった。ベッドと書き物机しかない狭い部屋で、小さな窓からは少しだけ明るくなった空が見えていた。じっとりとかいた汗を寝間着の裾で拭いながら、隠し扉からカインの私室へと忍び込みベッドの天蓋をめくる。そこには、空っぽのベッドがあるだけだった。


カインが魔王に体を乗っ取られた日の翌朝。

空は綺麗に晴れ渡っていたが、ディアーナとイルヴァレーノの顔はどんよりと曇っていた。

昨日カインに命じられるままディアーナを担いで帰ってきたイルヴァレーノは、泣いて森へ戻ろうとするディアーナをなだめるのに手一杯で、イルヴァレーノ自身も森へ戻ることが出来なかった。

日付が変わる頃になってようやく泣き疲れて眠ったディアーナだったが、今度はサッシャにしつこく理由を聞かれ、結局朝まで屋敷を出ることが出来なかった。

泣きはらして目がパンパンに腫れ、顔もむくんでいるディアーナと、寝不足でいつも以上に目が垂れているイルヴァレーノで話し合い、まずはイルヴァレーノだけで魔の森へと行きカインの様子を見てくる事になった。

「イルヴァレーノ。これを」

そう言ってサッシャが手渡してきたバスケットには、焼きたてのパンと大瓶に入ったミルク、フルーツがいくつか入れられていた。

「では、行ってまいります」

「イル君、気をつけてね」

心細そうなディアーナの言葉にしっかりと頷いて、エルグランダーク邸の裏口からこっそりと外に出る。

両親に相談するかどうかは、ディアーナとサッシャとイルヴァレーノの三人で話し合った結果、カインと相談するまで待つことになった。

自分も森へ行きたいというディアーナには、そんな泣きはらした顔を見せたらカイン様が心配してしまうから、顔の腫れが引いてからにしましょう、と説得した。イルヴァレーノとしても、自分一人の方が動きやすい。

使用人用の出口から屋敷を出てしばらくゆっくり歩いた。貴族街の屋敷と屋敷の隙間を縫うように敷かれている道は使用人用なので広くない。

「……付いてきているな」

イルヴァレーノは後ろから付いてくる気配を感じて立ち止まった。わずかな衣擦れの音が聞こえたので間違い無い。石畳なのに靴の音が聞こえないのは、靴の裏に毛皮を貼って足音を消しているのだろう。貴族街の裏道なので他家の使用人の可能性もあるが、それならば逆に足音がしないのはおかしい。

「ふっ」

イルヴァレーノは肺の中の息を吐き出すといきなりトップスピードで走り出し、右の壁を蹴って宙に浮くと、そのまま左側の壁の上へと飛び乗った。そのまま壁の上をダッシュして進み、曲がり角の手前でショートカットするように壁から壁へと飛び移ると、離れたところで壁から降りてそのまま走り続けた。

後ろから追いかけてくる気配を感じながら表通りに出て通りかかった巡回馬車に乗り込み、御者にコインを渡してそのまま反対側から降りた。幌が掛かっているタイプの馬車だったので、通りの向こうからは降りたのが見えないはずだ。

イルヴァレーノはそこからいくつか巡回馬車を乗り継いで、昔使っていた地下通路を通って王都の外郭城壁の外へ出た。そこからは徒歩で魔の森まで行き、念のため森の中をジグザクに歩いて昨日の現場へと向かった。

「たしか、カイン様がおかしくなったのはこのあたりだったはず」

たどり着いた場所では、木の幹がえぐれていたり炎で焦げた跡が残っていた。魔王を名乗る黒いドレスを着た女に、ディアーナやアルンディラーノ達が魔法を使って戦闘をした跡だ。

「カイン様ー！」

イルヴァレーノは声を張ってカインの名を呼んだ。森の木々に反射して声が散らばっていくが、カインからの応えはなかった。

昨日倒した魔狼のものらしき体液は見つかったものの、人の血痕のようなものは見つからなかった。

「ここで殺されていないのなら、カイン様は自分で歩いてどこかへ行ったか、誰かに担がれてどこかに行ったたということだな」

イルヴァレーノはしゃがみ込み、地面を探すとハイヒールのかかとの跡が見つかった。あまり人の入らない森なので下草が生えていたり腐葉土のように積もった枯れ葉が広がっていたりして見付けにくいが、その足跡をたどって歩いていく。

そのまま進んでいくと、小さな小川にぶつかり、足跡が追えなくなってしまった。

「チッ。川の中を歩いて行った訳じゃあるまいに……」

周りを見渡しても、隠れられそうな場所が見当たらない。

「カイン様ー！」

仕方なく、もう一度声を張り上げる。小川がある分、木が少なく、今度は声が空へと通っていく。

しばらく待つが、やはり返事は返ってこない。

「クソっ。どこに行ったんだよ。こんなことなら命令なんか聞かずに残ってりゃよかった」

イルヴァレーノはイラッとして、手に持っていたバスケットを地面に投げつけそうになり、それでもディアーナの泣きはらした目を思い出して振り上げた腕をゆっくりと下ろした。

「おーい！」

「！」

その時、かすかにカインの声が聞こえた気がした。木々に反射して声の発生元がわかりにくい。それでも、もう一度声を上げてくれれば、今度はしっかりと耳を澄ませて場所を特定できる。

「カイン様ー！」

もう一度、できる限りの大きさで声を張り上げた。小さい頃から暗殺者として育てられ、孤児院の中でも無口な子として過ごしてきたイルヴァレーノは、こんなに大きな声を出したことは無かった。

「おーい」

今度こそ、しっかりと声が聞こえた。よく聞き慣れた、自分の主の声である。

「カイン様！」

声のした方へ、全力で走る。あの時は、カインの後を追って森を走り、気がついた時にはカインはディアーナを抱きしめて呻いていた。みるみるうちに髪が黒くなり、耳の上あたりから角が生えていった。

イルヴァレーノが知っているのはそれだけで、一体カインに何が起こっているのかさっぱりわからなかった。

「どうか無事で」

祈るようにつぶやいて、声がした方へと走った。下草が腰ぐらいの高さまである場所をガサガサと踏みつけるようにしながら進み、葉の縁で腕が切れても気にせず進み、そうして漸く少し開けた場所に出れば、そこには小さな洞窟があった。

「カイン様！　ご無事でしたか！」

洞窟の入り口に、カインが立っていた。

イルヴァレーノは泣きたくなるのを上を向くことで我慢して、カインの全身をザッと見回した。

服装は昨日のまま、袖口やズボンの裾が汚れているが、大きく破けたりはしていないようだった。

相変わらず髪は黒く、目は金色で、頭から二本の角が生えていた。しかし、半笑いで手を振っている姿は間違いなくカインだった。

「カイン様！」

ほっとして、より近くで無事を確認しようとして一歩踏み出した時に、カインが手のひらを突き出した。

「ストップ！　イルヴァレーノそこでストップ！」

とっさにイルヴァレーノの足が止まる。とにかくカインの様子が知りたいのに、主であるカインが来るなと言うのだ。全く納得いかないが、不承不承という顔をつくって立ち止まった。

「カイン様は、大丈夫なんですか！」

「ああ、大丈夫だ！　ディアーナは？」

まず心配するのがディアーナの事。いつも通りのカインぶりに、イルヴァレーノは気が抜けてしまった。

「こんな時までお嬢様優先なんですね！　お嬢様は泣き疲れてお眠りになっていますが、アウロラ様のおかげで怪我や傷などは何もありません」

昨日の帰り、馬車の中で泣きじゃくるディアーナに対してアウロラは根気よく話し掛けながら治癒魔法を使ってくれていた。クリスやアルンディラーノ、ジャンルーカに対しても治癒を完璧に施したアウロラは、ぐったりとした様子で学園の寮へと帰っていった。

ディアーナが泣きすぎて顔がむくんでしまっていることは、言わないでおくことにした。

「僕が何のために生きてると思っているのさ。ディアーナが無事なら良かったよ！」

イルヴァレーノの言葉でディアーナの無事を確認したカインは、にこーっと嬉しそうに笑った。

そのいつも通りの平和そうな笑顔に、イルヴァレーノはブチッと何かが切れる音を聞いた。

「良かったよじゃない！　どうするんだよ、その角！　その髪！　その目！　人の事ばっかり心配してないで、自分の事も心配しろよ！」

叫んで、イルヴァレーノは一歩足を踏み出した。途端に、カインが胸を押さえて跪いたので思わず足を止めた。

「ダメだイルヴァレーノ、近づくな！　僕は今、『動物や人間に近づくと襲いかかりたくなる病』に掛かっているんだよ！」

カインが訳のわからないことを言い出した。

「はぁ!?」

訳がわからなすぎて、思わず煽る用の声がでてしまったが、胸を押さえている顔は本当に苦しそうなので、イルヴァレーノはしぶしぶ三歩ほど後ろへとさがった。

「そういうわけだから、他の人にも『今のカインに近づくな』って言っておいて」

「またそういう無茶振りを……」

昨日の夜、森へ戻ると言い張るディアーナを寝かしつけるのにどれだけ苦労したことか。今朝も、一緒に森へ行くと言って聞かないディアーナを説得するのにどれだけ神経をすり減らしたと思っているのか。気軽にお願い事をしてくるカインに、イルヴァレーノは指先で眉間を揉む。頭痛がしてきそうだった。

「ついでと言っちゃなんだけどさ、ギリギリの境界線を図りたいから協力して〜」

洞窟の前で大きく手を振りながら、カインがさらにお願い事をしてきた。

「境界線ですか？」

「そう、境界線。人を襲いたくなる距離と大丈夫な距離の境目を把握しておこうと思ってさ」

そう言ってにへらと笑うカインの顔を見つつ、イルヴァレーノも「ふむ」と頷いて考え込む。

先ほど、一歩踏み込んだら苦しそうに胸を押さえたカイン。そこから三歩下がって距離をとった今はまったく平気そうにしゃべっている。

「つまり、その境界線をはっきりさせればディアーナ様をお連れしても良いということでしょうか？」

「いや、普通にダメでしょ」

「なんでですか。距離感がつかめれば、理性保てるってことですよね」

「こんなボロボロの状態でディアーナに会えないでしょ！　僕はいつだってパリッとして格好いいお兄様でありたいんだよ！」

「はぁ!?」

カインのいつも通りすぎる態度にがっくりと肩を落とし、頭を振って気を取りなおす。

「わかりました。でも、ディアーナ様だってカイン様の事を心配なさっているんです、いつまでもお留守番をお願いできると思わないでくださいね」

「わかっているよ」

「ディアーナ様が我慢できているうちに、元に戻る方法を考えてくださいよ」

「わかってるってば……」

へにょん、と眉毛をハの字に下げて、困った顔でカインが答えた。先ほどまでのいつも通りのひょうひょうとした笑顔ではなく、心許ない笑い顔だった。

「はぁ……。じゃあ、距離を測りましょう。今、この位置なら大丈夫なんですね？」

「ああ、大丈夫だ。足の幅一個分だけ近寄ってみてくれ」

言われたとおり、イルヴァレーノが右足のつま先に、左足のかかとを付けるように一歩前にでる。

カインの様子は変わらなかった。

「まだ平気かな。もう一歩出てみようか」

今度は、左足のつま先に右足のかかとを付けるように一歩前に出る。

「うーん。意識ははっきりしてるけど、ちょっと胸がモヤモヤして視界がぼやけるかも。一歩下がった所の、つま先の位置に目印を置いてくれるか？」

「わかりました」

イルヴァレーノは右足を下げると、左足のつま先の位置に木の枝でガリガリと線を引いた。

「後で石を拾ってきてここに置きます」

「それでいいよ。じゃあ、右に三歩移動して、そこで前後に動いてみようか」

「わかりました」

イルヴァレーノは横に三歩移動し、先ほどと同じように足の幅一個分進んだり戻ったりして、印を付けた。その後はさらに三歩右に移動したり、元の位置にもどって今度は左に三歩、さらに左に三歩と言った風に横に移動してそれぞれの安全距離を測り、印を付けていった。

「だいたい、洞窟の出口から扇状になった感じだな」

「そうですね。じゃあ、今度はカイン様がここまで来て、さらに外側の距離をはかりましょう」

イルヴァレーノが自分の足下を指差し、ついで自分の後方を振り向いて後ろを示した。

「ん？　なんで？」

「物資の受け渡しに必要でしょう？」

そう言ってイルヴァレーノは持っていた食事入りのバスケットを持ち上げた。


洞窟からの安全距離、安全距離を起点にしたさらに外側の安全距離を測り、拾ってきた石を並べて置いて、動かないように踏みつけて半分埋める。そういったことをやっていたらいつの間にか夕方になっていた。

「そろそろ帰らないと、ディアーナが心配するな」

「お一人で大丈夫ですか？」

「大丈夫だよ。一応話し相手はいるんだ」

そう言ってカインは、親指で自分の背後を指差した。そこには、洞窟がぽっかりと開いていた。

「せいぜい、元に戻るための情報を引き出してくださいね」

「ああ、イルヴァレーノも次に来るときはまたディアーナの様子を聞かせてくれよな」

安全距離の他に、ギリギリダメな位置も一応測った。その時の苦しそうなカインの顔がイルヴァレーノの意識に一瞬掠めた。あの様子を見ては、一緒に帰ろうとは言えなかった。

「懐かしいですね。『本日のディアーナ様』を書いて持ってきますよ」

カインが七歳の頃、近衛騎士団の訓練に参加するようになってディアーナと一日中一緒にいられなくなった時に、イルヴァレーノが作っていた報告書が『本日のディアーナ様』というタイトルだった。

その懐かしさにカインとイルヴァレーノは笑いながら、その日は別れたのだった。


「昨日のディアーナ様。昨日のディアーナ様は、カイン様の不在を旦那様と奥様に隠すためにカイン様のお部屋で夕飯をお召し上がりになりました。カイン様が体調不良という設定にして、看病していることにしたのです。そのため、ディアーナ様はカイン様の分もお夕飯を召し上がられたので、食後は少し苦しそうにしていらしたのですが、室内で素振りをすることで解消していました」

翌日の魔の森の洞窟前。イルヴァレーノは約束通りディアーナの様子を報告書にまとめて持ってきて、安全距離の場所から読み上げていた。

本当は、ディアーナはカイン不在の不安から不眠となっているのだが、わざわざそんなことを報告してカインまで不安にさせても意味が無い。報告書には、できるだけ明るい話題だけを書くようにしていた。

「うわぁー。おなかポンポンのディアーナも可愛かっただろうなぁ！　でも、僕の為に無理してご飯食べすぎるのは良くないよね。その作戦でいくなら、イルヴァレーノが僕の分の夕飯たべてくればいいんじゃないか？」

「お嬢様は、もう食べた分お腹がまんまるになるようなお年頃じゃありませんよ。それと、昨日は俺が帰った時にはもう夕飯時間は終わってたんですよ」

呆れた声を出しつつ、イルヴァレーノは「今日のディアーナ様」をくるくると丸めると食事の入ったバスケットに突っ込んだ。

「じゃあ、第二次安全圏まで下がるので、お食事取りに来てください。昨日のバスケットは代わりにそこにおいてくださいね」

足下にバスケットを置いて、イルヴァレーノは外側の安全距離の目印まで下がった。カインはイルヴァレーノの合図をみて洞窟を出ると、空のバスケットを置いて新しいバスケットを手に取り、洞窟へと戻っていった。

安全距離をとりつつ、何気ない会話をしてカインの精神の安寧の手助けをしたり、外の世界でどのように話が進んでいるのかを報告したりして、数日が過ぎた。

食べ物を持って通う度に、カインがやつれていっているのがわかる。

「国王陛下と近衛騎士団長、王宮騎士団長などの強い要望により、カイン様は明後日『魔封じの檻』に入れて移送する事が決まりました」

ディアーナの馬車の御者であり、屋根裏の散歩者でもあるバッティがこっそり覗いて得た情報を、イルヴァレーノはカインへと告げた。

「決まっちゃったかぁ」

半ば諦めたような疲れた声で、それでも顔は笑ったままカインはそう言って頭を掻いた。

「まぁ、この場で始末するんじゃなくて、一応保護してくれるって考えれば悪い対応でもないのかな……」

「ディアーナ様達は……俺はまだ諦めていません。明日、助けに来ます」

「は？」

「詳しくは先ほどバスケットに一緒に入れた『今日のディアーナ様』をご覧ください。子どもの頃にやった、秘密のお手紙の読み方で読めます。読んだ後は、燃やしてください」

敵にバレないように。

「いやいやいや、無茶するな。デイアーナの安全が何より大事なんだよ。無理して助けなくっていいんだから！　檻に入れて移送ってことなら、まだ命は助かるんだから、大丈夫なんだよ」

「大丈夫なわけないだろ！　檻に入れられて、王城の牢屋に捕らわれたらもっと助けるのが難しくなるんだ！　人目のないところで、こっそり処分されてもわからないだろ！　明日しかないんだよ！　良いからそれを読んで準備しとけ！」

イルヴァレーノはそう叫ぶと、もう振り向かずに森の出口へと走って行った。

取り残されたカインは、バスケットの中を探って手紙を取り出した。

子どもの頃の秘密のお手紙。それは、レモン汁で文字を書いて、あぶり出しで文字を浮き出すという方法で、カインが前世知識を使ってディアーナに教えた方法だった。

指先に魔法で小さな炎を灯し、手紙をあぶると「今日のディアーナ様」の報告文の行間に、明日の作戦内容が浮き出てきた。

それはカインも一度は考えたが、下手したら魔王を受肉させて世に放つ危険もあると考えて却下した方法だった。
それでも、作戦の最後にディアーナの字で
「絶対に助けるから大丈夫ですわ！」
と書いてあったので、カインは信じることにした。

作戦成功後、高笑いする隣国王子と再会するハメになるとは、この時は夢にも思っていなかった。

努力するクリス

現在近衛騎士団の副団長を務めている自分の父が、騎士学校ではなく魔法学園卒業生だったことを知ったクリスは、希望に満ちあふれていた。

学園時代に父と友人だったという変な魔法使いから聞いた頑張りエピソードはどれも面白く、今は立派な父親といえど、学生時代は自分とあまり変わらなかったのだということを知って自信を取り戻したのだ。

「かといって、今のままじゃダメだ。父上はそれはもう血のにじむような努力をなさったからこそ、今があるのだ」

うんうん。と握りしめた自分の拳を見つめながら、クリスは努力する決心をした。

「父上はさ、学園入学後から剣術の訓練を積んでたと思うんだけど、魔法使いの話だと本気出したのは上級学年になってかららしいんだよね」

一目ぼれした令嬢と出会ってから本気をだし、その令嬢が王妃になると知って超本気を出したのだと魔法使いは言っていた。

「だったらさ、俺は一年生の後半の今から超本気出せば、父上を超えることだって夢じゃないと思わないか？」

鼻息も荒くそう言うクリスを、横で本を読んでいたゲラントは横目でチラリと見た。

「成長期のはじめに、あまり筋肉を付けすぎると身長が伸びなくなるらしいぞ」

そう言ってまた本へと目を戻した。

「兄貴は今日は訓練しねぇの？」

「今日は休養日。しっかり休んで疲れをとって、鋭気を養うのも訓練のうちなんだよ」

「ふーん」

ソファの脇に立っているクリスからは、座っているゲラントのつむじが見える。どう見てもゆったりとサボって本を読んでいるようにしか見えない。騎士学校で教わった内容なのかもしれないが、クリスはにわかには信じられなかった。

「俺は走り込んで剣振ってくる！」

努力はちゃんと報われる！　そのお手本が他ならぬ自分の父だった！　その興奮から、クリスのやる気はあふれすぎてこぼれていた。

「気をつけて行ってこい」

本から目を離さないまま、ゲラントは片手だけ振ってクリスが出て行くのを見送った。


いつもなら、自宅にある小さな訓練所の周りをグルグルと走るのだが、やる気にあふれているクリスには狭すぎるように感じた。こんな所を何周も回ったところで体力が付くものだろうか。いや、付かない！　そう思ったクリスは家を出て、さらに王都の外へと出た。王都外郭の外側に畑を作っている平民もいるので、昼の開門時間内であれば出入りは自由である。よっぽど挙動や様子がおかしくなければ衛兵に止められることもない。

大門の外に一歩踏み出したクリスは、建物のない広い空を見上げて大きく息を吸い込んだ。心なしか爽やかな匂いがした気がした。

「よっし！　王都の外周を一周してやる！」

気合いを入れて、クリスは城壁沿いに走り出した。

夏の終わりだがまだ気温は高く、走っているのもあって流れるように汗が噴き出してくる。門を出てすぐは馬車の待機用だったりすれ違い用だったりの為に広げられた石畳があり走りやすかった。石畳がなくなっても、畑の世話や薪拾いに来る人達がつけた道筋があったのでまだ走りにくいということはなかった。

木々が増えてくると木陰が出来て涼しくなり、気持ちよく走れるようになった。

「全然、まだまだいけそうだ！」

汗が引いて余裕が出てきたクリスは、ペースを上げて走り込みを続けた。途中で小川を見付けるとそこで水分補給をし、畑仕事をしていたおじさんがくれたトマトを齧るとみずみずしくてますます元気が出てきた。

「もうそろそろ半分ぐらいかな！　全然余裕だし、これは二周ぐらいいけるかもしれねぇ！」

ずっと王都の城壁を左手に走り続けるクリスには、城壁の内側の様子はわからない。実は半分ぐらいだとクリスが思っていた地点は、まだまだ四分の一も進んでいない場所だったのだ。西の門から出て南に向かって走ったなら、四分の一過ぎたところで南門に出るはずなのだが、クリスはまだ一つ目の門にもたどり着いていないかった。

「今の俺なら、何でも出来る気がするー！」

そう言って調子に乗って走り続けたクリスは、夕方になってからやっと半分の東門にたどり着いたというのにそのまま走り続けた結果、閉門時間を過ぎて王都に入れなくなってしまい、門を守る衛兵から親を呼ばれてしまったのだった。

クリスはその夜、父ファビアンからめちゃくちゃ怒られてしまった。

「俺はこれぐらいじゃへこたれねぇ！」

翌日、まだまだやる気に満ちあふれていたクリスは、放課後の剣術訓練補習で王宮騎士に教えを請うことにした。

「必殺技を教えてください！」

「はぁ？」

その日の最後の授業が終わると同時に教室を飛び出したクリスは、その足で講堂に飛び込み、補習の準備をしていた王宮騎士に思い切り頭を下げた。

「必殺技って……そんなのないよ」

魔法で剣を強化する練習用に木屑で出来た剣を箱から出していた王宮騎士は、苦笑いをしながら必殺技の存在を否定した。

「そんなわけないですよね？　魔法と剣を組み合わせた魔法剣なら、なんか凄い事ができるんじゃないですか？」

「魔法剣にどんな夢を見てるの!?」

「なんかこう、魔法と組み合わせることでどんな敵も一撃必殺！　みたいなヤツ教えてください！」

「そんなのあったら私が知りたいよ！」

「わかりました！　ありがとうございました！」

やる気に満ちあふれたクリスに、無駄な時間を過ごす暇はない。知らなそうな人にすがっていても時間の無駄なので、他の知っていそうな王宮騎士に聞きに行く。

「えー。必殺技ねぇ。それを言うなら、クリス君が使う『クリススラッシュ』とかかなり必殺技だと思うけど。剣から衝撃波を出すとか凄いじゃん。剣なのに、遠距離攻撃できるんだからたいしたもんだと思わない？」

そう言われて、クリスは思わず首をかしげた。クリススラッシュは、元はカインがやって見せてくれた『カインスラッシュ』をマネしたものだ。学園入学前、まだ四歳か五歳の頃にカインがやるのを見て、七歳ぐらいの頃には出来るようになっていた。

クリスにとっては一番最初に出来るようになった魔法剣であり、馴染みすぎている技である。とても必殺技とは思えなかった。

「だったら、スラッシュ教えてくれたカイン様に聞けばいいのか？」

今は、諸事情によりカインは休学中なので放課後の魔法勉強会に行っても会えない。カインに教えを請おうと思ったら、休息日に遊びに行くしかない。

「次の休息日には、カイン様の家に遊びに行こう」

そう心に決めたクリスは、あふれ出るやる気で木屑の剣を強化しすぎてしまい、講堂の床をボコボコにして教師にめちゃくちゃ怒られたのだった。

「まだまだ、俺に出来る事はあるはずだ！」

クリスのやる気はまだまだしぼんでいなかった。待ちに待った休息日がやってきたので、カインのお見舞いということにしてエルグランダーク邸へとやってきた。学園の制服を着てきたので門前払いされることもなく、すんなり屋敷へと入れてもらえた。

エルグランダーク家は筆頭公爵家なので、アルンディラーノへの正式面会みたいに色々な手続きをしろと言われるのかと思っていたのでクリスは拍子抜けしてしまった。

「で、なんだっけ？　必殺技？」

「はい。カインスラッシュみたいな、格好良くて、さらに強力な技を教えてください！」

クリスは、カインが学校を休んで寝ているのかと思っていたのだが、カインは普通に公爵家の嫡男として仕事をしていた。外見が変わってしまったせいで学校に行ったり外に出かけたり出来ない分、家の書類仕事をやらされているらしい。

「うーん。必殺技ねぇ」

「どんな敵も一撃必殺で倒せるみたいな強力なヤツを教えてください！」

カインが悩むそぶりを見て、クリスは確信した。やはりカインは何か必殺技を持っているに違いないと。

補習に来てくれている王宮騎士達は、すぐに「そんなものはない」と否定したが、カインは否定せず、悩んでいる。と言うことは、一撃必殺の技を知っているか、知らずとも何かしらの心当たりがあるに違いない。クリスはそう期待した。

「敵というのを、魔獣のことだと仮定しての話なんだけどさ」

「はい」

悩んでいたカインがクリスと向き合って話し始めた。クリスはワクワクしながら、前のめりになってカインの話に集中する。

「相性っていうものがあるのはわかる？　植物系の魔獣は火に弱いとか、魚系の魔獣は電撃に弱いとか、そういうの」

「魔法剣の補習で教わりました。各相性については、辞典で調べるようにとも言われました」

「うん」

クリスの返事に、満足そうに微笑みながらカインが頷く。

「だから、それにあわせて剣にまとわせる魔法を使い分ける必要があるんだけど、相性の良い属性を自分が持っていないと戦いは厳しくなるわけだよ」

「そうですね」

「それに、辞書で調べていない魔獣に出会ったら何が効くのかがわからないから、下手な魔法剣を使うわけにもいかなくなる。万能属性の魔法とかがあれば良いんだけど、今のところこの世界では発見されていない」

メギドとかあればねぇ。とカインがつぶやいたが、クリスには意味がわからなかった。

「一撃必殺の技ともなれば、相手との相性属性など関係なくぶちのめせる必要があるわけだよ」

「はい！」

「だからね、いっそ魔法から離れて考えるべきなんじゃないかな」

「へ？」

「どんな魔獣も一撃で倒す。最終的にたどり着くのはやっぱり物理だよ。レベルを上げて物理で殴る。もう、これしかない」

カインがグッと握りこぶしを作って言い切った。

「えーと。カイン様、つまりどういうことでしょう？」

魔法剣で、必殺技を教えてもらいに来たはずのクリス。カインスラッシュはだいぶ珍しい魔法剣だと王宮騎士に聞いたので、カインスラッシュを教えてくれたカインならもっと凄い魔法剣を知っているに違いないと聞きに来たはずなのに。

「握力を鍛えて剣を握り、腕力を鍛えて重い剣を振るう。体幹と脚力を鍛えてしっかりと上半身を支えて、剣を振り切っても倒れないようにする。要するに、超鍛えた体からハイスピードでハイパワーな剣を敵に叩きつけるのが結局一番強いって事だよ」

どんな魔獣も殴り続ければいつか死ぬ。そう言ってカラカラと笑うカインはとても楽しそうだった。

魔法剣の凄い必殺技を教えてもらおうと期待していたクリスは、空振りだったにも関わらず、

「やはり筋肉こそパワー！」

と啓蒙(けいもう)されて帰っていった。

カインに啓蒙されたクリスは筋トレをやり過ぎてしまい、翌日猛烈な筋肉痛に襲われた。

体を伸ばそうとしても痛み、丸めようとしても痛む。筋肉全体が熱を持ち、痛い部分をさすろうとすると自分の手のひらがひやりと冷たく感じるほどだった。

二日ほど寝込んだクリスは、筋トレのやり過ぎは良くないと反省した。

「あー。なんかこう、効率的に強くなる方法とかないかなぁ」

ようやく筋肉痛が落ち着き、学園へとやってきたクリスは放課後魔法勉強会の場で愚痴っていた。

いつもは使用人控え室の中で素振りをしたり、魔法剣のコツについてアルンディラーノやジャンルーカと話し合ったりするのだが、まだ若干の筋肉痛が残っているためソファーに座って剣術指南書をパラパラとめくっていた。

指南書には、今まで父親から習ったことや、剣術補習で王宮騎士達に教わったようなことばかりが載っていて、目新しい情報は見つからなかった。

珍しく本を読んでいるクリスに興味を持ったラトゥールは、パラ見しているクリスが欲しい情報がその本にないのだと悟ると、一つの助言を口にした。

「図書室の本を読め。ここの図書室は……すごい。もしかしたら、失われた……古代の知識が得られるかもしれない」

「ほんとに？　ついたたたた」

ラトゥールの言葉にクリスはガバリと身を起こし、そして筋肉痛で痛む太ももの裏をさすった。

「外国の、本もあった。先日は、百年前の魔導書も、見付けた」

「わかった！　行ってみるよ、ラトゥールありがとうな！」

善は急げと、クリスは筋肉痛で痛む足を無理矢理動かして図書室へと向かった。

「図書室初心者の欲しがる本は、入り口近くに置いてあるよ」

と、図書委員を名乗る少年に教えられ、一階の壁ぎわにある本棚を眺めていく。すると、古びて背表紙の端がボロボロになっている一冊の本に目が奪われた。背表紙に箔打ちで書かれている文字はすり切れて半分も読めなくなっていたが、かろうじて『剣』という文字が読み取れた。

クリスはその本を手に取ると、その場でパラパラとめくる。紙がだいぶ古くなっているようで、慎重にめくらないと破けてしまいそうだった。実際に、所々破けていたり、虫食いになっている場所があり、読めない部分もそこそこあった。

クリスは、文章の前後から破けた部分を想像で補完し、読み進めていく。三分の一程まで読んでクリスは確信した。コレこそが求めていた本であると！

翌日の食堂で、ジャンルーカがアルンディラーノにそっと耳打ちをした。

「アルンディラーノ。彼は君の友人だろう？　なんとか言ってやってくれないか？」

「……本人が満足そうなんだから、しばらくそっとしておいてやってくれ」

ジャンルーカとアルンディラーノが、隣のテーブルで変なポーズを取りながら昼食を食べているクリスをそっと盗み見る。

椅子の上にしゃがんだ状態で片足で立ち、開いた足は真横にピンと伸ばしている。右腕は自分の頭の後ろからぐるっと回して左耳の耳たぶをつまみ、左手は上から物をつまむような形でサンドイッチを掴んでいる。

「……なんなの」

横に伸ばされた足を邪魔そうににらみつけながら、ラトゥールに聞かれたクリスが、ウキウキで答えた。

「図書室で見つけた、古代の剣心育成指南書にあった訓練方法だ！　腕と反対側の耳をつまむ事で剣心がぐるっと一周巡り、圧縮されていくんだ。片足で立つことで地面への流出を防げるから体内で剣心の濃度が濃くなるし、ひじを高く持ち上げることで血の流れが良くなり、代謝が進むことで成長がうながされるんだって！」

「…………」

ラトゥールはうさんくさい物を見る目でクリスを一瞥し、もう関わらないという空気をまとって静かに食事を再開した。

「何あれ」

「今朝からずっとああなんだよ。授業中も変なポーズとってるから、先生にも怒られるんだけどずっとあの調子なんだ」

「そもそも、剣心ってなに……」

「わからない。サイリユウムでも聞いた事ない概念だよ……」

アルンディラーノとジャンルーカがコソコソと言葉を交わしたが、結論としてクリスが飽きるまで放っておくことにした。思い込みで成果が出ることもある、と小耳に挟んだことがあるからだ。

成果がなかったとしても、成果がないことに気がつけば自然とクリスもやめるだろう。

二人の王子は見守り態勢に入ったのだが、クリスがこの奇行をやめる時は案外とすぐに訪れた。

少し遅れて食堂にやってきたディアーナとアウロラに大爆笑されたのだ。

やる気に満ち満ちてあふれてこぼれていたクリスも、さすがに女の子に爆笑されるのは恥ずかしかったのだ。

紙書籍限定書き下ろし番外編

公爵家の跡取りとしての未来

Reincarnated as a Villainess's Brother

夏休み初日、本来は今日の早朝からネルグランディ領に出発する予定だったが、諸事情により出発が一日延びてしまったカイン。それならば公爵家当主の仕事を手伝えと言われて朝から父に連れ出されてしまっていた。

「ここは、以前ディアーナと来た時にピクニックシートを敷いてお弁当を食べた場所……」

そう言いながら、カインはそっと地面を撫でる。

「あの木は、僕に肩車されたディアーナが手を伸ばして紅葉を狩ろうとした木……」

地面を優しく撫で続けながら、切ない目つきで頭上の楓の木を見上げる。以前来た時は真っ赤に紅葉していた楓も、今は青々と茂っている。

カインはさらに三歩ほど足を進めると、またしゃがんで愛おしそうに地面を撫でた。

「このへこみは、ディアーナが僕を肩車してくれようとしてバランスを崩して頭を打ち付けた時に出来た凹み……」

遠い過去を懐かしむような切ない表情で、カインはそうつぶやいたが、

「いや、さすがにそんなわけ無いだろう」

カインの側へと足を進めながら、ディスマイヤがツッコミを入れた。

「おまえとディアーナがここにピクニックに来たのは七歳の時だったじゃないか」

宝物でも撫でるかのように地面を撫でるカインに対して、ディスマイヤは呆れ顔である。

ここは王都から馬車で半日ほどの距離にあるエルグランダーク家所有の領地。王国の東の端にあるネルグランディ領とは別に、王よりエルグランダーク家に下賜された狩猟用の土地である。

「七歳じゃありません、ディアーナが九歳で僕が十一歳の時ですよ。もうサッシャがいたんですから」

「そうだったか？」

カインは立ち上がり、軽く膝を叩いてほこりを落とす仕草をしつつ父の間違いを指摘する。ディスマイヤが首をかしげつつ答えるが、カインはそのまま視線を前に向けて会話を終わらせた。

周りにはネルグランディ領騎士団の騎士達が馬車から荷物を下ろし、天幕を張って拠点を作ろうと動いていた。

「日帰りなのに、天幕を張る必要があるんですか？」

「王都の屋敷にいる騎士達の半分は二年目と三年目の新人だからな。天幕を張って、天幕を片付けるという訓練を兼ねているのだ。いきなり本番で天幕を張って、雨漏りで眠れない野営をするなんていやだろう？」

「まぁ、そうですけど」

カインは今日、狩り場としてエルグランダーク家が所有している土地の見回りと魔獣の駆除の為に騎士団と一緒に遠征に来ている。

本来は冬の終わりと夏の終わりにする行事だ。

「今は夏の初めですよね。なんで魔獣駆除に来たんでしょうか、お父様？」

夏休みの旅行の予定が一日延びたとしても、それならそれで一日中ディアーナと一緒にいられるはずだったのを、こんな所まで連れてこられたのだ。本来やる時期ではないのに何故？　とカインは不服そうにディスマイヤに質問した。

カインの態度に片眉を上げつつ、

「ここの管理を任せている者から、魔獣の観測量が例年より多いという報告があったからだ」

と答えた。それに、とディスマイヤは言葉を続ける。

「今年はこのエルグランダーク家の狩り場で狩猟大会が行われる予定だからな。安全確保と狩り場の整備をやっておかねばならないんだよ」

そう言ってディスマイヤは嫌そうに肩を竦めてみせた。

貴族の大人達は、秋になると狩猟大会と称して皆で集まって狩りをする。

知識としては知っていたが、カインはまだ参加したことが無い。狩りの嫌いなディスマイヤが、狩猟大会の日はいつも仏頂面で出かけて行って、何も獲物を持ち帰らない事を覚えている。

「僕を連れてくる必要ありました？」

学生という身分のカインはまだ狩猟大会には参加できない。もちろん、学生の時分から親に連れられて狩りをする貴族子息もいるが、ディスマイヤが狩り嫌いで個人的な狩りをしないので、カインも連れて行ってもらったことは無い。

狩りをしたことのないカインを連れてきても、狩り場の整備についてなんかわからない。魔獣の駆除に関しても、十分な数の騎士を連れてきているのでカインの出番があるとは思えなかった。ディスマイヤに素直にそう告げてみたところ、

「次期エルグランダーク家当主が何を言っているんだ。これから少しずつ私の仕事を手伝いながら

当主の仕事を覚えていって貰うからな」

そう言って、ディスマイヤが厳しい顔を作って隣に立つカインを見下ろす。十五歳になったカインはずいぶんと背も伸びているが、まだ頭半分ほどディスマイヤより背が低い。

ゲーム画面での『先輩攻略対象者』はずいぶんと大人びて見えていたんだけどなぁ、と隣に立つ父親を見上げながら、カインは小さくため息を吐いた。

「旦那様、準備完了しました」

「よし、始めるか」

騎士の一人が準備完了を告げに来たのを受けて、魔獣の駆除が始まった。

カインが以前この場所に来た時は、ディアーナ達とリンゴ狩りという名のピクニックをするためだった。なので、入り口に近い開けた平地になっている場所でしか遊ばなかった。しかし、本来は狩り場として管理している領地なので奥の方は山になっている。

狩り場と言うからには野生の動物なども生息しているし、魔獣が出ることもある。それらを、危険になるほど増えないように、また狩りが物足りなくなるほど減らし過ぎない様に維持するのが、土地を管理する貴族の役目となる。

狩りに招待した客人から『獲物が少なくてつまらなかった』『襲われて危険な目に遭った』なんて言われてしまうと、それは家門の恥となってしまうのである。

狩り嫌いなので、ディスマイヤが他家の貴族を招待してこの土地で狩猟大会を開くことはまず無い。しかし、元老院所属の由緒ある公爵家として、どうしても狩猟大会を主催しなければならなくなる時というのが数年おきに訪れてしまうらしい。

今年がその「どうしても」な年という事になる。

まずカインは、今回の魔獣駆除作戦の副リーダーである騎士と同じチームに入り、魔獣駆除の現場作業について学ぶことになった。

「今作戦の副リーダーを務める、アインス・シューターと申します」

「よろしく、アインス」

背の高い、深緑色の髪を短く刈り上げた美丈夫のアインスと挨拶を交し、カインは騎士達とともに森の方へと入っていった。

「五人一組でチームを作り、それぞれ指定された区画を見て回ります。必要があれば魔獣を駆除して、どの区画にどのような魔獣が出没したかを本部である天幕へ戻って報告する。そしてまた未探索の区画を本部より指定してもらい、見回りに出発する。だいたいそれの繰り返しになります」

「それってもしかして、僕とディアーナがピクニックに来た時にもやってた？」

「あの時は、リンゴの収穫が目的でしたから違いますね。ご一緒した騎士も少人数でしたでしょう？」

「そういえばそうだったかも？」

「あのピクニックの前に、騎士団の訓練として来た時に今回と同じ事をしておりました。訓練完了のご報告用に少しだけ収穫したリンゴを、アップルパイ用にもう少し収穫したいと言うことでお嬢様とカイン様をお連れしたのがそのピクニックですね」

アインスはカインと並んで歩きながら、今回の魔獣駆除作戦の概要を説明してくれる。カインが入ったことでこのチームは六人態勢になっており、四名の騎士が周りを囲むようにして歩いていた。木もまばらで開けていた場所から大分進み、林と言って良い程度に木々が増えてきている。まだそれほど視界が悪くはなっていないが下草も増えてきて広がって歩くことは難しくなってきている。

「あの時にも居たの？」

もう四年も前の事なので、カインも当時一緒に来た騎士が誰であったかはっきりは覚えていない。特に仲の良い騎士だったりすれば覚えていたのかもしれないが、覚えていないということは早朝ランニングなどで顔を合わせていた騎士では無かったのだろう。

「ええ。あの時にも居りましたよ。あの頃は騎士になって二年目、王都隊に配属されて一年目の新人でした。普段は深夜の門扉番や厩舎周りの警護や手伝いが主だったんでカイン様にお目に掛かったのはあの時が始めてだったと思います」

「そうなんだ」

カインは納得、という表情で頷いたが、騎士はその表情をみてニヤリと笑った。

「お嬢様お坊ちゃまの印象に残ろうと、頑張ってリンゴを山ほど取ったり、行き帰りの馬車の窓から見切れる位置に馬を走らせたり色々やっていたんですがね。やはり覚えて頂けていなかったんですね」

「ごめん。可愛いディアーナしか見てなかったんだと思う」

少し意地の悪い言い方をしたというのに、あっさりと返されたカインの即答にアインスは声を上げて笑った。

カイン達のチームが進むうちに、よく見かける牙タヌキや角ウサギと言った小型の魔物が出没するようになってきたが、騎士団としてはそれらをスルーした。

「狩猟大会の獲物としてちょうど良い奴らですからね。普段の魔獣駆除訓練であれば狩ります」

との事だった。

その他、魔獣ではなく普通の動物の鹿や狐なども見かけたが、当然それらもスルーする。時々地図と地形を見比べて現在地を確認し、見落としが無いように歩いて行く。途中で川が流れている場所があったり、三メートルほどの池の様になっている湧水池などもあって、地図の確認に役立っていた。

「この辺は道もないし木も密集して生えているから馬では入ってこられないよね？　狩猟大会に向けた狩り場の整備にこんな所まで見回る必要ある？」

足場に傾斜がつき、いよいよ山の部分に入ってきたと思われる場所で、カインが疑問を口にした。

貴族の領地としては狭いとはいえ、狩猟用地と考えれば大分広い。狩猟中の移動は馬ですることになる。もちろん、獲物を射た後は下馬して結果を確認しに行くこともあるし、獲物が道から外れた場所で見つかれば徒歩で追いかけることもある。その場合でも馬を置いて深追いしたりはしないはずである。

「秋の狩猟大会に向けた狩り場の整備もそうですが、今回は事前に危険を排除しておくための魔獣駆除もかねていますからね。まずは隅々まで見て回って、狩りには適さない大型魔獣や危険な魔獣がいないかを見て回り、いれば駆除します。小型魔獣も数が多すぎれば駆除して減らします」

「ああ、そうか。そういう意味でも狩り場の整備なんだね」

「カイン様に歩いていただくには大分悪い道ですが……」

腰に佩いた剣とは別に持ち込んでいた鉈の様な刃物で下草を刈りながら、アインスがカインの前を歩いて行く。他四名も、草を踏みつけて道が残るようにしながらそれぞれお互いが視える距離だけ離れて歩いている。

「一気に燃やす訳にはいかないかな?」

手のひらの上に小さな炎を出しながらカインが聞けば、アインスは苦笑いして

「山火事を起こす気ですか？　旦那様が本部待機なのは何故だとお思いですか」

「ああ、そういう……」

ディスマイヤが得意なのは炎系魔法である。貴族なのでいくつか複数の属性魔法を使えるのだろうが、カインは炎魔法以外に父親が使っている魔法を見たことがない。そして、剣が得意だという話も聞いた事が無い。山というフィールドは父ディスマイヤに取って都合の悪い場所なのだろう。

「お父様が狩りが嫌いなのってもしかして……」

以前は、意味も無く殺生するのが嫌だからと言っていた。しかし、この魔法が存在するリムートブレイクという国で貴族が嗜む狩猟であれば、きっと弓矢や剣だけで行われるのではないのだろう。

おそらく父は、自分の得意技を封じられた場で競争を強いられるのが嫌だったのだろう。

「狩り嫌いの理由は存じ上げませんが、本領発揮が出来ない場というのは居心地がわるいでしょうね」

アインスも同じ意見らしかった。父はあまり剣や弓を使わないので戦闘となれば魔法一辺倒だろうからなおさらだろうとカインは少し同情した。


一通り巡り、本部天幕まで戻れば本日のお仕事は終了である。カインが天幕まで戻ると、ディスマイヤは先に戻ってきていた騎士達から報告を聞いているところだった。

「……。そうか、北東方面は大型魔獣が例年より多いんだな？　では戻り次第隣接領地へ一報入れることにしよう」

「その他は、やはり小型魔獣の数が狩り場内で満遍なく多いようです。人の脅威とはなりませんが野生の動物の数が減ってしまうかもしれません」

「先ほど、下草や木の実の減りが少ないという報告もあったな？　すでに野生動物の数は減っているのかもしれないな。後で領地のエクスマクスにも確認してみよう」

「はっ。急ぎますか？」

「いや、定期連絡に報告書を載せるので構わない」

ディスマイヤが、騎士からの報告を聞いて次々にその後の処理について判断を下していた。普段家の執務室で書類仕事をしている姿しか見たことがなかったのでカインの目に新鮮に映った。

「お父様。見回りから戻りました」

「おお、カインお帰り。どうだった？」

真剣な顔で騎士達とやりとりをしていたディスマイヤだったが、カインの姿を見て相好が崩れた。

「申し訳ありません。普段がわからないのでいつもより多いか少ないかは僕には判断できませんでした。でも、こちらの範囲は小型魔獣ばかりで大型魔獣は出てきませんでした」

「カインとアインス達は……この区域か。その区域は普段から大型魔獣は少ない場所だな。では、いつも通りだったという事かな？」

ディスマイヤはそう言ってアインスの方をチラリと見た。

「そうですね、小型魔獣の出没数も野生動物の出没数も昨年おととしと変わらずといった感じでした」

カインとアインスの報告を受けて、ディスマイヤが地図へとチェックを入れていく。その後も、次々戻ってくる騎士達から報告を受けてはメモをとり、地図に書き込みをし、指示を出していくディスマイヤの仕事っぷりはさすがだった。

「なるほど、これは経験値が無いとできない仕事ですね」

本を読み、書類を何十枚読んでも目の前のディスマイヤのようには振る舞えないなとカインは思った。魔獣の出没数の推移だけなら書類とにらめっこでも大丈夫だろうが、木の実の多少や下草の生え方減り方、木々の茂り方や花の咲く時期の早い遅いなども含めて判断しないといけないとなれば、やはり現場に出た方が良いだろうし、騎士からの聞き取りにしても見回り直後にすぐ報告を受ける方が質疑応答にも漏れがなくなるだろう。

「魔法学園の上級生になったんだからな、徐々に実務業務の方も覚えて貰うからな」

そう言うと、ディスマイヤはにこやかに笑いながらカインの肩を叩いた。


学生の身分に甘んじ、ディアーナの幸せだけを考えられる時間が減っている。ゲームはヒロインが卒業すれば終わりだが、カインは三年早く卒業する。そもそもヒロインが卒業してもカインの人生は続いていくのだ。

卒業したら法務省の役人になるのだと普段から宣言していたカインだが、実際に法務省の文官になり、ディアーナの未来を後押しするような法律を作るにはどうしたら良いのか具体的には考えていないことに気がついた。

そもそも、この世界で役人となって毎日出勤して仕事をし、家では公爵家当主として家を切り盛りする、という自分の未来が上手く想像できなかった。

カインは、自分自身の未来についてはあまり考えていなかったことに気がついた。

「カインが優秀すぎて僕は怖いよ。早々に家督を譲りたくなってしまいそうだ」

ご機嫌な様子で頭を撫でる父の、嬉しそうな顔を見上げてカインは少し怖くなったのだった。

あとがき

こんにちは、内河です。皆さんお元気でしたでしょうか？

私は今、花粉症に悩まされていて、鼻にティッシュを詰めて涙目になりながらこのあとがきを書いております。花粉症に効く健康法とか、お勧めがあれば是非おしえてください。

さて、皆さんは『精米歩合』という言葉をご存じでしょうか？

これは、日本酒を作るときにお米を磨いてどれだけ残ったかを現す言葉でして、『精米歩合十％』なら、残り十％まで削ったよ、という意味になります。清酒だと七十％ぐらいで、五十％を切ってくると大吟醸と呼ばれたりします。お米の外側は玄米のぬかを代表として栄養たっぷりなんですが、その栄養が日本酒の雑味になってしまったりするんですね。

なので、削れば削るほどスッキリしてくるわけですけれども、当然のことながら沢山削ると使える部分が減っていきます。用意した玄米の量が同じでも、精米歩合の小さなお酒は作れる量が少ないってことですね。

それを踏まえてなんですが、先日『精米歩合一％』というお酒を買ってしまいました。お米の九十九％が米ぬかになってしまうぐらい削ったお米で作ったお酒ですよ。浪漫です。しかも、鍵付きアタッシェケース入りの高級品です。浪漫です。

実は、酒屋併設の立ち飲み屋で酒屋の店主さんから存在を教えてもらい、酔った勢いで「買うよ！」って言って買ったものなのです。お財布は寂しくなりましたが、後悔はしていません……飲むのが楽しみです。

酒屋さんて、カクヤスややまやや河内屋みたいな一般的なお酒を幅広く取り扱うお店と、日本酒だけとかウィスキーだけとか、もしくは店主こだわりの品だけを扱う小規模店舗なんかも沢山あります。今回の精米歩合一％のお酒との出会いも、立ち飲み屋併設（角打ち）だから出会えたわけですよ。

この方式を書店にも応用できないだろうか？　とちょっと考えました。

今の一般的な書店は人気作でなければ新刊は二週間ぐらいで棚から消えてしまいます。毎日沢山の新刊がでるから、ちょっと前に出たヤツを返さないと置く場所が無いからですね。でも、書店において貰えないと本好きの人に見付けて貰う機会が無くなってしまいます。

こだわりの酒販店みたいに、こだわりの本のセレクトショップがあったら良いのかなって。仙台の喜久屋書店なんかは、サブカル特化型で盛り上げてくださってますよね。他にもカフェ併設で店主のお勧め本を並べている書店なんかも最近はありますよね。

そして今回の角打ちで新たなお酒と出会えたことで思いついたんですが、図書館併設書店ってどうですかね。

ネカフェ併設書店でも良いですけど。実際に読んで、ほしいと思ったら隣ですぐに買える！というのが狙いです。

最近の本屋さんは全部シュリンクしてあって立ち読み出来なくなったじゃないですか。常に綺麗な本が買えるというメリットもありますが、ふらっと行ってパラパラッとめくって、面白そうだから買う。という手順はなくなってしまいました。購入前の本を併設カフェに持ち込める書店もありますが、あれだと売り物が汚れてしまうので、図書館併設がいいのかなって。角打ちの飲み比べセットみたいに、読み比べセットとか展示してても面白いかもね。

いつか印税が余るほど貰えるようになったら、自分で立ち上げてみようかな? その時は是非遊びに来てね!

イルヴァレーノの演技
漫画：よしまつめつ
カインの影武者として授業に出るイルヴァレーノ
ツリ目にして
カツラ
声を変えるタイピン
目の色を変えるメガネ
じゃあ俺っぽくしゃべってみて
我慢はやめて我慢しなくていい努力をしよう
なんかキラッてしすぎてないか?
しますよ
上手!!
イル君にはお兄様がそう見えてるのよ
メガネをしている時のカイン様って一段と優しくない?
キザ!
入れ替わりはバレなかったが
カインは眼鏡でスイッチが入ると噂になった
沼

コミカライズ
悪役令嬢の兄に転生しました
俺は妹を、悪役令嬢にしない!
だ〜〜〜い好きな妹が、
破滅する未来を変えるため、
転生兄は
ゲームシナリオに逆らう——!!
漫画 よしまつめつ
原作 内河弘児
キャラクター原案 キャナリーヌ

一難去ってまた一難！

このままじゃ学園に戻れず

ディアーナのそばにもいられない――？

フルラブ・ファンタジー第９巻！

お兄様の姿が――

悪役令嬢の兄に転生しました 9

Reincarnated as a Villainess's Brother

著 内河弘児　イラスト キャナリーヌ

”魔王“のままですのよ!?
救世主(ジュリアーン)は密入国したことになっているし……
最愛の妹(ディアーナ)の将来の悩みは尽きない……。
第9巻今冬発売!!

※発売日は都合により変更になる場合がございます。

[NOVELS]

原作小説
第7巻

好評発売中！

［著］紅月シン
［イラスト］ちょこ庵

[COMICS]

コミックス

2024年
6/15
発売！

［原作］紅月シン ［漫画］烏間ル
［構成］和久ゆみ
［キャラクター原案］ちょこ庵

[TO JUNIOR-BUNKO]

TOジュニア文庫

［作］紅月シン ［絵］柚希きひろ
［キャラクター原案］ちょこ庵

[放送情報]

※放送日時は予告なく変更となる場合がございます。

テレ東
毎週月曜 深夜26時00分～

BSテレ東
毎週水曜 深夜24時30分～

AT-X
毎週火曜 21時30分～
（リピート放送 毎週木曜9時30分～／
毎週月曜15時30分～）

U-NEXT・アニメ放題では
最新話が地上波より1週間早くみられる！
ほか各配信サービスでも絶賛配信中！

STAFF

原作：紅月シン『出来損ないと呼ばれた元英雄は、実家から追放されたので好き勝手に生きることにした』（TOブックス刊）
原作イラスト：ちょこ庵
漫画：烏間ル
監督：古賀一臣
シリーズ構成：池田臨太郎
脚本：大草芳樹
キャラクターデザイン・総作画監督：細田沙織
美術監督：渡辺 紳
撮影監督：武原健二 坂井慎太郎
色彩設計：のぼりはるこ
編集：大岩根力斗
音響監督：高桑 一
音響効果：和田俊也（スワラ・プロ）
音響制作：TOブックス
音楽：羽岡 佳
音楽制作：キングレコード
アニメーション制作：
スタジオディーン×マーヴィージャック
オープニング主題歌：蒼井翔太「EVOLVE」
エンディング主題歌：愛美「メリトクラシー」

CAST

アレン：蒼井翔太
リーズ：栗坂南美
アンリエット：鬼頭明里
ノエル：雨宮 天
ミレーヌ：愛美
ベアトリス：潘めぐみ
アキラ：伊瀬茉莉也
クレイグ：子安武人
ブレット：逢坂良太
カーティス：子安光樹

TVアニメ
公式サイトはコチラ！
dekisoko-anime.com

© 紅月シン・TOブックス／出来そこ製作委員会

（紙＋電子）

本がなければ
作ればいい——

原作小説
（本編通巻全33巻）

第一部
兵士の娘
（全3巻）

第二部
神殿の巫女見習い
（全4巻）

第三部
領主の養女
（全5巻）

第四部
貴族院の自称図書委員
（全9巻）

決定!

ありがとう、本好き!
シリーズ累計
1000万部突破!（電子書籍を含む）

アニメーション制作：WIT STUDIO

TOジュニア文庫

コミックス

第一部
本がないなら作ればいい!
（漫画：鈴華）

第二部
本のためなら巫女になる!
（漫画：鈴華）

第三部
領地に本を広げよう!
（漫画：波野涼）

第四部
貴族院の図書館を救いたい!
（漫画：勝木光）

第五部
女神の化身
（全12巻）

涼を襲うならず者は
教皇本人!?

アニメ化決定!!!
没落予定の貴族だけど、
暇だったから魔法を極めてみた
©三木なずな・TOブックス／没落貴族製作委員会

COMICS

［漫画］秋咲りお

8

漫画 秋咲りお
原作 三木なずな
キャラクター原案 かぼちゃ

没落予定の貴族だけど、暇だったから魔法を極めてみた @comic

I am a noble about to be ruined, but reached the summit of magic because I had a lot of free time.

※8巻書影

最新話はコチラ！➡

コミックス①～⑧巻 好評発売中！

NOVEL

［イラスト］かぼちゃ

※8巻書影

原作小説①～⑧巻 好評発売中！

SPIN-OFF

［漫画］戸瀬大輝

最新話はコチラ！➡

「クリスはご主人様が大好き！」 コロナEXにて 好評連載中！

ANIMATION

STAFF

原作：三木なずな『没落予定の貴族だけど、暇だったから魔法を極めてみた』（TOブックス刊）
原作イラスト：かぼちゃ
漫画：秋咲りお
監督：石倉賢一
シリーズ構成：髙橋龍也
キャラクターデザイン：大塚美登理
音楽：桶狭間ありさ
アニメーション制作：スタジオディーン×マーヴィージャック

botsurakukizoku-anime.com

シリーズ累計 75万部突破!!（紙＋電子）

悪役令嬢の兄に転生しました８

2024年7月1日　第1刷発行

著　者　内河弘児

発行者　本田武市

発行所　TOブックス
〒150-0002
東京都渋谷区渋谷三丁目1番1号　PMO渋谷Ⅱ　11階
TEL 0120-933-772（営業フリーダイヤル）
FAX 050-3156-0508

印刷・製本　中央精版印刷株式会社

ISBN978-4-86794-214-7